Nuova Narrativa Newton
1305

Questo romanzo è interamente un'opera di finzione.
I nomi, i personaggi e gli eventi narrati sono frutto dell'immaginazione dell'autrice. Qualunque somiglianza con persone, viventi o defunte, avvenimenti e ambientazioni reali è puramente casuale.

Titolo originale: *One of the Girls*

First published by HarperCollinsPublishers 2022

Traduzione dalla lingua inglese di Marialuisa Amodio
Prima edizione: maggio 2023

ISBN 978-88-227-7034-9

www.newtoncompton.com

Realizzazione a cura di Pàgina
Stampato nel maggio 2023 da Puntoweb s.r.l., Ariccia (Roma)

Lucy Clarke

L'isola dei sogni

Newton Compton editori

A Mimi Hall

Mercoledì

Un giorno avremmo tutti ricordato quell'addio al nubilato per una ragione: a causa di ciò che avvenne la notte del falò sulla spiaggia. Prima c'erano stati dei bei momenti, alcuni davvero speciali, come quando gustavamo tzatziki *e olive sotto il sole greco, o ridevamo fino alle lacrime per cose che, a ben vedere, non erano affatto divertenti, o danzavamo a piedi nudi sulla battigia.*

Momenti che non dobbiamo dimenticare.

Se fossimo state più furbe, più attente, se non le avessimo voltato le spalle, anche a nostro danno, avremmo potuto impedirlo. È questo che peggiora le cose. Avremmo potuto farle andare diversamente.

Ora è troppo tardi. È finita. Non potremo mai dimenticare la sua stola rossa che svolazzava nella brezza mattutina, incastrata nella cerniera di un sacco per cadaveri.

1
Lexi

Lexi abbassò il finestrino del taxi. Il vento caldo recava un profumo di pino e l'odore arido della terra cotta dal sole. File di case imbiancate a calce erano raccolte intorno alla cupola azzurra di una chiesa.

Che cielo, pensò Lexi. *Mai visto un cielo così immenso e terso.* Pareva il trucco di un mago, che aveva scambiato i marciapiedi bagnati di Londra con il caldo scintillante della Grecia. Non le sembrava vero di essere lì.

«Siamo qui per un addio al nubilato», stava spiegando Bella al tassista, con occhiali da sole calati sul naso e il rossetto appena ritoccato. «Lei è la sposa», aggiunse, voltandosi per indicare Lexi.

«Congratulazioni», rispose il tassista, guardandola nello specchietto retrovisore con gli occhi scuri e penetranti.

«Grazie». Lexi sorrise. *La sposa*. Sì, stava per sposarsi. Scosse leggermente la testa, ancora un po' intontita.

«Io sono la damigella d'onore», annunciò con orgoglio Bella. «La sua migliore amica. Chi altri se no dovrebbe organizzare l'addio al nubilato?»

«Autoproclamata», puntualizzò Lexi. «Non volevo una damigella d'onore».

«Se è per questo, non volevi nemmeno l'addio al nubilato».

«Vero». Quelle feste le facevano venire in mente ventenni che ballavano con finti veli da sposa, alcolici serviti con cannucce a forma di fallo, vesciche ai piedi e gonne troppo corte. Infatti, se avesse avuto vent'anni, le sarebbe piaciuto da matti. Sbronza di tequila, con un vestitino indecente, sarebbe salita sul cubo e, se le fossero venute le vesciche, avrebbe gettato via i tacchi e ballato a piedi nudi. Ma ormai aveva trentun anni e non faceva più per lei svegliarsi la mattina con un nauseante senso di rimorso e vergogna che non c'entrava nulla con i postumi di una sbornia. Meravigliando tutti, persino sé stessa, stava finalmente per sposarsi con l'uomo che amava.

Ti amo.

Gliel'aveva detto, credendoci con tutta l'anima. Stavano facendo colazione, seduti al bancone della cucina. Lui la stava prendendo in giro per il fallito tentativo di preparare le lasagne, la sera prima. Lei aveva risposto che dopotutto la cena non era stata un disastro totale, il vino era buono!, poi aveva aggiunto: «Ti amo». Di getto. Due parole nuove di zecca. Buttate lì tra la caffettiera e il piatto di toast a lievitazione naturale.

Lui l'aveva guardata. Ed Tollock. Trentacinque anni. Folti capelli scuri, con qualche filo di argento precoce. Voce bassa e profonda. Cosa l'aveva colpita in lui? La sua pacata sicurezza? Il modo in cui la guardava per lunghi, intensi momenti, e poi scuoteva la testa, sorridendo, come se non riuscisse a credere alla propria fortuna?

Lui aveva spostato le tazze per prenderle le mani. Aveva le dita abbronzate, coperte da una soffice peluria dorata. «Ti amo anch'io. E un giorno di questi ti chiederò di sposarmi». L'aveva detto con un sorriso così rilassato e sereno che lei non aveva avuto la prontezza di ritrarre le mani, afferrare il cappotto e scappare via. L'aveva guardato negli occhi e aveva risposto: «Davvero?».

Tre settimane dopo, era arrivato l'anello. Niente stravaganti cenette a lume di candela o sceneggiate in ginocchio. Solo una semplice passeggiata sulle rive del Tamigi, tenendosi per mano mentre guardavano la scia bianca di un'anatra che spiccava il volo. La sua domanda, poi la risposta: «Sì».

Lexi guardò l'anello, ripensando a quella sera: uno splendido diamante taglio smeraldo. Non intendeva fare le cose in grande, le sarebbe bastato affittare un vecchio mulino e invitare parenti e amici. Una cerimonia semplice, intima. Non voleva nemmeno l'abito bianco, il parrucchiere, il fotografo. Voleva solo lui.

«Ho capito, vuoi una cosa tranquilla», aveva detto Bella quando le aveva spiegato i suoi piani matrimoniali. «Ma non pensare neanche per un minuto che questo ti esoneri dall'addio al nubilato. Ti sposi una volta sola, quindi ci prenderemo un bel weekend per festeggiare. Non accetterò un no, cara Lexi Jane Lowe».

Così eccole là, sull'isoletta greca di Aegos. Partendo dall'aeroporto, si erano lasciate alle spalle il viavai dei turisti e una striscia di localini chiassosi. La strada, che si era fatta sempre più sgombra e stretta, risaliva una collina boscosa dove l'unica musica che si sentiva era il tintinnio dei campanacci delle capre e il raglio di un asino all'ombra di un ulivo.

Aveva detto a Bella che voleva passare il weekend a prendere il sole, leggere, nuotare e mangiare. L'amica aveva annuito per due secondi, poi aveva fatto una faccia contrariata, segno che i suoi piani erano completamente diversi.

Parlava con l'autista, gesticolando in modo eloquente, mentre lui rideva di gusto. Lexi sorrise. Amava quella donna. Presente e disponibile, poteva chiamarla giorno e notte, proporle le idee più stravaganti e Bella avrebbe sempre risposto con un entusiastico sì.

Fen, la sua ragazza, era la calma in contrasto con la sua energia tempestosa. Guardava fuori dal finestrino, passandosi una mano sui capelli ossigenati, tagliati a spazzola. Sulla nuca aveva il piccolo tatuaggio di una rondine, disegnata con tanta perizia che sembrava pronta a spiccare il volo. Aveva la fronte aggrottata, un'espressione tesa. Era così diversa dalla sua solita aria serena e rilassata che Lexi le sfiorò un braccio, chiedendole: «Fen, tutto okay?».

Lei trasalì. La tensione scivolò via quando sorrise. «Sì, scusa. Avevo la testa altrove».

Lexi aveva avvertito una strana tensione tra Fen e Bella all'aeroporto, qualcosa che rendeva pesanti i momenti di silenzio. Si era riproposta di parlarne con Bella quando sarebbero state sole.

«Grazie di nuovo per averci ospitate nella villa di tua zia», disse.

«Una buona scusa per tornare a Aegos».

«Bella mi ha detto che l'ha progettata lei stessa».

Fen annuì. «Era per un cliente. Ma a un certo punto, lui si è trovato al verde. Non poteva finanziare il resto. Mia zia ormai si era talmente innamorata dell'isola che ha acquistato il lotto».

«Ha vissuto qui?»

«Per un paio d'anni, ma qui d'inverno è dura. La villa è molto isolata. Non ci sono vicini, non ci arrivano nemmeno le strade.

Preferisce venirci in estate, insieme a un gruppo di amici. Penso che la spaventasse vivere in un posto così remoto».

Fen tornò a guardar fuori dal finestrino.

Alla villa avrebbero soggiornato in sei. Il taxi con le altre amiche aveva fatto una deviazione per andare in paese a comprare provviste. Lexi si era offerta di accompagnarle, ma Bella gliel'aveva impedito. «Sei la festeggiata».

Aveva la sensazione che avrebbe sentito spesso quella frase nei giorni seguenti.

«Ci siamo quasi», annunciò il tassista, cambiando marcia quando l'asfalto lasciò il posto a un sentiero sassoso.

Lexi si aggrappò allo sportello mentre rimbalzavano sul terreno dissestato e le gomme sollevavano nuvole di polvere. Il taxi faceva ampie curve per schivare le buche, man mano che si avvicinavano alla punta estrema dell'isola.

Quando salirono sulla cima di un colle, per qualche istante Lexi non vide altro che lo specchio cristallino del mare. Poi, di colpo, apparve la villa, di pietra bianca con il tetto blu come la bandiera greca. Sembrava una corona in cima alla scogliera e dominava una piccola baia scintillante.

Lexi rimase a bocca aperta.

Bella batté le mani. «Oh! Wow!».

Il taxi imboccò una ripida discesa, sollevando nuvole di polvere e facendo stridere i freni. Lexi si sporse in avanti per sbirciare dal parabrezza e scorse il groviglio di buganvillee che incorniciava un lato della villa in un tripudio di rosa.

Il taxi si fermò e si sentì solo il ticchettio del motore in raffreddamento.

Sottovoce, come se stesse parlando tra sé, Fen disse: «Eccola».

Lexi si abbassò gli occhiali da sole, poi scese dal taxi. Anche a pomeriggio inoltrato, il caldo era come una cappa, pesante, che premeva sulla pelle. Rimirò la villa bianca con le persiane blu. Sentì le prime note del profumo di mare: terse e salate.

I sassolini scricchiolarono sotto i sandali quando andarono a prendere le valigie dal bagagliaio. Lexi fece per pagare il taxi, ma Bella la bloccò con un cenno, quindi si ripromise di infilare qualche soldo nella cassa comune in un momento tranquillo.

Quando il taxi ripartì, Lexi si girò con una mano su un fianco e si guardò intorno respirando a pieni polmoni.

La scogliera; il mare; la montagna.

Nessun altro edificio in vista.

Udì soltanto il grido lamentoso di una capra in lontananza.

Avvertì uno strano senso di apprensione nel petto. Se lo spiegò come l'attesa per quella breve vacanza, il pensiero che le sue amiche avessero fatto tutta quella strada per lei. Eppure, quando il suo battito accelerò, sentì che non era solo quello; era come se fosse la stessa villa a spaventarla, o il suo isolamento, o proprio quell'evento.

Bella apparve al suo fianco e la prese sottobraccio. Sfoderò uno strano sorriso, quasi maligno. «Sarà un weekend perfetto».

2
Robyn

Robyn fermò il carrello nel reparto frigo del supermercato. Si tirò il colletto della T-shirt e lo scrollò. Un po' di aria fresca, che bello. Le sarebbe piaciuto arrampicarsi sul frigorifero e abbracciare quei barattoloni di yogurt greco.

Le pizzicavano gli occhi. Le succedeva sempre quando prendeva l'aereo. Probabilmente era la combinazione tra l'aria condizionata e la stanchezza. Oppure forse stava per piangere? Le capitava spesso da quando era diventata mamma. Era come se i suoi condotti lacrimali fossero stati manomessi e rischiassero di attivarsi, senza preavviso: bastava un pensiero, un cartellone pubblicitario, uno sguardo affettuoso tra madre e figlio, qualsiasi cosa.

Aspettò un momento e, vedendo che non arrivavano lacrime, decise che il prurito agli occhi era dovuto alla stanchezza. Aveva dormito pochissimo la notte prima e non poteva nemmeno incolpare Jack, che l'aveva svegliata solo una volta. Dopo aver completato l'esecuzione serale di filastrocche e avergli rimboccato la coperta due volte, era tornata a letto, troppo tesa per dormire. Aveva cominciato a ripassare la lista delle istruzioni per i suoi genitori. *Tagliate a metà gli acini d'uva per Jack. Massimo venti minuti di televisione, pure se strilla. Se c'è il sole, mettetegli il cappellino.*

Era la prima volta che si separava da suo figlio. Aveva provato a fargli capire quanto fossero lunghe quattro notti impilando i blocchi colorati per formare una torre, ma lui li aveva fatti cadere con la mano grassottella, ridacchiando per il gioco.

Eppure non doveva sentirsi in colpa: era l'addio al nubilato di Lexi. Per lei sarebbe andata in capo al mondo, perché era una vera amica, sempre pronta a darle una mano, in qualsiasi circostanza. Aveva una vita eccitante, vivace, caotica e bellissima, e Robyn si sentiva privilegiata a farne parte.

Tuttavia, non era un gran privilegio fare la spesa. Tipico di Bella appioppare quel compito a lei. «Sei la più concreta e affidabile», aveva detto. «Io uscirei con il carrello pieno di ouzo».

Gettò un grosso blocco di feta nel carrello e una vaschetta di olive alle erbe, immaginando le altre già in costume da bagno a rinfrescarsi in piscina. *Le amiche di serie B*, pensò. Era evidente.

Prendeva sempre le cose troppo sul personale. "Questo è il tuo problema" le aveva detto Bill, il suo ex marito.

Come se i suoi tradimenti non fossero da prendere sul personale.

Ma meglio non pensarci. Non vedeva l'ora di divertirsi un po'. Se lo meritava. Erano stati due anni molto difficili. No, "difficili" non rendeva l'idea. Era la parola che usava con gli amici dei suoi genitori. Si corresse: gli ultimi due anni erano stati una fatica immane. Era incinta di sei mesi quando aveva scoperto che Bill la tradiva. E non con una sola donna. Oh, aveva un harem di amanti. E lei, Robyn delle Liste e dei Grandi Progetti, non aveva mai sospettato nulla. Quando lui alla fine l'aveva ammesso, paonazzo, indignato, lei si era guardata l'enorme protuberanza che aveva preso il posto della sua pancia e aveva pensato: *Come me la caverò da sola?*

Bill era rimasto fino alla nascita di Jack, ma tre mesi dopo, le notti in bianco e il gelo tra di loro erano diventati insopportabili. Era tornata dai suoi genitori con il bambino e abitava ancora da loro.

Bill andava a trovare Jack ogni sabato pomeriggio, gli portava dei peluche, poi tornava a casa con la sua nuova ragazza, che aveva ancora il seno bello sodo e una pancia senza le smagliature che partivano dalla cicatrice del cesareo. Sapeva di dover accettare l'idea che il suo corpo era cambiato, *la mappa della sua vita*, ma sinceramente lo preferiva come era prima, magro e muscoloso, in grado di farle scalare le montagne, senza i costanti mal di schiena e con una mente acuta, non sempre annebbiata dalla stanchezza.

Spinse il carrello, raggiungendo Eleanor nel reparto dolciumi. La sua fronte pallida brillava di sudore e sembrava soffrisse molto il caldo, malgrado la camicetta e i bermuda. Eleanor era la sorella di Ed. Non si era presentata al rinfresco per il fidanzamento. Lexi aveva spiegato che aveva perso il fidanzato di recente, quindi festeggiare il matrimonio di qualcun altro era l'ultima cosa di cui avesse bisogno. In realtà, con il divorzio imminente, quel rinfresco non era in cima alla Lista dei Modi Divertenti per Passare una Serata nemmeno per lei. Ma si trattava di Lexi. Non le avrebbe mai dato buca.

«Anche se c'è scritto Cadbury», disse Eleanor, corrugando la fronte, «tu ti fidi? Il cioccolato che vendono all'estero non ha lo stesso sapore, l'hai notato? Penso che sia per il latte».

«Corriamo il rischio e facciamo scorta».

«Perfetto», rispose Eleanor, mostrando il cestino appeso al braccio già pieno di barrette di cioccolato e frutta secca al miele.

Proseguirono insieme, con Eleanor che raccoglieva generose provviste di frutta, verdure, erbe aromatiche e pane fresco. Dopo aver pagato, Robyn spinse il carrello nel caldo soffocante del pomeriggio.

Ana stava all'ombra della tettoia del supermercato, con un vivace scialle arancione annodato sulle treccine, il cellulare all'orecchio. Ecco una donna che non aveva problemi con i condotti lacrimali difettosi, pensò Robyn. Si erano incontrate per la prima volta sull'aereo, dove aveva appreso che Ana era la madre single di un quindicenne e aveva frequentato le scuole serali per prendere la laurea. Lavorava come interprete di lingua dei segni, ispirata dalla sordità della sorella, e si barcamenava tra i difficili orari lavorativi per stare con suo figlio quando non era a scuola.

Quando Robyn aveva ammesso di vergognarsi perché viveva ancora con i genitori, Ana l'aveva fissata con uno sguardo fermo e pacato. «Non devi vergognarti. Facciamo quello che facciamo per tirare avanti. Chiedere aiuto è un atto di coraggio».

Non essendosi accorta di loro, Ana parlava a bassa voce al cellulare. «È stato un errore venire qui», diceva, con gli occhi bassi, la fronte aggrottata.

Robyn rallentò il passo e, dietro di lei, Eleanor la imitò. *Un errore? Perché?*

Ana alzò lo sguardo. Vedendole, sgranò leggermente gli occhi. «Ci sentiamo dopo», disse in fretta al telefono.

«Tutto a posto?», chiese Robyn, poi pensò che sarebbe stato meglio fingere di non aver sentito.

«Sì». Ana mise via il telefono, si lisciò il vestito e le raggiunse accanto al carrello. La sua espressione si alleggerì quando scorse le bottiglie di ouzo, gin, Metaxa, prosecco e birra. «La proporzione alcol-cibo è eccellente».

Eleanor sorrise e, dopo un attimo, Robyn fece altrettanto.

Mentre caricavano la spesa nel taxi, Robyn rifletté incredula che quello era l'inizio dell'addio al nubilato di Lexi. Non aveva ancora assimilato bene la notizia. Lexi aveva sempre dichiarato che non si sarebbe mai sposata e loro le avevano creduto. Lavorava come ballerina per svariate pop star. Tra un festino e l'altro, sui pulmini durante i tour o in lussuose suite, faceva il giro dei club di Soho, dove conosceva tutti i proprietari per nome. Ma poi, due anni prima, si era fratturata la tibia e di colpo la sua carriera di ballerina, le feste, lo stile di vita sfrenato, erano finiti. Tuttavia la vita aveva l'abitudine di chiudere una porta per aprirne un'altra. Be', almeno nel caso di Lexi. Si era reinventata come insegnante di yoga, aveva incontrato Ed, si era innamorata e aveva acconsentito a sposarlo. E quindi eccole lì, in Grecia, pronte a festeggiare. Non male come svolta.

Forse era quello il suo problema. Lei non aveva mai vissuto con la stessa intensità. Non era mai rimasta al verde. Aveva sempre seguito la retta via: laurea in legge, mutuo, carriera, matrimonio, un figlio. Precisa come un dannato orologio svizzero.

Che cosa le era rimasto? Trent'anni, viveva con i genitori e un bambino di diciotto mesi, una carriera in panchina e un ex marito alle spalle.

Una persona di serie B, pensò. *E sarò sempre di serie B.*

Eravamo un gruppo di donne in vacanza per un addio al nubilato, ma non eravamo più le stesse.

Nemmeno lontanamente.

Non dimenticarlo.

C'era chi cominciava la giornata con un saluto al sole, chi con una corsa o stringendosi il cuscino al petto in un letto vuoto. Alcune di noi erano arrivate sperando di prendersi una pausa dalla quotidianità per ritrovare la propria natura libera e selvaggia, per ricordare chi eravamo. Altre volevano solo arrivare alla fine della vacanza, contando le ore prima di tornare a casa.

Ci eravamo andate tutte per un motivo diverso. Ma solo una di noi aveva partecipato a quell'addio al nubilato per una ragione molto precisa.

Il problema era che l'avevamo capito troppo tardi.

3
Fen

Fen si irrigidì mentre girava la chiave nella serratura, come se si stesse preparando a incassare un colpo.

Fece un respiro e aprì la porta.

Quando entrò nel fresco e vasto ingresso, la villa la accolse con il familiare odore di gesso. Provò a ricordare quando era arrivata lì sette anni prima, estasiata dalla bellezza dell'isola, con l'eccitante sensazione che un nuovo mondo si dispiegasse davanti a lei. All'epoca aveva appena tagliato i ponti con i genitori e le loro pretese rigide e bigotte, quindi lo stile di vita bohémien della zia l'aveva incantata: quella villa piena di amici che andavano a trovarla con i pennelli e il blocco da disegno, intrisa di idee seducenti su come la vita andasse vissuta.

Quelli erano i ricordi più piacevoli.

Ma ce n'erano anche altri, rinchiusi lì.

Con la bocca asciutta, Fen si tolse i sandali per camminare a piedi nudi sul fresco pavimento di pietra, mentre i suoi occhi si abituavano alla penombra. Sganciò le persiane e le spalancò. La villa fu invasa una luce abbagliante in cui danzavano granelli di polvere. Sbatté le palpebre.

Si chiese se si sarebbe pentita di aver acconsentito a prestare la villa per l'addio al nubilato di Lexi. Sua zia aveva annunciato che voleva venderla davanti a un piatto di sashimi, al suo ristorante giapponese preferito. «Ho un altro progetto in ballo in Croazia e mi serve liberare un po' di fondi per portarlo avanti», aveva detto, aggiungendo che doveva approfittarne assolutamente, finché era vuota.

Bella aveva posato le mani sul tavolo, sporgendosi in avanti. «Lexi si sposa! Andiamo in Grecia per l'addio al nubilato!».

A sua zia era piaciuta molto l'idea della villa brulicante di donne, musica e festeggiamenti, e quando il cameriere aveva posato una seconda bottiglia di sakè sul tavolo basso, il piano era già stato consolidato.

«Mio Dio», strillò Bella, correndo con un ticchettio di tacchi sul pavimento di pietra. «Guardate che posto!».

La villa era stata progettata nella tradizione delle Cicladi, con un'estetica minimalista, e sembrava scolpita nella roccia su cui poggiava. Muri di pietra bianca molto spessi con i bordi arrotondati. I mobili di legno bassi, ridotti all'essenziale, enfatizzavano la sensazione di spazio. Completavano il tutto soffitti a cupola imbiancati, con una cornice di travi di legno schiarita dalla salsedine.

«È tutto stupendo!», si meravigliò Bella, sfiorando le nappe di un tessuto da parete color grano, e poi spostandosi verso un tavolino di legno ricavato da un tronco d'albero. «Oh, guarda!», esclamò, prendendo una cornice. «Sei tu?». Indicò il vetro con l'unghia smaltata. «Ragazza, sei una bomba con quelle curve!».

La foto era stata scattata sul terrazzo davanti alla villa. Fen aveva gli occhi socchiusi per il sole del tardo pomeriggio, un sorriso che le illuminava il volto. Indossava una minigonna di jeans, con una fascia infilata nei passanti della cintura e una canottiera vintage con la scritta "Let Love Rule" che aveva pagato tre sterline a una bancarella dell'usato. Portava gli occhiali da sole rossi sulla testa. Rammentò che quella sera era uscita a cena nell'animatissimo centro del paese. Il ricordo di ciò che era successo dopo l'investì con tale violenza che stette male fisicamente. Il viso impallidì, la pelle si fece di ghiaccio.

Distolse lo sguardo di scatto, sfrecciò accanto a Bella e uscì sul terrazzo.

Rimase all'ombra sotto la pergola e fissò lo sguardo sull'ovale azzurro della piscina. Si concentrò sul respiro, facendo esalazioni e inalazioni sempre più lente e profonde.

«Piccola?», disse Bella, seguendola sul terrazzo. «Tutto bene?».

Fen si convinse che poteva farcela. «Sì. Mi è solo venuto un capogiro per il volo».

Lexi le raggiunse, attratta dalla striscia scintillante di mare azzurro. Posò i palmi sul muretto di pietra. «Che panorama», disse, godendosi la bellezza di quel tratto di mare. Poi indietreggiò spaventata. «Merda. Che strapiombo!».

Bella la raggiunse e guardò oltre il bordo, sistemandosi gli occhiali sul naso. «Gesù! È letale!».

C'era uno strapiombo vertiginoso di almeno sessanta metri che finiva sulle punte aguzze degli scogli sottostanti. «Per questo c'è voluto un po' per vendere la villa. La gente si spaventa per il dirupo», spiegò Fen.

Bella indicò a est. «È tutta nostra?», chiese, guardando la baia da brochure turistica che si stendeva ai piedi dello strapiombo.

«Sì. Spiaggia privata». Sulla riva aspettava una barca a remi, con la vernice turchese scrostata. Fen si concentrò sul piacevole ricordo di quando, la mattina presto, affondava i remi nell'acqua limpida, uscendo dalla caletta nascosta dietro l'angolo, dove c'era una rientranza scavata nella scogliera.

Quel posto serbava anche dei bei ricordi.

«Che ne pensate di un falò sulla spiaggia una di queste sere?», chiese Lexi, guardando la piccola baia.

«Certo», rispose Fen. «Sarà pieno di pezzi di legno portati dal mare».

A Bella brillarono gli occhi. «Una festa in spiaggia! Sì! Per coronare la vacanza. Mi piace un sacco l'idea».

Lexi attraversò il terrazzo e si accovacciò per annusare le erbe aromatiche nei vasi di terracotta.

Bella si avvicinò a Fen e si alzò in punta di piedi per darle un bacio su una guancia. «Tutto a posto tra noi?», sussurrò, posandole una mano sul fianco.

Fen si vide riflessa nei suoi occhiali da sole: la fronte aggrottata, la mascella tesa. Avrebbe voluto rispondere: *Certo!* Avrebbe voluto sentirsi felice per essere in vacanza con Bella. Ma non poteva.

Qualche ora prima, nel terminal partenze dell'aeroporto di Gatwick, aveva saputo che Bella le aveva mentito dal giorno in cui si erano conosciute. Pallida, con una mano serrata sulla maniglia della valigia, Bella l'aveva implorata di capire. Ma come poteva, se erano stati proprio l'incrollabile onestà e il rifiuto di scusarsi per le scelte fatte ad attrarla in lei?

L'arrivo delle altre aveva interrotto il diverbio. Bella si era asciugata le lacrime, si era incollata un sorriso sulle labbra e si era diretta verso di loro a braccia tese, mentre lei era rimasta indietro, pensando: *Ma come fa?*

Fen si liberò dall'abbraccio di Bella, dicendo: «Vado ad arieggiare le camere».

Fu un sollievo tornare nella frescura della villa. Prese la valigia e la portò nella stanza da letto. Quando aprì le persiane, una mosca morta cadde sul davanzale di pietra. Dal terrazzo in basso sentì un rumore di sedie trascinate e le voci di Lexi e Bella, che si accomodavano sotto la pergola. Bella doveva aver detto qualcosa di divertente, perché udì lo scoppio della risata di Lexi.

Le sarebbe piaciuto unirsi a loro, ma si sentiva tesa e inquieta. Aveva bisogno di schiarirsi la mente, così indossò un paio di pantaloncini da corsa e una canottiera e infilò le scarpette. Piegandosi per allacciarle, scorse il suo riflesso nello specchio, si soffermò sulle sue forme ossute. Lasciò vagare lo sguardo sulle cosce muscolose e udì la sua voce: *Mi disgusti.*

Il ricordo di quelle parole fu uno schiaffo, rapido e inatteso.

Si alzò di scatto. No, non avrebbe ascoltato quella voce. Erano passati sette anni. Era finita. Prese la sua bottiglietta d'acqua e tornò in terrazzo.

Bella la guardò, stupita. «Vai a correre? Siamo appena arrivate».

«Una corsetta veloce prima che faccia buio».

Bella scosse la testa. «Dovevo mettermi proprio con una sportiva?»

«Sei stata incredibilmente fortunata», le rispose Lexi.

«È vero», concordò Bella e la guardò, facendosi improvvisamente seria.

Fen lasciò il terrazzo, diretta al sentiero sulla scogliera che portava ai piedi della montagna, spingendo sui talloni nella terra secca. Il profumo del timo selvatico si alzò nell'aria torrida e polverosa. Fissò gli occhi sul sentiero tortuoso, la villa diventò solo un'ombra alle sue spalle.

4
Bella

Bella aspettava con trepidazione quella vacanza da quando Lexi aveva annunciato il fidanzamento. Se stai per perdere la tua migliore amica perché si sposa, almeno ti consoli con una mega festa.

Lexi Lowe si sposava. Non riusciva ancora a crederci. Non che le fossero mancate le occasioni. Agli uomini bastava respirare la stessa aria di Lexi per innamorarsi. La sorpresa era che lei si fosse innamorata di Ed. (Doveva smetterla di pronunciare o pensare il suo nome come se fosse qualcosa di disgustoso, o come una domanda basita: *Ed?*). Era un uomo affascinante. Generoso. Amava il suo lavoro. (Anche se non sapeva cosa facesse di preciso. Era una specie di avvocato. Sicuramente Robyn lo sapeva meglio di lei). Era leale. E soprattutto, adorava Lexi.

Ma – per Bella c'era sempre un *ma* – non era quello che si sarebbe aspettata. Sapeva che Lexi aveva chiuso con la vita frenetica e festaiola, ma fino a quel punto? Non poteva invaghirsi di un insegnante di yoga francese con i piercing ai capezzoli? O di un chitarrista che tra un rehab e l'altro si calava olio di CBD come se fosse un acido? Un uomo un po' più ruvido, meno banale.

«In che stanza mi metto?», chiese Lexi. Anche dopo un giorno di viaggio, aveva un'aria fresca e pimpante, con i capelli color caramello sciolti sulle spalle esili.

«Nella suite padronale», rispose Bella, imitando un maggiordomo. «Prego, Madame, da questa parte».

Le ruote della valigia di Lexi sbattevano sui gradini di pietra con un rumore metallico. Bella attraversò la camera per andare ad aprire le rigide persiane di legno. Tende bianche si gonfiarono al vento, rivelando scorci di un ampio balcone che si affacciava sul terrazzo, mostrando uno scenario marino.

«Non posso prendere questa stanza. Dovreste averla tu e Fen!».

«È tua. Sei l'ospite d'onore».

Lexi gettò uno sguardo alla porta, per appurare che fossero sole. «Comunque, va tutto bene tra di voi?»

«Sì, va alla grande. C'è grande intesa. È tutto grandioso». *Ma quante volte aveva ripetuto "grande"?*

«All'aeroporto sembrava ci fosse un po' di tensione».

«Niente affatto! Eravamo solo preoccupate che filasse tutto liscio per il volo». Bella si accorse della nota stridula nella sua voce mentre mentiva.

Ma Lexi ci aveva visto giusto. Non che non volesse confidarle i suoi problemi. Semplicemente non poteva parlare di quello in particolare.

Ripensò al volto corrucciato e perplesso di Fen mentre aspettavano le altre nella sala partenze. «Sai cosa ho sempre ammirato in te?», le aveva chiesto.

Lei aveva aspettato, con le guance rigate di lacrime, incapace di rispondere.

«La tua onestà. La tua schiettezza. Che non ti vergognassi mai di essere te stessa». Aveva fatto una pausa, scuotendo la testa, con gli occhi bene aperti. «Ma ora… non sono nemmeno più sicura di conoscerti».

Bella deglutì, allontanando il ricordo. «Allora», disse allegramente, afferrando la valigia di Lexi e issandola sul letto. «Mettiti il costume. Andiamo a farci una nuotata!».

Lettini di legno scoloriti dal sole erano adagiati intorno alla piscina. Bella, animata dall'entusiasmo vacanziero e da un alto livello di adrenalina, voleva fare tutto allo stesso tempo: abbronzarsi, nuotare, bere, mangiare, esplorare.

Scelse un lettino nell'ultimo lembo di sole, vi distese sopra un asciugamano, poi si sdraiò. Indossava un nuovo costume leopardato con un ferretto di solida fattura, che teneva i seni alti e fieri, e uno slip a mezza vita che le scolpiva i fianchi in curve vellutate.

Dov'è Robyn con la spesa? Avrebbe ucciso per una birra ghiacciata.

Prese uno specchietto dalla borsa da spiaggia e si rimise il rossetto. Era tanto per fare qualcosa mentre aspettava Lexi. Non le era mai piaciuto stare ferma.

Si girò per dare uno sguardo alla montagna, chiedendosi se sarebbe riuscita a intravedere Fen. Era un paesaggio arido, con cespugli bassi e qualche macchia di alberi verso l'entroterra. Si spinse gli occhiali sulla testa, strizzando gli occhi per la luce. Nessun segno di Fen. Una corsetta per lei significava un'ora di corsa a una velocità assurda. Probabilmente aveva già raggiunto la cima della montagna.

Doveva ricavarsi un po' di tempo per stare da sola con lei. Per chiarire le cose.

«Andiamo a farci una nuotata?», disse Lexi, attraversando il terrazzo con un semplice bikini nero.

Bella si schiarì la gola, abbassò gli occhiali da sole e si incollò sulle labbra un sorriso smagliante. «Certo».

«In mare?».

Bella si girò a guardare la baia deserta. Una piccola spiaggia di ciottoli che digradava in un'acqua incredibilmente limpida, il mare turchese che prendeva sfumature di blu sempre più scure. All'orizzonte riposava l'ombra sonnacchiosa delle isole vicine; grappoli di casette bianche simili a cirripedi calcificati su una balena.

Lei preferiva fare il bagno in piscina. Non amava le onde, il tocco viscido delle alghe, i pesci. No, i pesci li odiava proprio, con quei corpi sodi e scivolosi, le squame scintillanti. La piscina era il posto per lei. Si vedeva il fondo. Sapevi cosa c'era dentro. Il cloro era suo amico.

Ma era la festa di Lexi. «Che mare sia».

Una ripida scalinata di pietra serpeggiava lungo il dirupo, rifinita con una vernice bianca che divampava al sole. Scesero scalze, scottandosi i piedi. L'odore di crema solare si diffuse nell'aria calda.

«Ma quanti gradini ci sono?», borbottò Bella, schivando un geco che la guardava da uno scalino. Si girò, strizzando gli occhi verso la villa. Svettava in alto, come se fosse stata messa lì per fare la guardia.

Quando arrivarono alla spiaggia, avevano la fronte imperlata di sudore. Calpestarono i ciottoli rosolati dal sole, poi immersero le piante dei piedi scottate nell'acqua fresca e bassa. I contorni del fondale apparivano più netti, tanto era tersa e trasparente.

Lexi, come faceva anche nella vita, entrò senza esitare, si tuffò e scomparve sotto la superficie screziata dal sole. Riemerse qualche istante dopo, con il viso gocciolante.

«Non mi schizzare!», la avvertì Bella, mentre entrava pian piano, tirando in dentro la pancia e controllando che non ci fossero ricci di mare. *Non ci sono ricci in una piscina.*

Quando si girò verso la villa, vide alzarsi una nuvola di polvere per l'arrivo del secondo taxi. Scesero Robyn, Ana e Eleanor, cariche di buste del supermercato.

Non si sentiva in colpa per aver chiesto a Robyn di occuparsi della spesa: era la seconda damigella e finora non aveva fatto niente, tranne annoiarla con domande sulla connessione a internet e l'assicurazione di viaggio. Per l'amor del cielo.

Se Lexi si fosse accorta che erano arrivate le altre, avrebbe chiesto di tornare su per aiutarle con la spesa. Ma Bella voleva disperatamente un po' di tempo da sola con lei. Si tuffò e proseguì a rana, tenendo il mento fuori dall'acqua. Quando raggiunse Lexi, indicò un gruppo di scogli. «Andiamo là».

Mentre fendevano l'acqua limpida, con i volti indorati dal sole calante, Bella provò una sensazione di assestamento, come se qualcosa, dopo essere stata a lungo disallineata, fosse tornata al suo posto. *Solo io e te.*

5
Robyn

Robyn spinse in fondo al frigo gli ingredienti per le insalate, facendo spazio per il vino bianco.

Fatto. Era l'ultima busta da sistemare.

Chiuse il frigorifero, poi fletté e inarcò la schiena, sentendo la familiare fitta nel bacino.

Controllò l'orologio. Era l'ora del bagnetto. Immaginò il corpicino di Jack, liscio e lucido nella schiuma profumata. Certe sere lo guardava incantata: la pelle chiara e perfetta, l'espressione deliziata quando batteva le mani nell'acqua calda, i dolci momenti in cui lo avvolgeva nell'asciugamano morbido, fresco e pulito e pronto per andare a letto. Altre sere voleva solo finire in fretta per tornare giù a fare… cosa? Guardare Netflix con i genitori? Accendere il computer e mettersi al lavoro?

Sfilò il cellulare dalla tasca dei pantaloncini. *Maledizione, non c'è campo.* Non ne era stupita, con quegli spessi muri di pietra. Guardò verso la scogliera, attraverso la porta aperta. Magari lì prendeva.

Chiamò Ana ed Eleanor, che stavano disfacendo le valigie in una stanza doppia, poi uscì nella sera calda. Seguì la mulattiera che abbracciava il dirupo, sentendo la terra dura sotto i piedi. Sollevava le ginocchia pallide sullo stretto sentiero in salita, respirando con l'affanno.

Era una bella sensazione muoversi dopo un'intera giornata di viaggio. Avevano fatto parecchia strada per sole quattro notti. Non erano proprio i viaggi come quello a contribuire alla crisi climatica? Persone come loro che zigzagavano da una parte all'altra del continente, convinte che una vacanza di addio al nubilato fosse un loro diritto di nascita? Una volta ci si limitava a cenare con le amiche la sera prima del matrimonio. Come era diventata una festa così mercificata, con oggettistica dedicata, giochi alcolici e quiz patetici? C'era davvero qualcuno a cui piaceva quella roba?

Lei di sicuro il suo addio al nubilato non se l'era goduto. Aveva stupidamente acconsentito che partecipasse anche sua madre. Non era mai riuscita a dirle di no, perché era sempre così gentile, conciliante e le voleva un bene dell'anima. Ma, a causa sua, per tutto il tempo aveva cercato di moderarsi.

C'erano almeno tre Robyn che abitavano il suo corpo. C'era la Robyn dei suoi genitori: sensibile, gentile, calma, forte. C'era quella del lavoro: determinata, superorganizzata, grintosa. Poi c'era la Robyn delle sue vecchie amiche, che usciva fuori dopo qualche bicchiere: spontanea, coraggiosa e un po' blasfema. Averle tutte e tre insieme, al suo addio al nubilato, era stato troppo impegnativo: era come se non riuscisse a ricordare quale Robyn dovesse impersonare e, a furia di cambiare ruolo, era sfinita e non vedeva l'ora che la festa finisse.

In realtà, era andata così anche al suo matrimonio.

Il problema era che non sapeva più quale fosse la vera Robyn.

Le cicale cantavano invisibili nella macchia, mentre continuava a salire, con i polpacci in fiamme, un velo di sudore sotto le ascelle. Da qualche parte, alle sue spalle, udì un fruscio, come di passi. Si voltò, spaventata.

Non c'era nessuno, ovviamente. Forse era stato un animale o un sassolino rotolato per il pendio. Alla luce morbida del pomeriggio, il paesaggio circostante aveva perso definizione. La villa, appollaiata in cima al dirupo, aveva un'aria solitaria. Robyn ebbe una sensazione spiacevole e si chiese se non dovesse tornare indietro.

Guardò il telefono. Ancora nessun segnale. Se voleva sentire suo figlio, doveva salire più in alto.

Proseguì sul sentiero, con il fiato corto, muovendo ritmicamente le braccia lungo i fianchi. Ah, era in forma una volta. A scuola partecipava a tutte le attività sportive. Ginocchia sbucciate, gambe piene di lividi e dita fasciate: questo era l'aspetto che aveva da ragazzina. Lei e suo fratello, Drew, passavano le domeniche ad arrampicarsi sugli alberi, costruire capanne e giocare nei boschi. Le mancavano quei giorni spensierati.

Le mancava lui.

Arrivò in cima alla collina, trafelata, ma con una barra di segnale nell'angolo del telefono. Pigiò *chiama*, immaginando Jack con il pigiama dei dinosauri, la nuca ancora umida, profumato di shampoo per bebè.

«Robyn!», rispose con affetto sua madre. «Sei arrivata?»

«Sì, siamo già alla villa. Come sta Jack?»

«Benissimo! Abbiamo passato proprio una bella giornata. Oggi pomeriggio siamo andati a Brockenhurst in treno. Avresti dovuto vedere la sua faccia quando ha visto i pony!».

«Puoi passarmelo?»

«Oh, mi dispiace, tesoro. L'hai mancato per poco. Sta già dormendo».

Robyn rimase qualche secondo sulla cima della scogliera, cercando di superare la delusione.

Sentì il lamento di una capra, alle sue spalle. Si girò, per individuarla. Oltre all'animale, vide qualcuno che correva sul sentiero, con passo svelto e sicuro. Spalle larghe, capelli corti e ossigenati. La ragazza di Bella. Le avevano presentate brevemente in sala d'imbarco, ma si erano scambiate solo qualche parola. Cercò di ricordare come si chiamasse.

Fen.

Correva senza sforzo, leggera, con le gambe magre ma muscolose. Il sole calante l'adornava con un fascio di luce dorata. Aveva le spalle abbronzate e un'espressione concentrata ma serena. Di recente aveva ascoltato un podcast sullo stato di flusso, ovvero quando una persona era immersa completamente nel presente e superava i propri limiti, smettendo di essere consapevole di ciò che la circondava. Vi avevano accesso campioni sportivi, artisti e scrittori, e volendo chiunque, ma era uno stato passeggero. Si poteva imparare a mantenerlo più a lungo. *Fen dello stato di flusso.*

La guardò con un crescente senso di nostalgia, ricordando i tempi in cui lei stessa era forte e atletica. Quando era rimasta incinta, il suo corpo slanciato e muscoloso era sbocciato, assumendo una forma del tutto nuova. Aveva assistito impotente a quella trasformazione, come una spettatrice. Quando era iniziato il travaglio, si era sentita pronta. Aveva piena fiducia nelle proprie forze, nella propria prestanza fisica. Aveva letto in un libro che le donne delle tribù selvagge ruggivano, assecondavano il dolore, senza temerlo. Ma il suo corpo era stato di tutt'altra idea. Dopo dodici ore di doglie, aveva cominciato a vomitare sangue. Un'infezione significava che dovevano collegarla a un monitor su un letto d'ospedale. Non poteva più contorcersi sul pavimento, ma poteva ancora urlare.

«Tesoro, fai piano». Bill.

Fai piano?

Stava mettendo al mondo un altro essere umano. «Ruggirò come una leonessa», gli aveva risposto, e sinceramente era stata la cosa più bella che avesse mai detto.

E così aveva fatto. Aveva ruggito fino allo sfinimento, ma nonostante tutta quella forza animalesca, il suo corpo non aveva finito quello che doveva fare. Trentasei ore dopo, senza voce, aveva acconsentito a un cesareo d'emergenza.

Lì per lì non le era importato: Jack era arrivato sano e salvo, con una zazzera di capelli scuri e un visetto roseo che non riusciva a smettere di baciare. Ma più tardi, quando aveva capito che l'operazione aveva reciso cinque strati di muscolo e tessuto, ne aveva risentito eccome. Un'infezione aveva prolungato il suo ricovero in ospedale e il suo fisico tonico era diventato debole e molle. Non aveva più forza negli addominali, così la schiena subiva tutto il peso… ed era molto spiacevole.

Tra i muscoli c'era un vuoto dove lo stomaco si gonfiava come se cercasse di tenergli testa. Faceva fisioterapia, patetici piccoli esercizi di flessione del bacino. «Ma facevo le trazioni alla sbarra. Mi arrampicavo sugli alberi», aveva detto alla fisioterapista. Lei aveva annuito pazientemente. «Un passo alla volta. Hai avuto un bambino».

Sì, ma c'erano altre donne che, anche dopo tre o quattro parti, erano ancora forti. Il suo corpo l'aveva delusa. Non si fidava più.

Ma guardando Fen, ricordò quand'era come lei. Forte, in forma, capace. Era incantata dal suo corpo tonico e muscoloso.

All'improvviso, Fen alzò lo sguardo e la vide. Le sorrise.

Robyn si accorse di essere arrossita. Le bastava pochissimo per imporporarsi.

Fen si avvicinò, rallentando. Piccoli sbuffi di polvere si sollevavano a ogni passo, intorno alle caviglie forti e lisce. Si fermò con le mani sui fianchi. Indossava una vecchia maglietta di un gruppo musicale, con le maniche tagliate. Non aveva nemmeno l'affanno.

«Com'è il sentiero?», le chiese Robyn.

Fen chiuse brevemente gli occhi. «Bellissimo. Si sente un forte odore di rosmarino selvatico. Non c'è nessuno. Davvero, non c'è anima viva. Dio, è stupendo».

Anche Robyn si sorprese a sorridere. Sull'aereo, Fen era stata sempre vicino a Bella e, in realtà, lei aveva pensato che se era la sua ragazza non poteva essere il suo tipo. Che giudizio assurdo e severo. Viveva da troppo tempo con i suoi genitori, ecco il problema.

Osservò attentamente Fen. Aveva un piercing al naso, un semplice bottoncino d'argento sulla narice destra. I capelli ossigenati erano rasati su un lato. Lei non avrebbe nemmeno saputo come chiederlo al parrucchiere. Il tipo di taglio che i suoi genitori avrebbero definito "alternativo". Per loro era tutto alternativo. I tatuaggi. I piercing. I capelli tinti. Le relazioni omosessuali.

Guardava quella donna, che ammirava incantata il panorama, piena di vita, fiducia in sé stessa e meraviglia, e pensava: *Voglio essere così.*

«Prende?», domandò Fen, guardando il cellulare che aveva in mano.

«Più o meno. Volevo chiamare mio figlio. Ma è appena andato a letto». Sentì che la sua voce stava per spezzarsi. Ma che diavolo le prendeva?

«Mi dispiace», disse Fen. «Sicuramente ti manca».

Robyn annuì. «È la prima volta che lo lascio. Ha solo diciotto mesi».

«Sei stata coraggiosa a venire. È molto bello che tu sia qui per Lexi».

Lei sorrise. «Non me lo sarei perso per niente al mondo».

«Vi conoscete fin dalla scuola, vero?»

«Sì. Da quando avevamo undici anni». Lexi era bellissima anche allora, prima ancora che capissero cosa fossero la bellezza e il potere che deteneva, eppure appariva sempre stanca, con le borse sotto gli occhi. Sua madre diceva spesso: «Quella ragazza dovrebbe andare a letto prima».

Robyn aveva capito in fretta che dei genitori di Lexi bisognava parlare a bassa voce. La madre era un'ex ballerina che beveva tutte le sere, e il padre correva troppo. Era proprio il suo lavoro: pilota di auto da corsa. Era come se avessero chiesto a due bambini: Che cosa volete fare da grandi? E loro avessero disegnato una ballerina bionda e un pilota di auto da corsa con un trofeo in mano. Quella era la famiglia di Lexi. Robyn ne era sempre stata affascinata: l'amica andava a letto quando voleva, nessuno le faceva domande su dove fosse andata e con chi, beveva champagne anche se non c'era niente da festeggiare.

«Bella si iscrisse alla nostra scuola un paio di anni dopo», spiegò a Fen.

«Quando si trasferì da Londra?»

«Esatto. Per l'intero primo trimestre raccontò a tutti che ci sarebbe tornata appena possibile».

«Si dava da fare anche allora per piacere alla gente». Fen sorrise.

Robyn ricordò Bella da adolescente, con il mascara messo male, i capelli neri a coda di cavallo, due ciocche ossigenate a incorniciarle il viso. «Conosceva un sacco di parolacce in italiano. La prima settimana insegnò al nostro insegnante di geografia come dire "Che tramonto meraviglioso!", quando in realtà significava "Vai a farti fottere e muori!"».

Fen rise.

Con gli stessi termini, Bella aveva annunciato di essere lesbica. «Preferisco le donne», aveva detto con un tono così sicuro e tranquillo che nessuno aveva battuto ciglio, né fatto domande o riso. «Ho tre fratelli più grandi e c'è solo un bagno a casa nostra. Al mio posto, sarebbe passata la voglia anche a voi, per sempre. Noi donne non puzziamo. Siamo più carine. Abbiamo la pelle più morbida. E le curve. Siamo migliori in tutto». Aveva fatto spallucce, come se l'avesse deciso proprio in quel momento. *Eh, già, meglio le donne.*

Lei e Lexi ne erano rimaste estasiate. Non volevano che se ne andasse. Speravano che si innamorasse di Bournemouth, così non le avrebbe più lasciate, riportando a Londra la sua esuberanza e la sua sfacciataggine. Così il loro duo era diventato un trio, e aveva funzionato. Ciascuna aveva un ruolo. Lexi era la faccia del gruppo, ribelle, indomabile, con i genitori permissivi. Bella era la voce, alta e deliziosamente schietta, che spesso si abbandonava a risate contagiose. Robyn era la coscienza collettiva, leale e riflessiva, pronta a guidarle sulla retta via.

«Sono loro?», chiese Fen, guardando il mare, in basso.

Robyn vide Lexi e Bella che nuotavano verso la spiaggia in bikini e sentì una fitta di delusione notando che non le avevano aspettate. «Sì», rispose, guardando Bella che rideva come una matta. Aveva sempre avuto la risata facile e si piegava in due come se non riuscisse a sostenere il peso della sua ilarità, oppure si appoggiava alla prima persona che le capitava a tiro. Si avvolsero gli asciugamani intorno alla vita e iniziarono a risalire la scalinata della villa, dove Bella avrebbe preso a versare da bere e sarebbe cominciata la festa.

Si girò verso Fen. «Sei salita sulla montagna?»

«Sono rimasta sul sentiero della scogliera, ma ce n'è un altro che ti porta su in cima. Voglio andarci domani».

«Davvero?»

«Non mi piace poltrire in piscina. Partirò domattina presto, quando fa ancora fresco».

«Sembra una figata».

«Vieni anche tu».

Un invito semplice e schietto.

«Oh, non sono molto in forma. Ti rallenterei».

Fen la guardò. «Non vado di fretta, Robyn».

Non seppe cosa dire, così acconsentì.

Lassù, in cima alla scogliera, sentì la scintilla della vecchia sé stessa, ancora accesa.

Arrivammo sull'isola con dei bagagli.

Avevamo messo in valigia sandali, occhiali da sole, vestitini estivi e pantaloncini a vita alta. C'erano asciugamani turchi a righe morbide, astucci da bagno rigonfi di ombretti, creme abbronzanti e lucidalabbra. Tascabili da sfogliare e flaconi di crema solare al cocco, il profumo dell'estate.

Sotto gli orpelli da vacanza c'erano altre cose. Cose private, solo per noi: un astuccio di pillole senza etichetta nascoste in una tasca laterale; una bottiglietta di gin dentro un asciugamano; la fotografia sbiadita di un uomo dallo sguardo tenero infilata in una busta.

Oh, e nascosta in una delle valigie, c'era una scultura della sposa. Qualche giorno dopo, l'avremmo vista in frantumi, portata via dalla villa, dentro una busta per le prove.

6
Ana

Ana controllò il telefono. Nessun segnale. Si avvicinò alla finestra incastonata dentro massicce mura di pietra. Ancora niente. L'assenza delle piccole barre che indicavano la connessione la facevano sentire scombussolata. Era una londinese: il telefono prendeva dappertutto, a parte nella metro.

Forse era per lo spessore dei muri, pensò, premendo il palmo sulla pietra fredda. Prima, mentre le altre commentavano estasiate la bellezza della villa, era rimasta in silenzio: lo stile architettonico spoglio e austero la faceva somigliare a una caverna e mancava di brio e calore. Preferiva di gran lunga il suo appartamento, pieno di quadri, cuscini colorati e libri.

La stanza doppia che divideva con Eleanor era sul retro della villa. Si affacciò a guardare il crepuscolo, seguendo il dorso roccioso della montagna. Erano completamente isolate. Non c'erano villaggi, case, traffico. La villa era servita solo da una stradina polverosa. Le venne la pelle d'oca.

«Permesso?», chiese Lexi dalla porta aperta, facendola trasalire. «Volevo solo avvisarti che andiamo a bere qualcosa in terrazzo».

Ana si strofinò le braccia, per scacciare i brividi. «Ottimo, ho quasi finito di disfare i bagagli», disse, tornando alla valigia per prendere un vestito color giada.

«È stupendo. È nuovo?», domandò Lexi, entrando e chiudendosi la porta alle spalle.

Guardando la porta chiusa, Ana ebbe una fitta di panico. Era una sensazione familiare, veloce come un riflesso. Si disse: *La porta non è chiusa a chiave. Puoi sempre andartene. Sei al sicuro.* Se lo ripeté un paio di volte, poi si concentrò con calma sulla domanda di Lexi. «Sì, mi sono fatta un regalo». Era un vestitino vintage preso da un negozio dell'usato che amava. Anche se era di seconda mano, le era costato più di quanto spendesse solitamente per un vestito, una tipica stravaganza da festa di addio al nubilato. Per la villa non avevano dovuto pagare, ma il volo era costato caro ed era stata in dubbio fino alla fine se andarci o no. Era abituata a far quadrare i conti, a controllare e ricontrollare la liquidità, per non rischiare di rimanere scoperta. Anche se ormai aveva un lavoro stabile, un'entrata sicura, non riusciva a smettere di fare economia.

"Fai qualcosa per te stessa, una volta tanto" l'aveva incoraggiata sua sorella, quando le aveva accennato alla festa. "Non ti concedi una vacanza da quando è nato Luca. Lo tengo io. Ordiniamo una pizza e ci guardiamo un film sgranocchiando biscotti al sesamo. Lascialo un po' con zia Lenora".

Ana aveva riflettuto sull'offerta di sua sorella e alla fine aveva risposto con un gesto che nel linguaggio dei segni voleva dire sì.

Eppure, con l'approssimarsi della partenza, era cresciuta anche la sua ansia. Non erano solo le spese a preoccuparla.

C'era una cosa molto più seria.

Appese il vestito e tornò alla valigia. Lexi si era seduta sul letto. Ana sgranò gli occhi. In bella vista, c'era il passaporto aperto. Un'ondata di panico le infiammò il petto. All'aeroporto era stata attenta a non farlo vedere, controllando che nessun altro lo prendesse.

«Non mi sembra vero che manchino solo quattro settimane al matrimonio», stava dicendo Lexi.

Ana si avvicinò alla valigia e finse di prendere un asciugamano da spiaggia. Ma con un movimento rapido e discreto, fece sparire il passaporto, mettendoselo in tasca.

Per fortuna, sembrava che Lexi non se ne fosse accorta. Si concentrò su quanto aveva appena detto. «Quattro settimane. Così poco? Come ti senti?»

«Vuoi la verità? Sono eccitata per il ricevimento, ma le formalità di rito, dire "sì" davanti a tutta quella gente, mi fanno una paura boia».

«Ma ti sei esibita di fronte a centinaia di persone. Credevo che ti sentissi perfettamente a tuo agio al cospetto di un pubblico».

«Appunto… Mi sono *esibita*. Ma il giorno del matrimonio, sarò proprio io».

«Ho capito», rispose Ana. Aveva sempre preferito starsene in disparte, non aveva mai desiderato di trovarsi al centro dell'attenzione. Non per timidezza. Assolutamente no. L'avevano educata a credere che se voleva essere presa sul serio, doveva impegnarsi di più, essere più forte e più intelligente degli altri.

«Non vedo l'ora che tu veda il posto. È proprio in riva al fiume, con una splendida terrazza… Se il tempo sarà bello».

Ana sapeva che sarebbe stato una meraviglia, che non avrebbe piovuto, che i fiori e nastri di luci descritti dall'amica sarebbero stati perfetti, perché tutto quello che faceva Lexi veniva bene.

Questo le faceva sorgere la domanda: *Sono io quella sbagliata?*

Amava i matrimoni. L'atmosfera gioiosa. Tutti contenti di esserci. La sensazione di lasciarsi andare. I balli. Il cibo. Il fascino delicato e il romanticismo. Lei non si era mai sposata e non ne aveva intenzione. Aveva avuto alcune storie, ma nessuno che le avesse rapito il cuore, nessuno che l'avesse fatta pensare: *Sì, voglio condividere la mia vita con te.*

Aveva Luca. Aveva sua sorella. Il suo lavoro.

Era fortunata.

«Sono tanto felice che verrai», disse Lexi, sorridendo.

«Non vedo l'ora». Aveva dato conferma il giorno stesso in cui era arrivato l'invito, nella busta color crema foderata di carta velina. Anche se aveva spuntato la casella "Verrò molto volentieri", segnalato le sue esigenze alimentari e scelto la sua canzone preferita per la playlist serale, sapeva già che non ci sarebbe andata, perché ci sarebbe stata un'emergenza.

7
Eleanor

Eleanor versò le olive in una piccola ciotola di legno che aveva trovato in fondo a un armadietto. Tutto in quella villa era raffinato e di buon gusto. Aveva l'impressione che la zia di Fen fosse una di quelle donne che trasudano stile. Si chiese se ci fosse una sua foto. Le era sempre piaciuto guardare le persone in fotografia: non potevano ricambiare lo sguardo, così aveva tutto il tempo per capire se le piacevano e si fidava di loro.

Aprì un barattolo di tzatziki e lo annusò. Immerse un cucchiaio e gustò il cremoso yogurt all'aglio. Le piaceva mangiarlo direttamente dalla scodella, o spalmato sul pane fresco, raccolto con le patatine, aggiunto all'insalata: il tzatziki era molto versatile. Immerse di nuovo il cucchiaio e, alzando lo sguardo, vide arrivare Lexi. Si aspettò un rimprovero, ma lei si limitò a sorridere.

Ripulì il cucchiaio, lo sciacquò e continuò a radunare il resto degli ingredienti. Prese una dozzina di pomodori turgidi dal frigo. (Robyn non lo sapeva? I pomodori non andavano mai messi in frigo. Meglio controllare cosa aveva combinato con gli avocado). Li sciacquò, poi prese un coltello affilato e iniziò a tagliarli in grosse fette rotonde. Nessuna di loro aveva l'energia per risalire in taxi e andare a mangiar fuori, quindi cominciò a preparare le *meze*: versò le mandorle tostate in un piattino, sistemò le foglie di vite su un vassoio, tostò le pita da immergere nell'hummus cremoso.

«Posso darti una mano?», chiese Lexi, posando sul ripiano un bicchiere pieno di bollicine. La sua futura cognata.

Le guardò i polsi. Erano molto sottili. Si poteva parlare di polsi eleganti? Lei li avrebbe descritti così. Non portava gioielli, oltre all'enorme anello di diamante che suo fratello aveva scelto.

Ricordò quando aveva annunciato: *Ho conosciuto una persona.* Era a casa sua, seduto con i piedi sul tavolo, la cravatta allentata. Era insolito che andasse a trovarla, perciò continuava a guardarlo, chiedendosi il motivo della visita. Aveva una luce negli occhi, una leggerezza che lo faceva apparire meno serio del solito.

Suo fratello, innamorato.

Aveva cercato Lexi Lowe su Google. Ma sapeva già che con un nome del genere era destinata alla celebrità. Si domandò cosa avrebbe fatto quando avrebbe dovuto rinunciare a quel nome ritmico e allitterativo per il loro cognome: Tollock.

A scuola era stato sempre motivo di rime oscene e prese in giro.

Non era stata affatto sorpresa quando centinaia di immagini di Lexi Lowe avevano riempito lo schermo. C'erano scatti delle sue esibizioni con vari gruppi musicali e qualche vecchia clip di MTV in cui ballava indossando un body tigrato. Aveva cliccato un video ed era rimasta ipnotizzata per come si muoveva: il suo corpo sembrava liquido, ossa, muscoli e tendini fluivano come l'acqua. Anche nel gruppo di ballerine, Lexi spiccava. C'era qualcosa di affascinante nelle proporzioni del suo corpo, nella sua espressione, completamente persa nella musica. L'aveva osservata pensando: *Non c'è da meravigliarsi che Ed se ne sia innamorato. Tutto il pubblico è in adorazione.*

Quando l'aveva incontrata per la prima volta – a casa dei suoi genitori, con sua madre che aveva tirato fuori il servizio di porcellana e suo padre che portava una bottiglia di Châteauneuf-du-Pape dopo l'altra e cercava di non fissare – aveva scoperto, con suo stupore, che Lexi le stava simpatica.

Suo fratello aveva sempre scelto ragazze molto belle, ma lei era diversa. Lo stuzzicava, lo prendeva in giro, metteva in discussione le sue opinioni… e lui le dava ascolto. *Forse lei ci riuscirà…* aveva sperato.

Mentre la osservava, decise che c'era qualcosa nella simmetria dei suoi tratti, nel naso perfettamente dritto, che ipnotizzava, come se la bellezza fosse un'equazione matematica da risolvere.

«Non serve», disse, declinando la sua offerta d'aiuto.

Ma Lexi non se ne andò. A Eleanor non piaceva che la gente le parlasse mentre cucinava. Preferiva concentrarsi sul cibo, sentirne la consistenza, assaggiarlo per trovare l'equilibrio perfetto tra erbe e spezie.

Dispose i pomodori in un piatto con una cipolla finemente affettata. Poi vi sbriciolò sopra un panetto di feta, finendo con una spruzzata di origano fresco che aveva raccolto da un vaso in terrazzo.

«Mi fa davvero piacere che tu sia venuta», disse Lexi. Sembrò che l'avesse buttata lì, come se non fosse sicura di essere creduta. «Che cosa ti ha fatto cambiare idea?».

Eleanor sbatté le palpebre. «Non saprei».

Era una bugia.

Quando Ed le aveva detto della festa, incoraggiandola ad andarci perché le avrebbe fatto bene, lei aveva risposto: «Quando qualcuno ti dice: "Ti farà bene", non sa di cosa sta parlando». Ed l'aveva guardata per un lungo momento. Lei si era irrigidita, ma poi lui era scoppiato a ridere. «Hai ragione».

Poi aveva ricevuto l'email di Bella. Era arrivata un giovedì sera dopo una giornata passata a scolpire in garage. Aveva le dita intirizzite dal freddo e con un vago odore metallico. Aveva guardato le foto della villa che si crogiolava al sole, sotto un cielo terso, e aveva pensato: *Quasi quasi*. Poi aveva letto l'oggetto:

L'addio al nubilato.

Le era piaciuto. Non "L'addio al nubilato di Lexi" e nemmeno "Piani per la festa". Solo "L'addio al nubilato", come se non ce ne fossero altri.

Aveva esaminato i nomi. Erano sei, un piccolo gruppo scelto. Si era sentita… come? Lusingata? Privilegiata? Poi aveva notato qualcos'altro. Si era avvicinata, con il cuore che scalpitava nella gabbia toracica.

Era sembrato che lo schermo sfarfallasse, che le parole fossero sfocate. Aveva sbattuto le palpebre e si era passata una mano sugli occhi.

Aveva fatto un respiro. Aveva letto di nuovo.

Si era appoggiata allo schienale, con le braccia conserte.

E tutt'a un tratto, aveva deciso di andare.

8
Ana

Ana sentì le voci che salivano dal terrazzo. Si diede una rinfrescata e indossò uno scamiciato di un tenue giallo limone che aveva scovato nel suo negozietto preferito a King's Cross. Si legò di nuovo il foulard sulla testa, si spruzzò il profumo sul collo e sui polsi e lasciò il fresco della stanza.

Passò dalla cucina, dove trovò a chiacchierare Eleanor e Lexi, e uscì dalla porta aperta sul terrazzo. Si fermò, indugiando sull'uscio per qualche istante.

Indorate dal sole al tramonto, Bella e Robyn stavano apparecchiando un lungo tavolo di legno sotto la pergola. Muovendosi a ritmo di musica, Bella sistemava delle immagini stampate su cartoncino e Robyn accendeva le candele, guardando di tanto in tanto l'amica per ridere o commentare una foto.

Essendo un'interprete del linguaggio dei segni, Ana era abituata a leggere le persone e le situazioni, a notare dettagli che ad altri sfuggivano: il modo in cui piegavano una spalla, dove si posava lo sguardo; le parti del corpo toccate inconsciamente. La dinamica tra Bella e Robyn la intrigò: sembrava che Robyn si tenesse a distanza dall'amica e le lanciasse occhiate frequenti per controllare la sua reazione o la sua approvazione. Tra loro c'era una strana diffidenza, lontana dalla familiarità rilassata che si sarebbe aspettata da due vecchie amiche.

Robyn alzò lo sguardo e, accorgendosi di lei, chiese: «Prosecco?».

Il suo aperitivo preferito era il gin corretto con la birra allo zenzero. Trovava il prosecco stucchevole, ma al diavolo, avrebbe fatto un'eccezione. «Certo», rispose e attraversò il terrazzo con un ticchettio di sandali.

Robyn le porse un calice appena riempito, con le bollicine che salivano scoppiettando.

«Ti ricordi questa serata?», chiese Bella, sogghignando mentre mostrava a Robyn una foto.

Ana diede un'occhiata. Lexi era appena ventenne, con i capelli tinti di biondo e tagliati corti. La foto sembrava scattata in un taxi. Lexi aveva lo sguardo vacuo, un vestitino dorato alzato sulle cosce, la borsa aperta sul sedile, la testa che pencolava verso il finestrino.

«Non ci credo! Hai stampato proprio quella». Robyn alzò gli occhi al cielo.

C'erano altre foto, che la mostravano in posti diversi, in momenti diversi, con altri vestiti. Da giovanissima con l'uniforme scolastica, la cravatta legata come una bandana intorno alla testa, le braccia sulle spalle di Robyn e Bella. In vacanza a cavallo di una banana boat, con un bikini minuscolo. Scatenata sul palco, con il corpo dipinto d'argento.

Ana fissò le immagini una dopo l'altra, sentendosi stranamente turbata. Era una Lexi che non conosceva. La donna che aveva frequentato negli ultimi anni era un'insegnante di yoga che amava parlare delle sue letture o dei film che aveva visto; che era disposta ad attraversare tutta Londra in cerca del migliore Pad Thai; che le faceva domande premurose e interessate sul suo lavoro; che ammetteva di non aver mai amato veramente la danza.

Ana l'aveva accompagnata a scegliere l'abito nuziale, dando alla loro amicizia nascente un peso che non aveva previsto. Stavano pranzando in un bar ricavato da una serra. L'aveva scovato lei e sapeva che sarebbe piaciuto moltissimo a Lexi. Sull'altro lato della strada, aveva notato una porta azzurra con l'insegna che recitava: "Abiti da sposa vintage, solo su appuntamento". Avevano attraversato e suonato il campanello. Era venuto ad aprire un uomo elegante, con un fazzoletto di seta nel taschino, dicendo: «Entrate, prego».

Lexi aveva scelto il primo abito che aveva visto, appeso davanti all'espositore, in attesa, come se sapesse che stava arrivando. Color champagne, in pizzo francese. Non era pesante né elaborato, ma sobrio, lungo fino ai piedi, senza strascico, con una profonda scollatura a *V* sulla schiena.

Quando Lexi era emersa dalle tende del camerino, con i capelli sciolti sulle spalle, la delicata trama di pizzo che ricadeva dal busto e dai fianchi, era raggiante.

Niente velo né tiara. I capelli sciolti, intrecciati con qualche sottile rametto di gipsofila, così avevano deciso, e Ana si era commossa perché Lexi dava importanza al suo parere in materia di stile.

«Ti spiace se non lo diciamo a Bella?», le aveva chiesto quando erano uscite dalla boutique, nel tardo pomeriggio.

Domanda interessante. Tutto ciò che le aveva fatto sospettare riguardo a Bella era stato confermato quando l'aveva incontrata: la spavalderia con cui faceva ondeggiare i fianchi all'aeroporto; la squillante risata di gola quando era stata perquisita dalla security; il modo possessivo con cui cingeva il fianco di Lexi mentre salivano a bordo. Sull'aereo, Lexi stava per sedersi vicino a lei, ma Bella aveva dato dei colpetti sul sedile vuoto accanto al suo. Lexi le aveva rivolto uno sguardo di scuse e aveva obbedito.

Era interessante assistere alle dinamiche di un'amicizia d'infanzia protrarsi anche in età adulta, ma non si era offesa. Non era più una ragazzina. Aveva un figlio adolescente. Un mutuo da pagare. Una carriera. Non intendeva affliggersi su chi si sedeva accanto alla futura sposa. Bella poteva pure difendere il suo territorio.

Ana prese il bicchiere e si allontanò dalle foto, attraversando il terrazzo. Trovò Fen da sola che guardava l'acqua. «Un panorama stupendo», commentò, fermandosi accanto a lei.

Lei sorrise. «Sì, è vero».

«È così tranquillo qui. Così isolato. Un bel cambiamento rispetto a Londra», ammise Ana. «Vivi a Bournemouth, giusto?». Stava cercando di identificare le varie componenti del gruppo. Sapeva che Lexi, Bella e Robyn erano andate a scuola insieme a Bournemouth, e che Fen era la ragazza di Bella.

«Sono di Gloucester, ma sono andata a studiare a Bournemouth quando ho compiuto diciott'anni, e lì sono rimasta».

«Ti sarai innamorata del posto».

«Quando hai vissuto vicino al mare, è difficile andarsene».

«Ci credo. I tuoi genitori sono ancora a Gloucester? Non gli viene mai voglia di spostarsi al sud».

Ci fu un silenzio. «Non siamo più in buoni rapporti».

«Scusa», disse Ana. «Dev'essere dura».

«Di che parlate?», chiese Bella, avvicinandosi con la bottiglia di Prosecco.

«Stavo solo dicendo che non sento più i miei genitori».

«Evangelici devoti», la informò Bella. Cinse protettiva la sua ragazza. «Peggio per loro, meglio per me».

Fen alzò la birra e bevve avidamente.

L'anello che aveva al pollice tintinnò sulla bottiglia. Era un semplice cerchietto di argento martellato. «Bell'anello», disse Ana.

«Grazie. L'ha fatto Bella nella gioielleria dove lavora».

«Oh. Se non sbaglio, mi avevano detto che eri un'infermiera?», chiese Ana a Bella.

«In un'altra vita», rispose lei con un sorriso teso. «Ho scambiato i turni notturni e le padelle con gli orari da negozio e i diamanti».

Fen cambiò leggermente posizione, dandole le spalle.

«Non hai mai nostalgia?»

«Delle padelle?». Bella scoppiò a ridere. «Stai scherzando?».

Seguì un breve silenzio. Fen finì la sua birra. Disse che andava a prenderne un'altra.

Bella la guardò attraversare il terrazzo e si morse le labbra, mostrando una crepa di vulnerabilità.

Quando si girò verso di lei, sorrideva come se niente fosse. «Allora, che mi dici di te, Ana? La nuova amica di Lexi. Cosa fai nella vita? Com'è che siete diventate così intime?».

Il suo tono era abbastanza amichevole, ma Ana capì il sottinteso: lei era l'ultima arrivata e doveva tenerlo a mente.

9
Eleanor

Eleanor strappò la busta di carta che conteneva un filone di pane fresco cotto a pietra. Lo tagliò a fette generose, respirando il caldo odore di lievito.

«Sei mai stata in Grecia?», chiese Lexi, appollaiata su uno sgabello.

«Una volta. Con Sam». Ecco, aveva pronunciato il suo nome. Era come se avesse bisogno di dirlo ad alta voce più volte al giorno, per testimoniare che era reale, che era esistito davvero. «È stata l'unica vacanza che abbiamo fatto». Una vacanza stupenda, magica, perfetta. Se le avessero chiesto di scegliere una sola settimana della sua vita da rivivere all'infinito, avrebbe scelto quella. Un alberghetto a Corfù, con i muri sottili. Due adolescenti nella stanza accanto che si sbronzavano tutte le sere e facevano a turno per vomitare nel bagno senza finestre. Una fila di taverne adattate ai gusti inglesi: hamburger, pizza e patatine fritte, con un mucchietto di insalata greca su un lato del piatto. Ma niente poteva toccarli perché erano insieme.

«Mi sarebbe piaciuto conoscerlo», disse Lexi. «Ed lo stimava molto».

Era la verità?

Avrebbe voluto dirle che la stima era più che meritata. Una volta, quando gli aveva accennato di non avere un posto per riporre i suoi attrezzi da scultura, lui le aveva costruito un armadio a tutta altezza quella settimana stessa, e l'aveva fatto con il sorriso sulle labbra, la radio accesa, canticchiando canzoni rock anni Novanta. Amava la sua cucina, spesso si sedeva e contemplava il piatto, facendole domande prima di mangiare. A un certo punto, posava coltello e forchetta e faceva una pausa per assaporare il tutto. Non andava mai di fretta. Amava giocare al computer e, quando spariva nella stanza degli ospiti con la sua console, diceva con un sorrisetto: «Vado a meditare». Era consapevole dei propri difetti e la guardava come se conoscesse anche i suoi, ma la amasse lo stesso.

«Non riesco a immaginare quanto dev'essere stata dura», disse Lexi. «Lo è ancora», si corresse.

«È morto quattro settimane prima del matrimonio», disse Eleanor. «Non ho mai fatto l'addio al nubilato».

«Oddio. Mi dispiace». Lexi apparve mortificata. «Stare qui ti fa sentire molto male?».

Eleanor sapeva di aver dato un tono emotivo molto pesante a quella chiacchierata, ma a volte voleva che anche le altre persone sentissero quello che provava lei. Non era colpa di Lexi. «Non c'è problema. Comunque, la mia festa non sarebbe stata così. Solo un pranzo con mia madre e Penelope, la mia vicina di casa. Non mi sono persa nulla». Eppure, avrebbero mangiato bene da Pinocchio, dove facevano un ottimo risotto di eglefino.

Raccolse le fette di pane e le dispose in un cesto da portare a tavola.

Lexi diede uno sguardo dalla porta aperta, dove le altre ridevano in terrazzo, accarezzate dalla luce morbida della sera. «Porto fuori le olive», disse, scendendo dallo sgabello. «Non restare da sola in cucina. Vieni con noi a tavola».

Le ragazze la accolsero con un piccolo applauso e fecero un brindisi. Avevano un'aria rilassata e felice, si stavano godendo quel momento. Gli altri sapevano sempre come comportarsi. Sembrava che avessero seguito un corso di "socialità" e che lei invece si fosse assentata alle lezioni e non avesse più recuperato.

Quando andava a scuola, tutte le mattine si svegliava con un serpente nello stomaco, freddo e immobile. Ogni tanto si spostava solo per ricordarle che abitava lì, e se non lo sentiva, significava che stava dormendo. Non ci metteva molto a svegliarsi. Bastava una risata dalle ultime file dell'autobus scolastico, un compagno che la indicava in corridoio, prendendola in giro. Un insegnante che le chiedeva di alzare la voce. Il serpente era sempre lì, veloce, attento e velenoso.

Suo fratello era come gli altri ragazzi: aveva capito tutto, sapeva come stare al mondo. Sapeva quali fossero le ultime band da ascoltare e che gli yo-yo erano fighi – e quando avevano smesso di esserlo – o che i jeans andavano indossati bassi sui fianchi e non con la cintura alla vita. Lei invece si perdeva tutte quelle sfumature. Eppure si impegnava tantissimo. Si concentrava, sempre con l'espressione un po' corrucciata. A nessuno piace chi si sforza troppo, chi fissa.

La preferivano quando era ubriaca. Era più rilassata. Meno scontrosa. Dicevano: «Ehi, Eleanor. Sei divertente!», come se fosse una gran sorpresa.

Alle feste, si sentiva come un'attrice ingessata che leggeva di continuo le indicazioni di scena. *Non stringere il bicchiere! Metti le mani in tasca per sembrare più rilassata. Sorridi! Ti stai mordendo le labbra. Sorridi, per la miseria!*

E poi era andata alla festa in cui aveva conosciuto lui. «Sam Maine», disse di nuovo ad alta voce, nella cucina vuota della villa.

Quel giorno, stava lavando i bicchieri. Preferiva avere qualcosa da fare, alle feste. Mancavano solo venti minuti all'appuntamento con il taxi che l'avrebbe riportata a casa, al suo pigiama e alla tisana alla menta. Se li lavava lentamente, l'avrebbero tenuta occupata fino ad allora.

«Vuoi una mano?», le aveva chiesto Sam.

«No, grazie», aveva risposto senza alzare lo sguardo.

«Nemmeno a me fanno impazzire le feste», aveva detto lui, appoggiandosi con disinvoltura al bancone.

Quando lei aveva alzato gli occhi, aveva aggiunto, sottovoce: «Nessuno si mette a lavare i piatti se si sta divertendo». Aveva sorriso.

Lei aveva ricambiato e l'aveva studiato per bene.

Aveva una barbetta che si diradava al centro del mento, lasciando una macchiolina di pelle rosea; i jeans calzati male. Le aveva detto che lavorava nel campo della pubblicità digitale, ma rimpiangeva ancora il posto migliore della sua vita: commesso al Blockbuster.

Diceva spesso la cosa sbagliata, le sue battute non erano divertenti, o non capiva il contesto di una discussione. Ma quando fraintendeva qualcosa, rideva. Ecco cosa succedeva: rideva di sé stesso, come se fosse sinceramente divertito. Se capitava a lei, invece, provava vergogna, si sentiva umiliata. Arrossiva e abbassava gli occhi.

«Come fai?», gli aveva domandato una sera, tornando da una cena con suo fratello e alcuni amici.

«A fare cosa?»

«Non te ne importa di quello che pensa la gente».

«Perché dovrebbe? Non puoi piacere a tutti. Credo che conti il giudizio di una persona sola».

Eleanor pensò che avrebbe dovuto conoscere la risposta. E infatti la sapeva. «Te stesso».

Elargiva quelle perle di saggezza, concentrati di verità che sembravano tanto semplici detti da lui, ma che nel rumore della sua testa si perdevano. Scoprì che quella saggezza l'aveva duramente conquistata. Da ragazzo, Sam si era preso cura di sua madre, che aveva il Parkinson. Le aveva raccontato che era stata dura, ma non gli erano mai mancati bellezza, oscurità, umorismo, luce e amore, perché questa è la vita. Aveva imparato queste cose da sua madre, osservando com'era vissuta in quegli ultimi anni, ma Eleanor non aveva mai avuto l'opportunità di conoscere sua suocera, e le era dispiaciuto molto, perché avrebbe voluto prenderle le mani e ringraziarla per aver cresciuto un uomo meraviglioso come Sam.

Avevano avuto solo dieci mesi, quando li aspettava una vita intera.

Ma perché, vita? Sul serio, accidenti. Perché?

Sfiorò le due fedi nuziali che portava appese a una catenella. Il suo e quello di Sam. Ricordò quando era andata a prenderli in gioielleria, Sam era morto da sole due settimane, e lì, davanti al banco, con gli occhi rossi di emozione, aveva esaminato le scritte che lui aveva fatto incidere in segreto. "Sempre con te".

Dal terrazzo giunse una risata squillante.

Eleanor si voltò di scatto. Sapeva di chi fosse. L'aveva osservata ridere con la testa all'indietro, il bicchiere in mano, come se il mondo fosse a sua disposizione.

Sentì il lento srotolarsi del serpente nello stomaco. Velenoso e letale.

Eravamo tutte pronte per una vacanza.

Volevamo offrire i nostri corpi al bacio caldo del sole. Volevamo passare le serate in giro per le taverne greche, raccogliendo olio e origano con pezzi di pane. Volevamo bere birre ghiacciate e sorseggiare la dolcezza gelata della limonata Fanta in bottiglie di vetro. Volevamo il mare, azzurro e splendente, con un tappeto di ciottoli bianchi. Volevamo circondarci di altre donne e parlare di cibo, viaggi e sesso, invece che di lavoro, bambini e genitori anziani. Volevamo riscoprire quelle parti di noi che erano più libere, più sexy e più divertenti. Volevamo rispecchiarci nelle nostre amiche, per scorgere i nostri lati migliori.

Volevamo tutto questo.

E ce lo meritavamo. Non facevamo che ripetercelo: me lo merito.

Tranne una di noi, che aveva idee diverse. Più cupe.

LEI *se lo meritava.*

10
Bella

Senza versare una goccia di Prosecco, Bella riuscì a sistemarsi il vestito con una mano sola. Era un modello senza spalline color giallo canarino, stretto in vita per enfatizzare il seno. Si sentiva sexy… e anche un po' sudata. Comunque, ancora qualche bicchiere e si sarebbe spogliata e tuffata in piscina.

Girò su sé stessa e si godette la vista del terrazzo, tinto dalla luce rosea e dorata del tramonto. Le fiamme delle candele danzavano in ampie lanterne di vetro e ghirlande luminose scintillavano tra i folti rampicanti che coprivano la pergola. Le altre chiacchieravano, Lexi stava al centro, rilassata e a suo agio.

Bella alzò le spalle, compiaciuta e orgogliosa. Era merito suo! Erano in Grecia per l'addio al nubilato di Lexi, grazie a lei, Bella Rossi. Sollevò il bicchiere. «A te, Lexi», gridò. «Alla tua festa!».

Le altre la imitarono. «Alla tua festa!».

Lexi arrossì. «Grazie!».

Bella alzò il volume della musica. Madonna: *Like a Virgin*. Aveva creato una playlist intitolata *Gli anni di Lexi*. Quello era un pezzo che aveva messo a ripetizione nella sua cameretta di adolescente quando si arricciavano i capelli con le pinze, mentre i suoi fratelli spiavano Lexi dalla porta aperta.

Avvertiva lo struggente desiderio di lasciarsi andare. Voleva il volume della musica così alto da sentir vibrare il sangue a ritmo. Voleva una striscia di coca, solo per fare scintille. Voleva andare in discoteca, nella massa di corpi accaldati e irrequieti. Voleva ritoccarsi il rossetto in un bagno pieno di donne e vapore acqueo. Voleva ballare con Lexi, guardandola negli occhi, con l'intera pista che gravitava verso di loro. Voleva l'euforia. Uscire dal club ubriache fradice alle due, le tre, le quattro del mattino e andare altrove, inseguendo la festa. Corse in taxi, stanze d'albergo, minibar. Voleva tutto questo.

Prima dei trent'anni, quelle notti avevano dato forma alle sue settimane. All'epoca lavorava come infermiera, stringeva la cinghia per permettersi un'abbuffata quando non era di turno. Poi tornava in ospedale e si lanciava in racconti delle sue notti brave che facevano sorridere i pazienti.

Guardò Lexi, che parlava con Ana, con un calice di Prosecco in mano. Aveva detto che non voleva andare a ballare, ma lei era la damigella d'onore. Aveva un compito e intendeva portarlo a termine. Le avrebbe concesso quella prima serata. Intima, con i piccoli antipasti. Poi sarebbe passata a un altro livello.

Prese un'altra bottiglia di Prosecco dal cestello del ghiaccio, la scosse leggermente per far saltare il tappo. Tracimò un fiotto di bollicine, accolto da gridolini deliziati e dalla calca dei bicchieri. Brindarono di nuovo, il tintinnio dei calici, la musica, la notte calda sulla pelle. Sì, era bello.

Robyn si avvicinò con un vestito blu più adatto a un colloquio di lavoro che a un addio al nubilato. Con il suo tono pratico e sommesso, disse: «Apriamo i regali stasera?».

Due settimane prima, Robyn aveva mandato un'email al gruppo suggerendo di fare un regalo per Lexi che "riflettesse la loro amicizia".

Bella aveva accolto con sufficienza la proposta.

«Certo. Se vuoi».

«Magari adesso, prima di mangiare?».

Robyn aveva un'aria esausta. Ecco cosa succedeva ad avere un figlio piccolo. Aveva visto il bebè solo una volta. Jack. Era carino, aveva gli occhi grandi e innocenti della madre e un sorriso furbo che suggeriva un lato dispettoso.

I suoi tre fratelli erano tutti sposati e con figli. Lei era la zia di sei nipoti e una nipotina (l'avevano chiamata Lolita, per l'amore del cielo!), che la famiglia viziava senza ritegno. In lei scorgeva tratti preoccupanti che erano anche i suoi, come il modo in cui controllava chi la stava guardando prima di esibirsi in una piroetta. Ma

Bella non voleva figli. L'aveva messo in chiaro con Fen fin dall'inizio. Il problema non erano i donatori di sperma e l'inseminazione artificiale, ma che non voleva un bambino dentro di sé. No, preferiva starci da sola nel suo corpo, grazie tante. Inoltre, le piaceva essere la pazza zia Bella. Non voleva imporre regole e merendine salutari. Era contenta quando i nipoti si radunavano intorno alle sue gambe, come piccoli avvoltoi, a caccia dei dolcetti nascosti nella borsa.

«A ogni modo», disse Robyn, «volevo ringraziare te e Fen per averci procurato questa villa. È perfetta. Lexi sembra davvero felice».

«Oh, figurati», rispose lei, spiazzata dal complimento. Diede un'occhiata a Lexi. «Hai ragione. Sembra felice».

«È bello ritrovarci di nuovo tutte assieme», aggiunse Robyn.

Bella si rilassò. «Sì», disse convinta.

Seguì una lunga pausa. «Vado a organizzare l'apertura dei regali», disse Robyn e corse via.

Era quello il problema tra loro due: avevano esaurito le cose da dirsi. Era come se ogni conversazione rimanesse bloccata in un vicolo cieco. Bella si portò il bicchiere alle labbra e bevve un altro sorso.

Presero posto sotto la pergola, strisciando le gambe delle sedie sul pavimento di pietra. Le candele tremolavano nei vasi, mandando riflessi sui lunghi steli dei calici.

Robyn aveva sistemato bellamente il mucchio di regali davanti a Lexi. Stava al suo fianco, con le mani giunte, e diceva: «Ciascuna di noi ha voluto farti un dono che rappresentasse qualcosa della nostra amicizia. Dovrai indovinare a chi appartiene ogni regalo».

«Ma prima di cominciare», disse Bella, spingendo indietro la sedia per alzarsi, «facciamo rifornimento». Aprì una nuova bottiglia di Prosecco e fece il giro del tavolo, riempiendo ogni bicchiere fino all'orlo. Si fermò accanto a Fen e si chinò, sussurrandole all'orecchio: «Hai un profumo delizioso».

Tornando a capotavola, disse: «Ci sono tre regole in questa vacanza».

«Ci risiamo», gemette Lexi.

«La prima: beviamo quando beve la sposa».

Lexi alzò il bicchiere e se lo portò alle labbra, prendendo un sorso di Prosecco. Le altre seguirono il suo esempio.

«La seconda: la futura sposa non deve comunicare in alcun modo con lo sposo». Fissò Lexi. «Intesi?».

Lexi la salutò con la mano libera.

«E la terza», aggiunse, rivolgendosi al resto del gruppo, «quello che succede all'addio al nubilato deve rimanere tra noi!».

«Ben detto», esclamò Ana, alzando il bicchiere. Brindarono e la notte parve piena di promesse.

«E adesso i regali!», gridò Robyn, sorridendo.

«Va bene», disse Lexi, posando il bicchiere. Il suo anello di fidanzamento brillò al lume di candela quando prese il primo pacchetto. Era avvolto nella carta stagnola. «Bella?»

«Beccata», ammise lei. «Tecnicamente, non l'ho proprio fatto io. L'ho solo ritagliato».

«Intrigante». Lexi aprì la stagnola stropicciata e tirò fuori un top aderente con le paillette. «Ibiza 2010! Tette spaziali! La nostra vacanza dopo gli esami».

«Sì», disse Bella, alzando il bicchiere. «Peccato che adesso non stia suonando *We No Speak Americano*». Avevano ballato quel pezzo per tutta l'estate, prima trovandolo cringe ed esilarante, poi conquistate dal ritmo orecchiabile. «È stata l'estate in cui hai cominciato a lavorare come cubista. Te lo ricordi?». Prese la mano di Lexi e la strinse.

Lei annuì, sorridendo con tutto il cuore, come se stesse rivivendo quel momento, in un'altra vita.

Bella informò le altre: «Dovevamo stare lì solo una settimana, era la vacanza dopo la maturità, ma Lexi fu scovata da questo club manager che la ingaggiò come ballerina. Passò tutta l'estate dipinta di argento con indosso due tette spaziali».

«E tu ti bevesti tutta la mia paga».

«Ci andasti anche tu?», chiese Ana a Robyn.

«No. Non potevo. Dovevo lavorare». Robyn sorrise stoicamente prima di abbassare lo sguardo.

Bella sentì la recriminazione: non era certo colpa sua se l'appartamento trovato tramite un amico aveva una sola camera da letto.

O che fossero rimaste a Ibiza per tutta l'estate. Se Robyn ci avesse tenuto davvero, avrebbe trovato il modo.

«Ci sei mancata in quella vacanza», disse Lexi, leale, prendendo anche la sua mano.

Quando erano ragazze, si tenevano sempre per mano; passeggiavano a braccetto o con le dita intrecciate. Bella sentì un'ondata di nostalgia per quei giorni, quando tutte e tre erano inseparabili e la vita era più semplice.

Lexi lasciò andare le loro mani e prese il regalo successivo. Era sottile, avvolto con le pagine di un vecchio fumetto.

«Non l'ho fatto io», ammise Ana, posando il mento sul pugno chiuso. «Ma penso che ti piacerà».

Lexi tolse la carta scoprendo un libro di seconda mano. Girò la copertina e strillò: «Jack Kerouac. *Sulla strada*!».

Ana sorrise. «L'ho visto nella libreria di libri usati vicino casa. L'ho preso subito. Amo questa edizione e so che è una delle tue preferite».

Davvero? Bella non sapeva nemmeno che Lexi leggesse libri. Quando erano insieme, parlavano di film, sesso, musica e feste.

Lexi si alzò per abbracciare Ana. Era uno dei suoi abbracci yoga: lungo, significativo, fatto per scambiare le energie o menate del genere. «La adoro. Grazie».

Il regalo successivo era di Fen: un voucher per una sessione di allenamento personale. Ne avevano discusso, perché Fen aveva paura che non fosse abbastanza significativo, ma Bella sapeva che Lexi l'avrebbe usato con diligenza, facendole domande sull'alimentazione e l'esercizio fisico. Era felice che si fossero piaciute fin da subito.

Poi aprì il regalo di Robyn. L'elegante carta color crema con il nastro cioccolato recava chiaramente la sua firma. Sospettò che a casa avesse un cassetto solo per i regali, pieno di pensierini, etichette e rotoli di carta. Bella bevve una lunga sorsata di vino, vuotando il bicchiere.

Lexi restò a bocca aperta scartando un album fotografico. Vent'anni di amicizia stampati su carta crema di buona qualità, con tanto di didascalie sentimentali. Tipico di Robyn essere così premurosa e farlo notare.

«Ma guardatevi, tutte e tre!», strillò Fen, indicando una foto mentre Lexi sfogliava l'album.

Bella piegò la testa per vedere la foto in cui lei, Robyn e Lexi, con gli stivali di gomma, facevano il segno della pace.

«Glastonbury». Lexi sorrise. «Quanto avevamo? Diciassette anni?».

Robyn annuì.

Bella ricordò che ci erano arrivate in macchina e avevano parcheggiato in un campo per poi farsi i chilometri a piedi con gli zaini sulle spalle. Quando erano arrivate al cancello del festival, avevano pagato cinque sterline per entrare attraverso un buco nella recinzione, che un ragazzetto teneva aperto con il tronchese. Aveva piovuto molto e si erano fatte dei segni tribali sulle guance con il fango, indossavano stivaletti logori e pantaloncini jeans, corone di fiori tra i capelli, brillantini sulla faccia.

Bella guardò la foto seguente, sentendo accelerare il battito. Era scattata in una piscina, Lexi era a cavalcioni sulle spalle di un ragazzo dell'ultimo anno. Era stata tagliata per includere solo loro due, ma Bella sapeva che in quella piscina c'era anche lei, con Robyn sulle spalle.

Poteva anche aver tagliato la foto, ma lei non aveva dimenticato quella sera. Nemmeno un momento. Il tonfo sordo di un cranio sul cemento. Il sangue fresco a bordo piscina. La lunga attesa al pronto soccorso, con i bikini bagnati che inzuppavano i vestiti.

Sentì un sussulto collettivo e guardò dall'altra parte del tavolo.

Lexi teneva in mano l'ultimo regalo, con un'espressione perplessa. «Wow... È incredibile... Oddio, grazie, Eleanor».

Due chiazze rosa spuntarono sulle guance pallide di Eleanor. Parve tesa, sulla difensiva, quando disse: «L'email diceva di fare qualcosa... Non sapevo cosa... Non so fare altro».

Lexi aveva bisogno di entrambe le mani per reggere la pesante scultura di bronzo. Era una ballerina, con la testa rovesciata all'indietro, la gola esposta, i capelli sciolti sulla schiena magra e muscolosa. Aveva un'espressione rapita, con gli occhi chiusi.

Non era una ballerina qualsiasi. I dettagli erano chiari, l'espressione scolpita con abilità e precisione.

Era Lexi.

«Signore», annunciò Bella, con un gran sorriso. «Abbiamo una vincitrice».

11
Eleanor

Eleanor aveva capito male. Se n'era accorta subito. Nel momento stesso in cui Lexi aveva aperto il primo regalo, uno stupido top con paillettes ispirato a qualche serata in discoteca.

Mentre le altre si accalcavano intorno alla scultura, avvampò fino alle orecchie.

«Wow!», esclamò Ana. «L'hai fatta tu?»

«Sono una scultrice».

«È incredibile. I dettagli. L'espressione di Lexi… l'hai catturata perfettamente. Eleanor, hai un grande talento».

Avrebbe voluto che Ana chiudesse il becco. Sperava che qualcuna dicesse: *Ehi, venite qui a guardare la luna. Il mare. Un geco che mangia un grillo.* Qualsiasi cosa!

Era proprio il genere di cose che interpretava male. Lì per lì, le era parso così ovvio. Fare qualcosa per Lexi = una scultura. E visto che non aveva idea di cosa le piacesse, a parte suo fratello, aveva pensato: la danza!

Ci aveva preso gusto a modellare l'argilla per la colata. All'inizio voleva fare una cosa semplice, abbozzare le linee del corpo, il tono muscolare, ma poi era venuta così bene e aveva avuto quella fantastica sensazione di perdersi nel suo lavoro. Era bello non pensare a Sam, per un po'. Creare, completamente assorta. Aveva cominciato a lavorare l'argilla per formare i lineamenti, gli occhi, le labbra turgide, le spalline del body. E così era diventata Lexi.

Quando aveva finito, l'aveva guardata sotto le luci dello studio e aveva capito di aver fatto un buon lavoro. Uno dei migliori. Si era chiesta se non sarebbe stato meglio darla come regalo di matrimonio, a loro come coppia, ma poi non avrebbe avuto niente per l'addio al nubilato, così aveva deciso di portarla. Non era riuscita quasi a mettere altro in valigia, perché la statua prendeva buona parte dei chili permessi. Quindi era bloccata lì con due cambi di vestiti e la scultura di bronzo di sua cognata.

Se ci fosse stato Sam lì con lei, le avrebbe dato un bacio sulla testa e avrebbe detto qualcosa tipo «EJ, è stupenda. Dovresti esserne orgogliosa».

Ma provava solo vergogna. Era la sua emozione più tipica. Capita quando per te è normale, mentre sei in fila alla mensa scolastica, che qualcuno ti bisbigli sul collo: "Freak. Datti una mossa. Mi fai passare l'appetito". O quando sai come ci si sente a stare seduta da sola in prima fila, sull'autobus della scuola, con le spalle curve, in attesa che ti arrivi sulla testa un quaderno, una palla da tennis, una scarpa. Ingoi il rospo e pensi che forse te lo meriti.

Alzò lo sguardo appena in tempo per vedere Bella che fingeva di pomiciare con la scultura.

No. Anche se si vergognava, non si sarebbe lasciata schernire. Non da lei. «Pensate che abbia esagerato, lo so. Forse avete ragione. Non vado alle feste di addio al nubilato. Non conosco le regole non scritte. Non ho mai capito le regole. Ho solo pensato che fosse un pensiero carino. Volevo fare qualcosa di bello per Lexi».

La risata di Bella svanì. Posò la scultura, con aria imbarazzata. «Scusa. Sono stata una maleducata. È magnifica, Eleanor. Dico sul serio. Stavo solo cercando di sdrammatizzare, perché è un gesto un po' troppo… intenso».

Ci fu una lunga pausa. «Per fortuna almeno non l'ho scolpita nuda».

Bella la fissò per qualche secondo, poi scoppiò a ridere. La imitarono tutte.

Si era ricordata una delle regole, dopotutto: l'umorismo.

12
Lexi

Lexi non riusciva a prendere sonno. Una zanzara le ronzava proprio vicino alla faccia. Nella stanza faceva caldo ed era buio pesto, non capiva nemmeno se aveva gli occhi chiusi o aperti. Accanto, sentiva il respiro lento di Robyn.

Non riusciva mai a dormire quando arrivava in un posto nuovo. Aveva letto un articolo al riguardo. "L'effetto prima notte", si chiamava. Un lascito dell'evoluzione: la parte sinistra del cervello rimaneva attiva per captare minacce e potenziali pericoli.

Scese dal letto, premendo i piedi sulle fresche piastrelle. Era sudaticcia, sentiva un senso di oppressione al petto. Si staccò dalla pelle la maglietta di Ed, per rinfrescarsi un po'. Avvertì l'odore del suo dopobarba, una profonda nota agrumata che si sposava a un aroma affumicato. Le venne l'acquolina in bocca.

Si alzò, muovendosi al buio in silenzio, con le dita aperte come antenne. Arrivò alla finestra e aprì le persiane. La luna era ammantata di nuvole e la notte si estendeva all'infinito, nulla interrompeva l'oscurità, a parte il bagliore sinistro della piscina.

Giocherellò con l'anello di fidanzamento, pensando con nostalgia alle luci di Londra e al confortante rumore del traffico. Lì c'era solo il ronzio degli insetti, il lontano sciabordio delle onde. Niente lampioni, né case. Non c'era nemmeno il segnale telefonico.

Soltanto loro.

Si girò. Aveva ancora il cuore a mille. Non si era calmato un attimo quella giornata. Uscì in punta di piedi dalla stanza e scese di sotto, in cucina.

Aprendo il frigo, sbatté le palpebre per la luce forte della lampadina e si godette la zaffata di aria gelida. Prese una bottiglia di acqua minerale e riempì un alto bicchiere. La sorseggiò lentamente, poggiata al bancone della cucina, lasciando calmare il respiro.

Era strano trovarsi lì. In Grecia, a festeggiare il suo addio al nubilato. Era la tensione che la faceva sentire a disagio, decise. Erano tutte lì per lei.

O forse era il matrimonio. Un paio d'anni prima, al matrimonio di una sua amica, si era seduta sotto una grande quercia, con la luna che baluginava tra i rami, Bella accanto che si scolava una bottiglia di vino gratis presa da tavola.

«Promettimi che noi non lo faremo mai», le aveva detto.

Bella aveva guardato sotto il padiglione aperto, dove una donna di mezza età ballava fuori tempo, intralciata dalla gonna stretta. «Cosa, ballare male Lionel Richie con un tailleur di M&S? Non faccio promesse che non posso mantenere».

Lei aveva riso. «Volevo dire, promettimi che non ci sposeremo».

«Sicuro. Questa è una promessa che posso mantenere. Il matrimonio non fa per noi. Le feste sì, le avventure, decidere di andare a un concerto all'ultimo minuto. Queste sfigate con i mutui e i piani pensionistici, che restino pure a leggere a letto con la stessa persona per i prossimi quarant'anni. Io continuerò a comprare la lingerie di Agent Provocateur, grazie tante».

Lexi le aveva posato la testa sulla spalla. «Ti voglio bene».

«Lo so».

Invece eccola lì, a quattro settimane dal fatidico sì a un uomo che teneva gli occhiali da lettura nel comodino e aveva un abbonamento al «Financial Times». Aveva scoperto che forse, dopotutto, era quello che voleva. Forse le piaceva andare a letto presto, sobria, con Ed e un libro. Forse le piaceva vivere a casa sua, dove c'era sempre qualcosa di buono in frigo e asciugamani puliti in bagno. Forse voleva entrare nel sogno di una casa, un marito, una famiglia.

Ma se invece la affascinava solo perché era una novità? Dopo un anno le sarebbe ancora piaciuto? E dopo tre anni? Cinque? Sempre nello stesso letto. Con lo stesso uomo.

Posò il bicchiere e si premette i polpastrelli freddi sulla fronte.

Il matrimonio dei suoi genitori non era stato un modello di felicità. Suo padre era spesso assente, per le gare automobilistiche, e quando non c'era, sua madre si lasciava andare, metteva sempre gli stessi vestiti per giorni e giorni, dimenticava di uscire a fare la spesa o di prepararle il pranzo per la scuola. I bidoni traboccavano di contenitori da asporto e bottiglie di vino, le finestre erano tenute chiuse, con pile di piatti sporchi sui davanzali. Poi, il giorno prima del ritorno di suo padre, sua madre puliva freneticamente la casa, spalancava le finestre per rinfrescare le stanze. Si faceva la tinta e la manicure. Si cambiava. Riforniva il frigo e cucinava un piatto elaborato che rendeva di nuovo accogliente la casa. Le faceva mettere un bel vestitino e la spazzolava vigorosamente, lasciandole il cuoio capelluto dolorante e arrossato.

Quella routine si era protratta per anni e Lexi aveva imparato che dovevano essere splendide, lei e sua madre, per il ritorno del padre. Avrebbero voluto che lui restasse, per mostrargli come poteva essere bella e calorosa la vita che gli offrivano. Lei doveva essere la bambina graziosa e ribelle che piaceva al papà. Si esibivano costantemente, perché quando lei o sua madre erano giù, piangevano o creavano problemi, suo padre usciva dalla stanza, dalla casa, dallo stato.

Le abbandonava.

Lexi sentì il bisogno di prendere un po' d'aria. Attraversò la cucina e uscì in terrazzo. Sul tavolo c'era ancora una candela accesa che illuminava la scultura di bronzo. La prese in mano, sentendone il peso freddo.

Una ballerina. Ecco cos'era stata. Eleanor aveva catturato perfettamente la sua espressione. Quando era assorta, persa nella musica, connessa al ritmo. La sua estasi.

Seguì la linea delle labbra, sentendo il bronzo freddo sotto le dita. A volte le mancavano l'applauso del pubblico, lo scintillio dei costumi di scena, le feste dopo lo spettacolo, i momenti adrenalinici e spumeggianti.

Avrebbe mai anelato alle braccia di un altro uomo, alla novità di una stanza d'albergo, alla dolce sensazione del desiderio tra le gambe? Forse sì.

«Amo Ed», disse alla notte. Era sempre premuroso, come quando le procurava lo champagne per una serata con le sue amiche o la sorprendeva con una consegna di paste fresche il sabato mattina, quando lui era fuori città. Era adorabile che portasse sua madre fuori a cena due volte al mese e che segretamente gli piacesse guardare programmi spazzatura in TV, per rilassarsi dopo il lavoro.

Allora cos'era quella paura strisciante che non riusciva a scrollarsi di dosso? Si voltò per dare un'occhiata alla montagna, nera e pesante. Le sarebbe piaciuto stare più vicino al paese. Voleva sentire il brusio delle altre persone, il rumore dei motorini di passaggio, vedere le luci delle taverne o delle barche nel porto.

Erano troppo isolate. Non avevano neppure una macchina. Non potevano andarsene. In quella vuota oscurità, avvertì una sensazione strana e inquietante: non era sola.

Rimase in ascolto, ma sentì solo il frinire delle cicale, il basso mormorio del mare.

Si girò.

La piscina, davanti a lei, emanava un bagliore verdognolo.

Sbatté le palpebre.

La scultura le scivolò dalle mani, sbattendo sul tavolo.

A faccia in giù, nell'acqua, galleggiava un corpo.

13
Eleanor

Eleanor restò immobile, mentre l'acqua le chiudeva le narici, premeva sugli occhi chiusi, le velava le orecchie, appesantiva il cotone della sua maglietta.

Il bisogno d'aria era elementare, urgente, le scalciava nel petto, le urlava: *Respira!*

Non cedette neppure sentendo bruciare i polmoni.

All'improvviso ci fu un'esplosione di rumore, bolle d'aria, un grido gorgogliante… un cocente dolore allo scalpo.

Qualcuno la stava tirando su per i capelli. Agitò le braccia, nella confusione di corpi, acqua, parole. Udì il proprio nome, prima di finire di nuovo sott'acqua, con gli occhi irritati dal cloro.

Riuscì a ritrovare l'appoggio con i piedi e si spinse in superficie, boccheggiando.

Lexi era nella piscina, sconvolta, e strillava: «Eleanor! Eleanor!».

Si ritrasse, respirando a pieni polmoni.

«Stai bene?», gridò Lexi, pallida in volto.

«Sì…».

«Che diavolo stavi facendo?»

«Stavo… a galla».

Portandosi le mani ai capelli, Lexi disse: «Pensavo… sembrava che… fossi *morta*».

Oh, certo. Probabilmente aveva dato quell'impressione, galleggiando in piscina nel cuore della notte, a faccia in giù. «Capisco».

«Sei pure vestita!».

Si guardò, improvvisamente consapevole di essere senza reggiseno, con la maglietta bagnata che aderiva ai rotoli di ciccia della pancia. «Non ho portato il costume».

«Perché?»

«Non pensavo che mi servisse. Non so nuotare».

Lexi la fissava come se fosse matta. «Ma sei nella piscina».

«Si tocca. Vedi», disse, alzando le braccia. «Sto in piedi, non sto nuotando».

Sembrava che Lexi non riuscisse a seguirla.

La superficie ora era liscia, c'erano solo piccole increspature che lambivano i loro fianchi. «Perché sei entrata in acqua?».

Erano tutte domande legittime, ma Eleanor si rese conto che le risposte suonavano un po' strane. «Non riuscivo a dormire».

Lexi la fissò con la fronte aggrottata.

«Faceva troppo caldo. Non volevo aprire l'acqua della doccia e svegliare Ana. Stavo per avere un colpo di calore».

«Un colpo di calore?»

«Sì», ripeté Eleanor. Storse la bocca per l'assurdità di quel momento. Erano lì, bagnate fradice, nella parte bassa della piscina, a notte fonda. Le sue labbra si dischiusero in un sorriso e poi scoppiò a ridere, un suono che le salì gorgogliante dal petto in un'esplosione di sollievo. Le tremarono le spalle.

Cominciò a ridere anche Lexi, coprendosi la bocca con le mani.

Eleanor si piegò in due, stringendosi la pancia, con gli occhi chiusi. Tutto il suo corpo sussultava. Si diresse verso il bordo della piscina, per appoggiarsi. Non rideva così da secoli.

«Oddio!», esclamò Lexi prima di un altro scoppio di risate. «Pensavo davvero che fossi morta».

«Lo so!», rispose Eleanor appena prese fiato. «Mi hai strappato i capelli!».

«Ero nel panico. Sembrava che avessi di nuovo tentato...». Smise di ridere.

Eleanor sbiancò.

Ci fu un terribile silenzio.

Lexi parve mortificata. «Scusa...».

«Quindi Ed te l'ha raccontato», disse Eleanor, a bassa voce.

Lexi esitò. «Sì».

Le guance le bruciarono per la vergogna. Immaginò suo fratello che descriveva la mattina che si era presentato a casa sua. Quando non aveva risposto alla porta, Ed era andato a prendere le chiavi di riserva dalla vicina del piano di sotto e l'aveva trovata accasciata sul pavimento del bagno. Era ancora semicosciente, abbastanza sveglia da ricordare la sua faccia. Prima lo shock, poi qualcos'altro. Qualcosa di più brutto.

Gliel'aveva raccontato durante una cenetta a lume di candela, con l'espressione preoccupata velocemente mitigata da un altro bicchiere di vino rosso. Che ne poteva sapere una come Lexi, che dalla vita aveva solo avuto luci e scintille, di come ci si sentisse a stare sdraiata sul pavimento del bagno, con la guancia sporca di vomito?

«Un momento di follia. Tutto qui. Non ci sarà il bis», disse Eleanor, raddrizzando la schiena e lisciandosi la maglietta, nel tentativo di recuperare un po' di compostezza.

Lexi annuì. «Hai subito un colpo durissimo, Eleanor. Mi dispiace. Mi dispiace davvero tanto».

Sentì che era sincera.

«Ascolta», continuò Lexi, avvicinandosi. Eleanor temette volesse abbracciarla. «Non ci conosciamo da molto tempo, ma se hai bisogno di parlare, io sono qui. D'accordo? Forse non saprò cosa risponderti, ma ti ascolterò. Lo farò volentieri».

Eleanor sentì un senso di pressione alla radice del naso. «Sì, va bene. Grazie». La voce le uscì strozzata.

Seguì un lungo silenzio, in cui emerse il ronzio del filtro della piscina.

Eleanor si schiarì la gola. «Scusa se ti ho spaventata».

«Non fa niente», rispose Lexi. Sembrò che stesse per aggiungere qualcos'altro, ma Eleanor la interruppe dicendo: «Vado ad asciugarmi. E torno a letto».

«Buona idea. Anch'io».

Salì i gradini della piscina grondando acqua. Si sentì addosso gli occhi di Lexi mentre attraversava il terrazzo e cercò di assumere una falcata sicura e dignitosa, anche se era difficile, con la maglietta fradicia incollata al sedere.

Lexi gridò: «Si chiama effetto prima notte, comunque. Quando non riesci a dormire perché sei arrivata in un posto nuovo».

«Certo», rispose lei con un piccolo cenno, sperando di comunicarle che era d'accordo.

Lasciando impronte bagnate, scomparve nella villa buia, dove le altre dormivano, sapendo che la sua insonnia non era dovuta al fatto di trovarsi in un posto nuovo.

Giovedì

14
Ana

Ana girò la manovella del macinino, inalando l'aroma dolce e tostato del caffè. Alle sue spalle fischiava il bollitore, ma nel resto della villa regnava un piacevole silenzio. Aveva sempre amato svegliarsi prima degli altri. Era come partire con un leggero vantaggio, rubare qualche momento solo per sé. Dio solo sapeva quanto capitasse di rado.

Mise il caffè appena macinato nella caffettiera, poi versò l'acqua bollente. Con il vapore si diffuse un aroma denso e affumicato. Chiuse brevemente gli occhi. Posò la caffettiera su un vassoio, accanto alla piccola caraffa di latte intero, a una tazza di maiolica e, all'oggetto più importante, il suo libro.

Il terrazzo era all'ombra, il sole non aveva ancora scalato la montagna. *Questo sì che è un bel panorama!*, pensò, con le mani sui fianchi, perdendosi con lo sguardo nel vasto orizzonte, tra i cirri rosati dall'alba, soffici come piume. Quella notte aveva trovato assordante il silenzio della villa, le era mancato il familiare rollio del traffico, le voci dei passanti, il rombo dei camion dei netturbini. Invece, alla luce nuova del mattino, era gradevole.

In terrazzo c'era il profumo dei fiori che si aprivano. Posò il vassoio sul muro basso e sbirciò dal bordo dello strapiombo che precipitava su un pugno di rocce. Le vennero le vertigini.

Versò il caffè, avvicinò una sedia al muro, poi si accomodò e aprì il libro. L'attesa di quel momento la emozionava sempre. Libro e caffè, era il suo rituale mattutino e guai a chi la interrompeva.

Era iniziato parecchi anni prima, quando Luca aveva sei mesi e lei era sopraffatta dalla sensazione di aver perso il controllo della sua vita. I bisogni del bambino, chiassosi e urgenti, la tiravano giù dal letto, intontita ed esausta: *Dammi da mangiare! Cambiami! Tienimi in braccio!* Si trascinava per l'appartamento, con gli occhi semichiusi, e dopo averlo cambiato e nutrito, era stremata. Quando sei una madre single, esausta già alle sette del mattino, hai una lunga giornata davanti. Così aveva cominciato a svegliarsi prima del bambino. Sua madre le aveva detto che era pazza. «Approfitta di ogni secondo di sonno!». Eppure, quei pochi momenti solo per sé erano ancora più preziosi del sonno, perché quando Luca si svegliava, lei era già vigile, riposata, pronta ad abbracciare il suo corpicino caldo.

Così aveva mantenuto quell'abitudine, anche se Luca era già un adolescente che si alzava tardi (a meno che non gli strappasse le coperte, dopo aver tirato le tende e spalancato la finestra).

Guardò l'orologio. Probabilmente stava ancora dormendo sul divano di sua sorella, mentre Leonora preparava l'impasto per i pancake e le banane caramellate da servire con lo sciroppo caldo. La colazione preferita di Luca da quando era piccolo.

Com'era successo che quel bimbo rotondetto, che strillava: "Mamma è tornata!", ridendo e avvinghiandosi alle sue gambe appena metteva piede nell'appartamento, si fosse trasformato nel ragazzo che non alzava nemmeno gli occhi dal telefono quando rientrava?

Il giorno prima, la scuola l'aveva chiamata per informarla che Luca era stato beccato a fumare marijuana in cortile con tre suoi amici ed era stato sospeso per dieci giorni. Ana si era sentita mancare mentre ascoltava, fuori da un supermercato greco, la telefonata gracchiante e distorta. «Dev'esserci un errore», aveva detto, ma non ci aveva creduto nemmeno lei. Conosceva i ragazzi che Luca frequentava da un anno. Aveva tentato di distoglierlo con gentilezza da quelle compagnie, ma non aveva voce in capitolo. Se lo spingeva da una parte, lui era attratto da quella opposta.

Aveva subito chiamato suo figlio, che aveva risposto in un modo sgarbato, rabbioso, senza nessuna intenzione di scusarsi. Ecco cosa la spaventava: la sua rabbia. Era sempre stato un ragazzino gentile, sensibile e premuroso. Amava leggere, dipingere, andare al museo di storia naturale la domenica, e poi, di punto in bianco, era cresciuto, era cambiato e lei l'aveva perso. Forse era stata troppo assorta dal lavoro, concentrata su cose futili, si era lasciata sfuggire i segnali.

Aveva chiesto a Leonora di non raccontare ai loro genitori che suo figlio era stato sospeso: avrebbero solo dato la colpa a lei. "Quel bambino ha bisogno di un padre" chiocciava sempre sua madre, a occhi bassi, scuotendo la testa.

I suoi genitori erano immigrati dall'Uganda. Quando erano arrivati a Brixton, negli anni Ottanta, avevano fatto tutto il possibile per integrarsi. Si vestivano come occidentali, cucinavano pietanze inglesi, avevano persino perfezionato l'accento. A lei e a sua sorella avevano insegnato che non dovevano lamentarsi, non dovevano distinguersi, dovevano essere come tutti gli altri.

E loro avevano obbedito. Non si lagnavano mai, non rispondevano alle provocazioni. Se cadevano, si rialzavano senza fiatare. Ma Ana voleva qualcosa di diverso per Luca. Non voleva che si nascondesse. Né che si vergognasse di essere chi era. Voleva che si affermasse e avesse le stesse opportunità degli altri. Che si battesse per ottenerle.

Eppure, non sapeva come, suo figlio era diventato un quindicenne rabbioso, irrequieto. Ed era stato sospeso da scuola. Provò una forte nostalgia di casa. Per Luca, per sua sorella, per il suo appartamento con la finestrella della cucina che affacciava sulla lavanderia self-service, da cui nelle notti estive si diffondeva un profumo di detersivo.

Non sarei dovuta venire, pensò, mentre il mare la scherniva con la sua pura bellezza. Era in vacanza con un gruppo di donne che conosceva a malapena, a spendere soldi che avrebbe fatto meglio a risparmiare, mentre suo figlio finiva nei pasticci. Era stata egoista, aveva preteso troppo.

Si corresse. No, quella non era la sua voce: era la voce di sua madre. La condanna; il giudizio mascherato da abnegazione. Ana aveva lavorato sodo. Era stata scrupolosa con i risparmi. Era una buona madre. Meritava una pausa, una vacanza, un momento tutto per sé.

Si voltò a guardare la villa immacolata.

Ma non di questa vacanza, pensò, titubante.

Non con queste donne.

Alzò lo sguardo sulle persiane ancora chiuse, cercando di individuare la camera di Lexi.

Dentro di sé, nel profondo, una voce le diceva: *Torna a casa.* Avrebbe dovuto prendere un taxi per l'aeroporto. Tornare a Londra. Dimenticare quelle donne. Lasciare in pace Lexi. L'addio al nubilato sarebbe diventato un ricordo, la strana eco di un tempo in cui aveva smarrito la via, anche se solo per un momento.

Poi le persiane della stanza di Lexi si aprirono con un cigolio, la luce delineò il suo braccio magro che accoglieva il giorno e Ana capì che non poteva andarsene.

15
Fen

«Vado a fare una passeggiata», sussurrò Fen a Bella, che stava ancora dormendo con le braccia alzate, le lisce cavità delle ascelle in vista.

Bella aveva qualcosa di tenero e vulnerabile quando dormiva, come una bambina che, malgrado fosse stata odiosa da sveglia, il sonno restituiva all'innocenza.

Il litigio del giorno prima era ancora caldo, ma Fen sapeva che quello non era il momento adatto per pensarci. Doveva aspettare che tornassero a casa. «Allora sarai più che benvenuto», aggiunse.

Bella si rannicchiò su un fianco. «Non prendo il sole prima delle dieci».

Fen afferrò lo zaino e uscì dalla stanza, sollevata. Bella si sarebbe solo lagnata per il caldo, il peso dello zaino, la lunghezza della passeggiata e sarebbero state costrette a tornare prima.

Nel salone, qualcuno aveva spalancato le imposte e il profumo dei gelsomini in fiore entrava nella villa con la luce del mattino. Vide Lexi sul suo materassino da yoga, su un lato della piscina, che portava indietro le caviglie nella posizione del cane a testa in giù. Ana era assorta nella lettura, con una caffettiera accanto, sul muro basso.

Quando si girò, le cadde lo sguardo sul ritratto incorniciato che Bella aveva notato il giorno prima. Le si torse lo stomaco.

Non le avrebbe permesso di portarlo a casa. Con riluttanza, prese la foto in mano e studiò la propria immagine. Aveva solo diciannove anni quando era stata scattata, era ancora fresca e ingenua. Avrebbe voluto mettere in guardia quella ragazza dal sorriso solare, dirle: *Stai attenta. Non sai cosa ti aspetta.*

Avvertì un senso di costrizione al petto, le tremarono le dita. Digrignò i denti, cercando di calmarsi. Non doveva avere paura. Era finita. Apparteneva al passato. Ne era uscita. Era diventata più forte.

Eppure, quando si guardava allo specchio, sentiva solo le sue parole: *Mi disgusti.*

Senza riflettere, si piegò e spinse la cornice in fondo a un armadietto. Chiuse l'anta con forza e si pulì le mani sui pantaloncini. Che andasse a farsi fottere, quello stronzo.

Sospirò.

«Non ti dispiace, vero, se vengo anch'io?».

Fen si girò di scatto. Robyn si stava allacciando gli scarponcini da trekking, accovacciata vicino alla porta. Si era dimenticata di averle detto della passeggiata. In realtà, avrebbe preferito uscire da sola e scomparire sulla montagna, ma Robyn aveva un'aria così entusiasta mentre le sorrideva, con lo zaino ai piedi, che poté solo acconsentire.

La luce mattutina era pura, profumata di pino. Il sole era ancora dietro la montagna quando si incamminarono sul sentiero: avevano almeno un'altra ora d'ombra prima che arrivasse in cima.

Il sentiero saliva tra cespugli e alberi di cipresso, i loro passi sollevavano nuvolette di polvere. Robyn, accanto a lei, manteneva il passo, con la coda che oscillava.

Da lontano risuonarono i deboli rintocchi di una campana. «C'è una chiesa qui vicino?», domandò Robyn, un po' a corto di fiato.

«C'è un monastero sul lato settentrionale della montagna. L'ho visto solo da lontano. Alle donne è proibito entrare».

«Davvero? Perché?»

«Siamo una tentazione, pare. Per mantenere puri i pensieri dei monaci», rispose alzando un sopracciglio. Non aveva molta tolleranza per le regole della Chiesa; l'educazione religiosa che le avevano imposto i suoi genitori le aveva lasciato un senso di colpa e vergogna per ciò che riguardava la sua sessualità e ci aveva messo anni a sbarazzarsene.

Quando il sentiero si assottigliò, Fen passò avanti. Il timo in fiore prosperava sul terreno spaccato dal sole. Una lucertola uscì da sotto un sasso, attraversò la strada e scomparve in un cespuglio spinoso.

«Grazie per avermi permesso di venire», disse Robyn. «È bellissimo camminare senza dovermi fermare ogni dieci passi a raccogliere un giocattolo caduto, a esaminare una formica o blandire Jack con una scia di torte di riso».

Fen scoppiò a ridere. «Perché, vai a fare trekking con il bambino?».

Robyn sospirò. «No. Infatti mi manca. All'università ero nel club di escursionismo. Era frequentato perlopiù da secchioni, ma mi piaceva tantissimo. Ho continuato anche dopo gli studi, ogni giorno libero scomparivo sulle Brecon Beacons. Lassù la natura è allo stato selvaggio e in primavera i colori ti tolgono il fiato. Ma poi ho conosciuto mio marito, ex marito, e diciamo che ho perso l'abitudine».

«Magari è il momento di ricominciare».

«Sì», rispose Robyn dietro di lei e Fen avvertì la gioia nella sua voce. «Lexi ha detto che sei una personal trainer. Forse sono passata davanti al tuo studio. Dov'è, a Westbourne?»

«Sì, subito dopo la strada a senso unico».

«Hai una pianta enorme di bambù alla finestra?»

«Ne ho due».

«Ci passo quando vado al lavoro. Vivo a Branksome».

«Ah, sì? Quindi sei sulla stessa strada di Bella?».

Ci fu una pausa. «Sì».

Bella di rado menzionava Robyn e, quando lo faceva, dava l'impressione che fosse una persona noiosa, una di quelle amicizie che, non fosse stato per Lexi, avrebbe mollato da tempo.

«Bella era una tua cliente? Vi siete conosciute così?»

«No, mentre facevamo la spesa. Affascinante, vero?»

«Io ho incontrato il mio ex marito nella sala d'attesa di un podologo. Quindi non mi permetto di giudicare».

Fen sogghignò. «In confronto il reparto scatolame ha un che di romantico. In realtà, le circostanze furono molto tristi, perché ci imbattemmo in un'adorabile vecchietta, Penny, che stava avendo un infarto. Bella fu la prima a soccorrerla. Fu molto calma e rassicurante. Mantenne sempre un tono allegro e tranquillo. Avrei dovuto capire che era un'infermiera».

«Sì, era brava nel suo lavoro», disse Robyn.

Fen le lanciò un'occhiata. La sua espressione era serena. *Quindi non ne sa niente.*

«Quando arrivò l'ambulanza», continuò, «Bella promise a Penny che avrebbe avvisato sua figlia. Io sapevo dove abitava. Era vicino a casa mia, così accompagnai Bella e aspettai in macchina mentre lei riferiva la notizia alla figlia di Penny. Dopo, be', insomma, siamo rimaste sedute in macchina, per riprendere fiato. Penso stesse per commentare l'accaduto, quando alla radio passò quella canzone degli anni Novanta. Credo delle TLC. Stavo per cambiare stazione, ma lei disse: "Adoro questo pezzo". Cominciò a cantare a squarciagola, lì, nella mia macchina, terribilmente stonata, ma convinta».

Robyn sorrise. «Era *Waterfall*?»

«Sì!». Fen gettò indietro la testa e rise.

«Meno male che c'era il limite di dieci chili per il bagaglio», disse Robyn. «Altrimenti avrebbe portato il karaoke».

«Era uno dei tre divieti di Lexi: niente veli, falli e karaoke».

Robyn scoppiò in una risata profonda, liberatoria. Fen ne fu contenta.

«Come mai hai scelto di fare la personal trainer?», chiese Robyn, continuando a camminare sul sentiero che si era fatto più ripido.

Fen avrebbe potuto darle la versione ufficiale, "Per aiutare gli altri a raggiungere i loro obiettivi di fitness", ma forse perché erano lì all'aperto, perché il ritmo della camminata aveva sbloccato qualcosa, si ritrovò a confidarle: «Ho passato un periodo piuttosto brutto qualche anno fa». Gettò uno sguardo verso gli scogli, soffermandosi brevemente sulla villa, e un triste ricordo riemerse in superficie. «Avevo perso la fiducia in me stessa. La motivazione. Ero fuori forma, mangiavo male. Non conoscevo ancora molte persone a Bournemouth, così facevo delle lunghe passeggiate in riva al mare... solo perché era più semplice che restare ferma».

Aumentò il passo. «Pian piano mi sono rimessa in forma e dopo un po' ho iniziato a indossare le scarpette per fare una parte della strada di corsa. Non so se fu il semplice rilascio di endorfine o l'esercizio in mezzo alla natura, ma ricominciai a sentirmi me stessa. Persi peso, diventai più forte. Più felice».

Il sentiero si allargò e Robyn tornò a camminarle accanto.

«Mi appassionai alla connessione fra mente e corpo, così cominciai a leggere quello che trovavo al riguardo, a studiare la giusta alimentazione e la psicologia per creare e mantenere le buone abitudini. Risparmiai per formarmi come personal trainer e, dopo aver lavorato un paio d'anni per una palestra, decisi di fare il salto e affittare uno studio tutto mio. L'hai visto, è piccolo, ma mi piace molto. Posso andare a piedi in spiaggia in pausa pranzo e ho dei clienti meravigliosi».

«Come sono le persone che alleni?», chiese Robyn, con un po' di affanno.

Fen rallentò un poco. «Non sono tutti palestrati che vogliono farsi la tartaruga da mostrare su Instagram. Sono madri, nonni, adolescenti... Gente che vuole ottenere il massimo dal proprio corpo».

Robyn stava sorridendo. «Bello».

«A volte sembra che la vita moderna sia fatta apposta per farci fallire. Esternalizziamo gran parte dei nostri movimenti: automobili, metro, ascensori, scale mobili. È difficile anche mantenere abitudini alimentari sane, perché dappertutto ci sono bar e fast food. Molti vivono in appartamento e non hanno il giardino per fare un po' di esercizio, quindi la gente ha cominciato a esternalizzare anche quello, è diventato una cosa da fare una o due volte a settimana in palestra. Voglio aiutare le persone ad acquisire consapevolezza delle proprie abitudini e stile di vita, a esplorare modi per fare più movimento tutti i giorni». All'improvviso Fen si accorse di aver parlato troppo. «Scusa per il sermone».

«È affascinante. Credo sia proprio quello di cui ho bisogno».

Fen la guardò. «Vieni nel mio studio una volta o l'altra».

Robyn sorrise e il sole finalmente spuntò dalla montagna, illuminandole il viso. «Con piacere».

Gli amici sono le persone che ci capiscono. Sanno che spalmare la Nutella sui toast ci fa sentire bene, condividono la nostra ossessione per gli articoli da cancelleria, hanno visto dove teniamo le scorte d'emergenza di cioccolato. Gli amici sanno la storia del nostro primo bacio, la canzone che balliamo sempre o perché non possiamo ascoltare David Bowie senza piangere.

La biochimica dei nostri corpi cambia quando passiamo del tempo con loro. Un bel cocktail di ormoni della felicità, ossitocina, dopamina e serotonina, migliora il nostro umore. Secondo alcuni studi, l'amicizia può rafforzare i circuiti neurali positivi nel nostro cervello e migliorare l'intelligenza emotiva.

Si potrebbe affermare che gli amici sono una medicina.

Ma può dircelo qualsiasi dottore: ciò che per alcuni è un farmaco, per altri è un veleno.

16
Bella

Bella galleggiava su un materassino sotto un cielo senza nuvole. Amava il sole. Ci sarebbe andata a letto insieme. Niente sembrava drastico o urgente quando splendeva il sole. Non aveva mai capito la gente che odiava il caldo. Robyn aveva sempre dichiarato di preferire l'inverno. Che cosa c'era di bello nel cielo grigio, nel freddo pungente o nel nevischio?

Lei aveva una grande ammirazione per lo stile di vita mediterraneo: la siesta dopo mangiato, bere vino a pranzo e fare festa fino all'alba. «Sei italiana fino al midollo», diceva suo padre, dandole un buffetto sul mento. Era di un paesino lacustre vicino a Verona, ma aveva incontrato sua madre a Londra quando lavorava come portiere d'albergo. Si erano innamorati, si erano sposati e avevano messo su famiglia, ma sua madre non aveva mai voluto lasciare l'Inghilterra. Trasferirsi a Bournemouth era stato il suo compromesso: una città sul mare.

Sentì un tramestio di passi sul bordo della piscina, seguito da uno scroscio di risate. Bella alzò lo sguardo e vide Lexi che si lanciava con le ginocchia abbracciate al petto. Il tuffo a bomba produsse un'esplosione d'acqua.

Bella strillò, completamente fradicia, mentre il suo materassino sgroppava sulle onde. Cercò di restare in equilibrio, ma capì che era inevitabile: il materassino si rovesciò e lei finì in acqua, con occhiali da sole, rossetto, messa in piega e tutto.

Mentre agitava le gambe per tornare su, perse gli occhiali. Riemerse tossendo e ridendo. «Testa di rapa!».

Lexi rideva così forte che non riusciva nemmeno a restare a galla.

«I miei occhiali!».

«Li prendo io!». Lexi si immerse, scomparendo nell'acqua clorata. Tornò su dopo pochi secondi con un paio di occhiali scuri sgocciolanti. Li riportò a Bella, mettendoglieli sulla testa bagnata, con le lenti coperte d'acqua.

Bella ne approfittò per spingerla sotto, ridendo. Bollicine argentate emersero in superficie, i capelli le formarono un ventaglio intorno alla faccia. Quando risalì per respirare, sputò una fontanella d'acqua dalla bocca.

Bella rise senza ritegno. Due ragazzine. Due ragazzine che facevano le sceme in piscina. Ecco cos'erano. E non desiderava altro.

Nuotarono verso il bordo della piscina, senza fiato, felici. Appoggiarono le braccia sul cemento riscaldato. Bella si passò un dito sotto gli occhi, togliendo le tracce di mascara. «Pensavo che dovresti annullare il matrimonio. Trasferiamoci qui».

«Possiamo vivere di ouzo e olive», concordò Lexi.

«Fare lunghe sieste».

«Dedicarci anima e corpo all'abbronzatura», aggiunse Lexi. «Ma come faremmo con i soldi?».

Bella ci pensò qualche istante. «Ti ci vedo bene come pastora di capre».

Lexi rise, i denti parvero ancora più bianchi contro la pelle baciata dal sole. Bella allungò una mano e le toccò il naso. «Ti sono uscite le lentiggini».

«Di già?».

Le lentiggini la facevano sembrare più giovane, la Lexi dell'adolescenza. Bella ricordò quando era arrivata nella nuova scuola a Bournemouth. Aveva tredici anni e si atteggiava a ragazza tosta di città. Aveva visto Lexi e Robyn sedute insieme in cortile: si tenevano per mano, con le spalle scosse dalle risate. Non parevano solo felici, ma completamente a loro agio, come se fossero fatte l'una per l'altra.

Loro due, aveva deciso in quel momento. Erano le ragazze con cui voleva fare amicizia.

Lexi uscì dalla piscina e tornò al lettino, lasciando una fila di impronte bagnate.

Bella la seguì, strizzando i capelli intrisi d'acqua. «Dov'è Robyn? Non l'ho vista per niente stamattina».

Lexi posò un asciugamano sul lettino e si sdraiò. «È andata a fare una passeggiata con Fen».

«Davvero?». Probabilmente era mezzo addormentata quando Fen gliel'aveva accennato. Si era dimenticata che Robyn amava le passeggiate nella natura. Suggeriva sempre una serata in spiaggia anziché al pub, con qualche bottiglia di vino o di birra nello zaino.

Lexi indossò gli occhiali da sole e prese un libro.

«*Autobiografia di uno Yogi*», lesse Bella sulla copertina. «Dimmi che non vuoi lasciare Londra per un ashram?»

«Non penso che a Ed farebbe piacere».

Un rumore di sandali sulla pietra le fece voltare. Eleanor stava attraversando il terrazzo vestita con un paio di bermuda, una strana maglietta in fantasia a nodi e un cappello floscio che sarebbe potuto appartenere a sua nonna. La pelle sembrava troppo chiara per sopportare il sole rovente del Mediterraneo.

«Tu che ne dici, Eleanor?», chiese Bella. «A Ed piacerebbe vivere in un ashram?»

«No. Con quei piedi, i sandali gli starebbero malissimo».

Lexi scoppiò a ridere.

«Io e Ana abbiamo prenotato un taxi per fare un giro in paese», continuò. «Arriva tra un'ora. Venite anche voi?»

«Molto volentieri», rispose Lexi.

Bella aveva programmato di prendere il sole in piscina e bere cocktail fino a sera, ma se Lexi avesse accettato, sarebbe andata anche lei. Magari potevano trovare un tavolino all'ombra e ordinare cocktail lì.

Ma forse era meglio restare. Voleva rappacificarsi con Fen dopo il brutto litigio all'aeroporto. Stare un po' da sole era esattamente ciò di cui avevano bisogno. «Penso che resterò qui ad aspettare Fen».

Si girò e socchiuse gli occhi contro il sole, perlustrando il fianco massiccio della montagna in cerca della sua ragazza. Ma il panorama rovente sembrava deserto, incorniciato solo da un cielo azzurro e senza nuvole.

17
Robyn

Il sole di mezzogiorno era caldissimo quando Robyn e Fen ridiscesero il fianco della montagna, cercando di non scivolare sul pendio sassoso.

Una nuvola di polvere circondò le gambe di Robyn quando arrivò in fondo, fermandosi per riprendere fiato. Si staccò la maglietta dalla pelle sudata.

«Ti va una nuotata?», le chiese Fen, guardando a est verso la costa.

Il mare, increspato e lucente, sembrava invitante, ma non c'era un accesso visibile dalla cima della scogliera. «Come ci arriviamo?»

«C'è una caletta appena fuori dal sentiero. Ci andavo con la barca quando passavo l'estate qui. Da quel che ricordo, c'è una bella scalinata. La risalita potrebbe essere un po' faticosa. Vuoi provare?».

L'idea di immergersi nell'acqua fresca era inebriante. «Certamente». Seguì Fen con rinnovata energia, prendendo con passo celere e risoluto la piana arida, tra lembi di macchia mediterranea brulicanti di insetti. Era contenta di quella deviazione, perché, anche se era esausta, non era pronta a ritornare alla villa.

«È laggiù», disse Fen, indicandola.

Una piccola spiaggia di sabbia bianca le aspettava in fondo alla scogliera, con l'acqua cristallina che lambiva la battigia.

«Pare che l'acqua abbia eroso i gradini», disse Fen. C'era solo una stretta rientranza che scendeva ripida verso il fondo dell'insenatura. «Pensi di farcela?».

Robyn guardò il sentiero, strettissimo e a strapiombo, che portava alla spiaggia. Se mettevano un piede in fallo, rischiavano un volo di almeno trenta metri. Le vennero i brividi.

Fen la guardava, in attesa di una risposta.

Il sole le picchiava sulla testa, il sudore si raccoglieva tra i seni. Il mare brillava, così vicino, così invitante. Perciò fece un bel respiro e disse: «Sì».

«Facciamo con calma», disse Fen. «Seguimi».

Scesero in silenzio, Robyn sentiva tremare le caviglie mentre metteva un piede davanti all'altro, il rombo del sangue nelle orecchie. Una fila di formiche rosse marciava da una fessura nella roccia. Si sentiva un lieve profumo di mare. La sete seccava la gola.

Si rifiutò di guardare in basso, concentrata solo sulla posizione dei piedi. Il respiro era corto.

Uno sciame di moscerini le volò troppo vicino alla faccia e lo scacciò con una mano.

All'improvviso il terreno si mosse, un pezzo di terra secca si sbriciolò sotto i suoi scarponi. Perse l'equilibrio, strillò e cercò di restare in piedi.

Fen l'afferrò per una mano e la trascinò verso un punto in cui il sentiero era più largo. «Ti ho presa».

Robyn si schiacciò contro la parete, con le mani piatte sulla roccia solida.

«Tutto bene? Torniamo indietro?».

Scosse la testa. «Ce la faccio».

«Non ne dubito». Fen non le lasciò la mano e ripartirono, un passo dopo l'altro, con le spalle radenti la parete rocciosa, gli occhi puntati avanti.

Dopo un po', il sentiero cominciò ad allargarsi, la parte più difficile era passata. Quando arrivarono alla spiaggia, Fen le strinse le dita. «Ce l'hai fatta».

Erano sulla piccola spiaggia bianca, all'ombra dell'alto dirupo. Robyn si girò per guardare il sentiero che avevano appena fatto. Era alto, spaventosamente alto. «Accidenti».

«Scusa», disse Fen. «Era un po' più difficile di quanto ricordassi. Sarà più semplice risalire».

«Adesso ho proprio bisogno di una nuotata». In quel momento, si ricordò di non avere il costume da bagno e stava per dirlo quando Fen cominciò a togliersi gli scarponi e a sfilarsi la canottiera da sopra la testa, poi le mutande.

Andò dritta verso la riva, abbronzata, forte e muscolosa, e si tuffò senza esitazione.

Robyn abbassò lo sguardo, chiedendosi se avrebbe avuto il coraggio di spogliarsi. Da quando aveva avuto Jack, non si era mai fatta vedere nuda da nessuno, la imbarazzavano la pelle floscia dell'addome e le sacche vuote dei seni. La scelta del costume era stata un'agonia, perché sapeva che Bella e Lexi avrebbero preso il sole a bordo piscina, fresche e seducenti con qualunque cosa addosso. Eppure non poteva rimanere lì vestita a cuocersi al sole.

Fen si era già allontanata dalla spiaggia e non c'era nessun altro. *Su, Robyn.*

Si accovacciò per slacciarsi gli scarponi. Si sfilò i calzini e arricciò le dita. Il bisogno di immergere i piedi gonfi e accaldati nel mare era travolgente. In un impeto di coraggio, si tolse i vestiti sudati e la biancheria, poi corse sulla sabbia bollente.

L'acqua fresca schizzò intorno alle caviglie, le avvolse le cosce, fredda e discreta. Robyn si immerse nella massa liquida, salmastra e sensuale, che le raffreddò la pelle accaldata.

Quando riemerse, con il capelli lisciati, perle d'acqua sulle sopracciglia, lanciò un gridolino di gioia. Si girò sul dorso, galleggiando a braccia larghe, con i capezzoli esposti al calore del sole, e si accorse che stava sorridendo.

Con la coda dell'occhio scorse Fen che nuotava con bracciate vigorose. Ammirò l'atletismo e la forza, la sicurezza ipnotica che mostrava verso il proprio corpo.

Galleggiando sul mare di un chiarore abbacinante, i capelli a ventaglio intorno alla faccia, Robyn chiuse gli occhi. L'orbita calda del sole brillava arancione sulle sue palpebre e quando lasciò entrare una frazione di luce, catturò un arcobaleno sul bordo delle ciglia. Eccola lì che faceva il bagno nuda nell'Egeo! Si lasciò andare a quel momento di beatitudine, con la vista delle montagne davanti, sentendo qualcosa aprirsi in fondo al petto.

Robyn si strizzò l'acqua dai capelli, le gocce scurirono la sabbia. Non aveva portato niente per asciugarsi, così rimase in piedi, nuda, a rosolarsi al sole.

Quando Fen tornò a riva, si era già rimessa i vestiti e stava bevendo una bottiglia d'acqua, all'ombra della scogliera. «Com'è stata la nuotata?», le chiese quando si avvicinò, con la pelle bagnata e scintillante.

«Magnifica». Fen si infilò la canotta, senza reggiseno. «Ne è valsa la pena scendere, vero?».

Gocce d'acqua le erano rimaste impigliate tra le ciglia, il sole vi si rifletteva e faceva sembrare i suoi occhi verdi due brillanti. Robyn sentì una nuova carica di energia. «Decisamente».

La salita fu più facile. Piantavano le punte degli scarponi nel terreno polveroso, mentre cercavano appigli con le dita nella parete rocciosa. Fin troppo facile, perché in un baleno apparve la villa e la loro avventura era finita. Robyn chiese: «Pensi che ci beccheremo un rimprovero per essere sparite così a lungo?».

Fen fece spallucce. «Probabile».

«Grazie per oggi», disse Robyn. «È stata una passeggiata bellissima».

Fen sorrise. «Lo penso anch'io».

Robyn arrossì, il calore salì dall'interno del suo corpo. Fen la scrutò in viso, come se avesse letto qualcosa nella sua espressione. Robyn sentì il sole bollente sulla testa, il gentile sciabordio delle onde ai piedi della scogliera.

Poi d'improvviso un grido, echeggiando tra i muri della villa, spezzò l'immobilità di quell'istante.

18
Bella

Bella sentì una fitta di dolore tra le dita quando sfilò il piede dall'espadrilla.

«Che è successo?», gridò Lexi, accorrendo al suo fianco.

Bella, saltellando su un piede solo, si aggrappò alla sua spalla. Indicò la bestiolina nera e lucida che usciva dalla scarpa. «Uno scorpione!».

«Merda! Ti fa molto male? Chiamiamo un'ambulanza?».

Il bruciore si stava espandendo nel piede. Bella fece un respiro profondo. Aveva tutto sotto controllo. Era solo dolore. Il battito del cuore era aumentato, ma non in maniera pericolosa. Le persone sane non morivano per una puntura di scorpione. Non significava finire in ospedale. Sarebbe andato tutto bene. Eppure l'unica cosa visibile di quel dolore lacerante era un piccolo puntino rosa tra le dita.

Eleanor e Ana si precipitarono fuori dalla loro stanza, pronte per il giro in paese. «Gesù, tutto bene?», chiese Ana, notando lo scorpione. «Cosa possiamo fare?»

«Devo lavare la puntura», rispose Bella.

Lexi la aiutò a raggiungere il divano, mentre Ana riempiva una ciotola d'acqua ed Eleanor andava a prendere un asciugamano.

«Fa molto male?», domandò Lexi, con la fronte corrugata per la preoccupazione.

Bella si portò il piede in grembo per esaminarlo. Il puntino rosso cominciava a gonfiarsi. Da piccola aveva pestato una tracina e il dolore era simile: non stava per morire, ma faceva un male cane.

«Me la caverò», disse a Lexi digrignando i denti. Era la stessa che, da bambina, quando era volata dalla sua BMX rosso ciliegia e le avevano dovuto ricucire il mento, non si era messa a piangere. Si era rotta il polso in due punti cadendo da un trampolino e anche allora non aveva pianto. Era la più piccola di tre fratelli. Lei non piangeva, e basta.

Ana portò la ciotola di acqua saponata e, forte della sua esperienza di infermiera, Bella si lavò il piede. Oddio, le dita cominciavano già a diventare rosse e paffute e non sarebbe più riuscita a infilare il piedone nelle espadrillas nuove.

Visto? Non stava per morire. Si preoccupava per le scarpe.

«Non è meglio metterci del ghiaccio?», suggerì Ana.

«Avvolgine qualche cubetto in uno strofinaccio. Un impacco freddo».

Eleanor aveva catturato lo scorpione dentro un bicchiere. Lo fissava, con la testa piegata di lato. Il vetro distorceva la sua faccia e gli occhi apparivano strani, come dietro una lente d'ingrandimento.

«Vai ad affogare quel coso maledetto!», disse Bella. «Ma prima fagli una foto».

«Non penso sia il momento di pensare a Instagram», commentò Lexi.

«Per l'identificazione. Se vado in shock anafilattico e all'ospedale vogliono sapere cosa mi ha punto».

«Cosa ti ha punto?», chiese Fen, entrando trafelata, con Robyn alle spalle. Si tolse lo zaino e si accovacciò al suo fianco. «Stai bene? Che è successo?»

«Un brutto incontro con uno scorpione. Sto bene».

Fen la abbracciò. La sua pelle profumava di latte solare e salsedine e all'improvviso Bella pensò che, dopotutto, aveva voglia di piangere.

«Ecco qui», disse Ana, porgendole il ghiaccio avvolto nello strofinaccio.

Fen si fece indietro quando Ana le applicò l'impacco freddo, con mano ferma e delicata. Bella pensò che sarebbe stata una brava infermiera. Spesso immaginava le persone in un contesto ospedaliero, cercando di indovinare il ruolo più adatto. Lexi, per esempio, l'avrebbe messa alla reception. A contatto con i clienti, sapeva parlare con la gente, non perdeva quasi mai la pazienza.

Ana in pronto soccorso. Flemmatica, non impressionabile, pronta sia a rimettere in piedi un ubriaco sia a gestire una ferita alla testa. Robyn, pensò, dandole un'occhiata, era perfetta come chirurgo. Sicura di sé, noiosa, nerd, ma esattamente la persona che vorresti ti tagliasse la gabbia toracica in caso di bisogno. Guardò Eleanor che scattava la foto allo scorpione. Obitorio. Senza dubbio obitorio. E Fen? Be', era ovvio. Ginecologa. E non solo per le visite spettacolari, ma perché potevi confidarti con lei. Potevi aprirti e dirle che avevi paura. Lei ti avrebbe tenuta per mano e ti saresti convinta che sarebbe andato tutto bene.

Quasi tutto.

«Ti serve altro, cara?», chiese Lexi.

«Antidolorifici».

«Pillole o alcol?»

«Un cocktail di entrambi», rispose Bella, pensando che forse non era così grave mischiarli.

Lexi le preparò un rum e coca, con un paio di Tachipirine accanto.

Si sentì un rumore di gomme sulla ghiaia. Eleanor andò alla porta. «È arrivato il taxi».

«Dobbiamo annullare il giro in paese», rispose Lexi.

«Macché, andate pure», insisté Bella.

«Resto qui con te», disse Lexi. «Ma voi andate», aggiunse, rivolta a Eleanor e Ana.

Bella si piegò in avanti e prese l'impacco freddo dalle mani di Ana. «Sul serio. Andate. Me la cavo qui».

«Sei sicura?», chiese Ana. Poi, rivolta alle altre: «C'è un posto in più se qualcuna si vuole aggregare».

Robyn si stava slacciando gli scarponi. Era accaldata per la passeggiata. Erano state via parecchio, era già passata l'ora di pranzo. *Ore*, pensò. Erano state via per ore. «Portate anche Robyn».

Lei alzò la testa di scatto. «Non ne ho voglia».

«Puoi goderti il centro, andare a vedere un museo».

«Voglio farmi una doccia e bere qualcosa».

Bella sospirò. «Vado a riposare un po'. Fen? Vieni con me?».

Fen le mise un braccio intorno alla vita per sorreggerla e la accompagnò in camera.

Sdraiata sul letto matrimoniale, Bella osservava Fen, tutta concentrata mentre le applicava l'impacco freddo.

Il ventilatore a soffitto ronzava, spostando aria calda. Bella bevve un sorso di rum. «Come è messa?».

Accovacciandosi, Fen rispose: «La caviglia si è ingrossata».

«Potrò mettere di nuovo le espadrillas prima di partire?».

Lei ci pensò un istante. «Una sola».

«Uffa».

«Sei sicura di stare bene? Posso chiamare un taxi per portarti in ospedale e farti dare un'occhiata».

Bella fece un gesto di sufficienza. «Mi controlleranno la pressione, la temperatura, mi daranno una Tachipirina chiedendomi cento euro per il disturbo. Quindi sto bene qui con il mio rum e la vista del mare, grazie tante».

Fen si slacciò gli scarponi, poi si sfilò i calzini. Posò i piedi sulle piastrelle fresche e sospirò.

«È stata bella la passeggiata?».

Le brillarono gli occhi. «Mi ha fatto davvero piacere camminare di nuovo in un paesaggio montuoso. Avevo dimenticato quanto fosse bello».

«Non sapevo che veniva anche Robyn», disse Bella con il tono più disinvolto possibile.

«Si poteva aggregare chiunque».

Bella bevve un altro sorso di rum, i cubetti di ghiaccio sbatterono sul bicchiere quasi vuoto. «Siete state via tutta la mattina».

«Non sapevo ci fossero programmi per la giornata», rispose Fen, raccogliendo gli scarponi per andarli a riporre accanto alla porta.

«Non c'erano, infatti. Mi sei mancata, ecco tutto». Non aveva nessun diritto di lamentarsi, ma si sentiva comunque ferita.

Osservò Fen: il piercing al naso, il tatuaggio, le spalle larghe. Indossava una canotta con la scritta "Good vibes" nei colori dell'arcobaleno. Aveva un senso dello stile innato. Seguì la curva dei seni. «Non hai il reggiseno», disse, pensando a quanto fosse sexy con i capezzoli inturgiditi sotto la canottiera. «Aspetta. Sei andata a camminare senza reggiseno?»

«È nello zaino. Sono andata a fare un bagno».

«Quando?»

«Al ritorno. C'è una caletta...».
«Con Robyn?». Bella si irrigidì.
«Ovviamente».
«Non sapevo che volessi fermarti in spiaggia. Non avevi il costume?»
«Cos'è, un interrogatorio?». Fen aggrottò la fronte. «Ci siamo fatte il bagno nude».
«Tu e Robyn?», chiese Bella trattenendo uno strillo.
«Sì»
«Cazzo».
Fen allargò le braccia. «Non abbiamo mai litigato per queste cose. Dormi nel letto con Lexi o vai a fare la sauna al centro benessere con un mucchio di donne nude. Io mi sono fatta il bagno senza costume. E non posso?».
Bella sapeva che la sua rabbia era esagerata, vista la situazione. «Mi dà solo fastidio che la mia ragazza sparisca per mezza giornata».
«Con Robyn».
«Sì, con Robyn. Non capisco perché vuoi stare con lei, comunque. È tremendamente... noiosa!». Ecco. L'aveva detto.
Fen la fissò infuriata. Non la contraddisse, non le spiegò che si sbagliava o che non doveva parlare degli altri in quel modo. Peggio: sembrò delusa.
Avrebbe voluto dirle: *Per favore, smettila di guardarmi così. Non lo sopporto. Sei la cosa più bella che ho, Fen. Non posso perderti. Ho bisogno di te. So che a volte reagisco male, ma è perché ho paura che tu ti stia allontanando. E quando ho paura, litigo.* Cercò di aprire la bocca per comunicare anche solo una parte dei suoi pensieri, ma ne uscì soltanto un verso di indignazione.
Fen si girò e andò verso il bagno in camera. La porta si chiuse dietro di lei con un suono delicato.
«Almeno sbattila!», urlò Bella.
Tra tutte le parole che avrebbe potuto dire, aveva scelto quelle.

Condividevamo tutto: la villa, le stanze, i letti: era normale chiacchierare tanto. Ma fu quando cominciammo a parlare sottovoce che la situazione cambiò.

Coglievamo i toni smorzati dei litigi, le voci alzate dietro le porte chiuse, e facevamo finta di non aver sentito. Più tardi, udimmo altre cose: un pianto sommesso da una finestra aperta, un rimprovero esploso come un fulmine in terrazzo, un segreto portato alla luce su un dirupo dopo mezzanotte.

Quei bisbigli abbatterono un altro muro. Non potevamo più fingere che fosse tutto semplice, tranquillo, baciato dal sole.

Non potevamo più credere di essere tutte amiche.

19
Lexi

Lexi attraversò la stanza e chiuse le ante della portafinestra. Bella e la sua linguaccia!

Robyn camminava avanti e indietro, rossa in viso, accigliata. «È tremendamente noiosa!», ripeteva.

«Bella non diceva sul serio», disse Lexi con gentilezza.

Robyn inarcò un sopracciglio.

Lexi le afferrò una mano quando le passò davanti. La guardò in faccia finché Robyn non incrociò il suo sguardo. «Sappiamo che quando Bella si sente minacciata, attacca».

«Minacciata? Perché sono andata a fare una passeggiata con Fen?»

«Sai com'è fatta. Ha bisogno di essere sempre al centro dell'attenzione». Era una delle cose che aveva imparato ad accettare dell'amica nel corso degli anni.

«Ha ragione, comunque. Sono noiosa».

«Ma niente affatto!»

«È vero». Robyn le lasciò la mano e sprofondò sul letto, curvando le spalle. «L'apice della mia vita sociale è portare Jack all'asilo».

Lexi rise.

«Purtroppo non è una battuta. Non ne faccio più, perché ho perso anche il senso dell'umorismo. Se n'è andato con la mia vita sociale. Per me adesso esiste solo il lavoro. Badare a Jack. Cenare con i miei genitori. Guardare Netflix e poi andare a letto. Tutto qui. Questa è la mia vita. Annoia persino me».

Lexi si sedette accanto a lei. «Da quanto tempo ti senti così?»

«Da mesi. Oddio», aggiunse, coprendosi la faccia con le mani.

«Forse da anni. Da quando ho avuto Jack, a volte mi sento come... come se avessi perso una parte di me stessa. So che sembro egoista, perché lo amo tantissimo e voglio che sia il centro del mio mondo, ma... che succede se riverso in lui così tanto che per me non resta niente?». Robyn alzò lo sguardo. Aveva un'espressione sincera, vulnerabile. «Tornare a vivere dai miei genitori... mi è stato di grande aiuto dopo il divorzio, ma non penso che mi faccia bene. Dormo nel letto di quando ero bambina, per l'amor del cielo!».

A Lexi erano sempre piaciuti i genitori di Robyn. Erano gentili, premurosi, affidabili, tutto il contrario della sua famiglia. Ma c'era pure una mestizia che non li abbandonava mai (e si sentiva sleale anche solo a pensarlo). Avevano un figlio, Drew, morto in un incidente d'auto da più di dieci anni. Sapeva che il lutto non aveva una data di scadenza, ma sospettava che la tristezza fosse stata accettata come una nuova normalità, come se avessero smesso di aspettarsi altro dalla vita. Robyn era il loro raggio di luce e lei ne era consapevole. Infatti aveva deciso di andare all'università locale e di accettare un lavoro in un'azienda del posto.

«Ho bisogno di andare a vivere per conto mio», disse Robyn, massaggiandosi la nuca, come se solo il pensiero le facesse annodare i muscoli. «Ma poi a Jack mancherebbe la casa dei nonni. E mio padre ci resterebbe malissimo. Lui e Jack fanno sempre colazione insieme, guardando gli uccellini che si posano sulla mangiatoia in giardino. Mamma ripete sempre che è bello avere un po' di trambusto in casa e mi sentirei in colpa se...».

«Robyn», la interruppe Lexi. «Forse è il momento di pensare a te stessa, a quello che vuoi *tu*, e non a ciò che è meglio per Jack o per i tuoi genitori».

Robyn la guardò dritto negli occhi. «Ma... se poi non ce la faccio da sola?»

«Sei la persona più in gamba che conosca. Metti sempre i bisogni degli altri prima dei tuoi. Credo che tu ci sia talmente abituata che non sai nemmeno più riconoscere di cosa hai bisogno».

Robyn sbatté le palpebre, come se ci stesse pensando su. C'erano tracce di salsedine sulle sue spalle arrossate dal sole e i capelli lisci erano induriti dal sale. «Di questo ho bisogno», disse dopo un lungo momento. «Delle mie amiche. Del sole. Di conoscere persone nuove. Fare nuove esperienze. Ho bisogno di una pausa dalla routine». Si appoggiò alla spalla di Lexi. «Grazie».

Robyn aveva un odore piacevole di salsedine e sudore. Le ricordava quando giocavano a netball e lei metteva la sua pettorina da attaccante laterale e sfrecciava nel cortile scolastico con le gambette agili. Bella giocava sempre come centravanti e tra di loro avevano una dinamica impeccabile, toglievano la palla alla difesa grazie a una comunicazione rapida e silenziosa.

«Dovresti dirlo a Bella che l'hai sentita. Che ti ha ferita», disse Lexi.

Robyn fece spallucce. «Non serve. Non cambierà quello che pensa di me».

«Eravamo grandi amiche, vero? Noi tre. A volte mi sembra di essermelo immaginato». Lexi scosse la testa. Era facile dimenticare quanto fossero state affiatate a scuola. La loro amicizia era sempre stata spontanea e naturale, priva delle piccole gelosie che affliggevano le altre. Si sentivano al di sopra di tutto, come se il loro rapporto fosse così intenso e vero da renderle intoccabili.

«Ricordi come che ci telefonavamo tutte le sere dopo la scuola? Mi sedevo in fondo alle scale, il punto più lontano in cui riuscivo ad arrivare con la cornetta, e parlavamo per un'ora, mentre i nostri genitori strillavano che eravamo state insieme per tutta la mattina».

Robyn rise. «Papà cominciò a richiedere il dettaglio delle bollette. Le esaminava con l'evidenziatore, marcando il tuo numero e quello di Bella».

«Meno male che andavi a consegnare i giornali per ripagarle».

«Il venerdì dormivamo a casa di Bella, su quel futon con i cuscini a forma di luna e stelle. E tutti quei poster alle pareti: Lenny Kravitz, Tupac, Bob Marley. Prendevamo in prestito i CD di suo fratello maggiore e lui teneva un inventario delle tracce saltate. Li facevamo sempre restituire a te perché sapevamo che avevi più possibilità di farla franca».

Lexi rise. Ricordava l'odore di rossetto della stanza di Bella, il disordine di smalti, spray per il corpo e lucidalabbra sulla sua toeletta. Gli esperimenti con il trucco e le pinzette per le sopracciglia, le prove delle creme abbronzanti. «Eravamo molto affiatate. Non l'ho dimenticato», disse con nostalgia. «Che cosa è successo?».

Robyn abbassò lo sguardo. «Abbiamo preso strade diverse. Bella è andata a Londra per qualche anno. Io sono rimasta a casa».

«Sì, ma è tornata a Bournemouth da anni ormai. Vivete solo a un paio di chilometri di distanza».

Robyn alzò le spalle. «Siamo entrambe molto occupate».

«Vi vedete mai? Vi telefonate?»

«Non proprio. Dovremmo, lo so».

Lexi sapeva che il loro rapporto si era raffreddato da quando Bella aveva passato tutta l'estate con lei a Ibiza e Robyn non era venuta. In passato, Bella l'avrebbe convinta a raggiungerle, l'avrebbe costretta se necessario, ma non l'aveva fatto. Si era semplicemente allontanata. «Questa vacanza è il periodo più lungo che abbiamo passato assieme da anni. Mi manca. Essere tutte e tre insieme».

Robyn le rivolse un sorriso triste. «Anche a me».

20
Ana

Ana seguì Eleanor su una stradina ombreggiata, con la musica greca che usciva dai negozi. I muri in pietra erano coperti di buganvillee e l'aria profumava di incenso.

Era contenta che avessero preso il taxi per un giro in paese. Non le piaceva granché prendere il sole nella piscina della villa e, sospettava, nemmeno a Eleanor. Si fermò a una bancarella per ammirare le spugne locali. Le toccò, sentendo che erano sorprendentemente abrasive. Sarebbe stato un bel regalo da fare a sua sorella per aver tenuto Luca. Controllò il prezzo, poi prese la borsetta e pagò.

Eleanor si era fermata alla bancarella di fronte e stava guardando le borse.

«Sono molto belle», disse Ana, avvicinandosi, sentendo il caldo odore di resina sprigionato dalla pelle a causa del caldo pomeridiano.

«Preferisco lo zaino. È più pratico».

Ana diede un'occhiata alla sacca trapuntata grigia che portava sulle spalle.

«Sì, non è un granché per uscire la sera». Fece una pausa. «Non esco quasi mai, comunque».

«Fatti un regalo», suggerì Ana, sospettando che Eleanor, come lei, spendesse poco per sé stessa. Staccò dal gancio una cartella di cuoio mogano. Era morbida e ben oleata, la tasca frontale era chiusa da fibbie robuste. «Questa ti starebbe benissimo».

Eleanor la studiò con attenzione, poi se la mise a tracolla con reverenza. Sorrise.

Il negoziante emerse tra due file di sciarpe, con uno specchio. «Visto?».

Ana osservò la sua espressione compiaciuta mentre ammirava la borsa. «Sì, è molto bella».

«Prendila», la incoraggiò. «Dai, siamo in vacanza!».

Eleanor studiò di nuovo la borsa. «Non è un po' troppo… vistosa?».

Ana rise. «No! È semplice, sobria, elegante. È giusta per te».

Eleanor annuì. «Sì. Be', penso che la comprerò». Se la sfilò dalle spalle e la passò al negoziante, che la avvolse con cura in una carta marrone, legandola con un nastro e un rametto di rosmarino fresco.

Continuarono a girovagare tra i vicoli ombreggiati, con gli acquisti sottobraccio, i lampi azzurri del porto in lontananza. Si fermarono per un cono gelato, arricchito da una generosa colata di cioccolata calda, e camminarono fino al porto per mangiarlo. I battelli tornavano dalle escursioni giornaliere alle isole e i turisti, con le facce arrossate dal sole e le borse da spiaggia sottobraccio, riempivano le taverne.

Ana sentì vibrare il telefono. L'atmosfera vacanziera si dissolse quando vide che il messaggio riguardava Luca. Sua sorella diceva che sembrava cupo e scontroso, diverso dal solito, e si rifiutava di parlare della sospensione da scuola.

Luca aveva quindici anni, non era ancora un uomo, ma nemmeno più un ragazzo, perduto a metà fra due mondi, dove lei non riusciva a raggiungerlo. Provò il bisogno impellente di tornare a casa, al fresco del loro appartamento, con Luca seduto di fronte, al loro piccolo tavolo di formica. Avrebbe voluto guardarlo negli occhi. Parlare. Scoprire cosa lo ferisse.

«Tutto bene?», le chiese Eleanor. Si era fermata pochi metri davanti e stava sbriciolando la base del cono nell'acqua del porto, dove un branco di pesciolini sfrecciava verso la superficie, con la bocca aperta.

«Mio figlio si è messo nei guai a scuola». Fece una pausa. «È stato sospeso. È sempre stato un bravo ragazzo. Forse è quello che dicono tutti i genitori. Ma è così, davvero. Mia sorella pensa che abbia preso una cattiva strada». Il suo gelato si stava sciogliendo, una piccola pozza di cioccolato liquido era colata sull'asfalto. Gettò il resto in un bidone della spazzatura e si leccò le dita.

«Tu cosa pensi invece?», chiese Eleanor.

«Luca esce con questo gruppo di amici. Li ammira, ma loro non sono come lui. Un po' più grandi, dei mezzi teppisti. Non è più lo stesso quando è con loro».

Eleanor annuì. «Quali sono i suoi interessi?»

«Lui ti risponderebbe il calcio, i videogiochi, le macchine, come gli altri ragazzi. Ma non sono le sue vere passioni».

«E cosa gli piace veramente?»

«Non sono sicura che lo sappia già. Amava l'arte, passava le ore a disegnare bellissimi draghi e mostri marini, ma è da parecchio che non lo vedo prendere in mano il blocco da disegno».

«Forse ci tornerà. È ancora molto giovane».

«La tua passione è sempre stata la scultura?»

«No. Ho cominciato dopo i vent'anni. Avrei voluto scoprirlo prima, perché mi dà un posto dove andare, dove rifugiarmi quando tutto il resto è troppo rumoroso».

Ana si accorse che quella donna le piaceva molto. Era intelligente, perspicace, schietta. «Parlami del tuo lavoro. Hai uno studio?»

«Più o meno. È solo un garage in affitto. Ma mi piace. In estate tengo la saracinesca alzata, faccio entrare la luce. In inverno mi basta il calore di una stufa».

«E intimo termico sotto la tuta».

Eleanor piegò la testa di lato. «Sì. Come lo sai?».

Ana esitò. Un paio di anni prima, aveva letto un'intervista sul modo in cui Eleanor lavorava alle sue sculture. L'aveva ritagliata e conservata in un fascicolo privato insieme a una piccola collezione di altri documenti. Eleanor indossava una tuta blu nella foto e spiegava che sotto metteva sempre biancheria termica per poter lavorare in qualsiasi condizione.

Ana assunse un'aria disinvolta, attenta a non tradirsi. «Ho tirato a indovinare».

21
Bella

Quella sera cenarono in terrazzo. A tavola c'erano ciotole di cuscus alle erbe e lucidi peperoni ripieni. Bella aveva ancora male al piede per la puntura dello scorpione e, decidendo che le serviva ancora alcol a scopo terapeutico, si allungò per prendere una bottiglia di retsina.

Si guardò intorno per vedere se ci fossero altri bicchieri da rifornire, ma erano tutti pieni. Sospirò. Un tempo lei e Lexi avrebbero saltato la cena, sacrificando il cibo e le chiacchiere, per bere e andare a ballare.

Se non puoi batterli, unisciti a loro, decise, infilzando con la forchetta una fetta di melanzana grigliata e mettendosela in bocca. Aveva un sapore dolce, di miele. «Eleanor, che magia hai fatto per ottenere questo gusto campestre? Sembra un prato fragrante e affumicato».

Dalla parte opposta del tavolo, Eleanor alzò lo sguardo, come se fosse stupita che l'avesse interpellata. «Erbe essiccate e condimenti che ho trovato in dispensa». Fece spallucce, come se fosse una sciocchezza, come se la capacità di trasformare un'umile melanzana in un magnifico piatto ricco di sapore fosse una cosa alla portata di tutti.

«Be', sei ufficialmente invitata alle future feste di addio al nubilato che organizzerò», disse Bella, mettendosi in bocca un'altra forchettata.

«La tua cuoca personale. Non vedo l'ora».

Bella sbatté le palpebre. Aveva voluto farle un complimento. Perché era così suscettibile? Era come parlare con un cactus!

Prese il bicchiere e bevve un lungo sorso. Era importante per lei piacere alla gente. Era uno dei suoi punti di forza risultare simpatica agli altri. Sapeva come fare colpo, cosa servisse per stabilire un contatto. Lo intuiva. Era istintivo. Certe persone nascevano con un talento naturale per lo sport o per la musica, l'arte... Lei, Bella Rossi, era nata con l'abilità di piacere agli altri. (Se doveva essere sincera, anche di non piacere. Non le importava di stare antipatica a qualcuno. L'importante era che fosse lei a scegliere).

Ma Eleanor era complicata. Non teneva particolarmente alla sua amicizia. Dopotutto, l'unico collegamento tra le loro vite era Lexi, quindi non era necessario che diventassero amiche. Sapeva che Eleanor aveva perso il compagno di recente, ma non sarebbe dovuta venire se non intendeva nemmeno provare a divertirsi un po'.

Spostò lo sguardo su Fen. Appariva fresca e pulita dopo la doccia. Avrebbe voluto passarle le dita sulla parte rasata della testa, accarezzarle dolcemente la nuca. Indossava una maglietta blu a maniche corte con il collo abbottonato, una mostrina di stoffa cucita sul petto con la scritta: "Non cedere mai".

Che donna.

Lei non avrebbe ceduto. Non l'avrebbe persa.

Non poteva perdere Fen.

Dall'altra parte del tavolo, Lexi ascoltava Ana con occhi accesi di interesse. Bella le osservò per qualche istante, cercando di capire cosa ci trovasse Lexi in quella donna. Certo, potevano scambiarsi appunti sui migliori posti per hipster di Londra, parlare di libri, yoga e negozietti vintage, o di quello che annotavano nei diari della gratitudine, ma la loro amicizia non aveva una storia. Ana non si era rollata le sigarette con la carta da lucido e una busta di tabacco stantio. Non aveva fregato la scorta di vodka della madre di Lexi per sbronzarsi un giovedì mattina prima dell'assemblea a scuola. Non aveva fatto surf sulla folla a un concerto dei Jamiroquai, sotto un'esplosione di luci stroboscopiche, né aveva dormito in spiaggia, tremando sotto una sola coperta e una luna piena.

Bella si alzò, sistemandosi la gonna a tubino. Le stava molto meglio con i tacchi. Eppure anche così faceva la sua figura. Comunque, presto sarebbe stata troppo sbronza per farci caso. Saltellò scalza fino al posto di Lexi. Le posò un braccio sulle spalle. «Ti sta piacendo la tua festa, piccola?».

Lexi la guardò, serena. «Tantissimo».

Bella fece un gran sorriso. «Spero che tu abbia notato la mancanza di veli, falli e karaoke». Poi con un occhiolino aggiunse: «Finora».

«Ho messo il veto».

«Davvero? Non ho sentito. A furia di andare per discoteche mi è venuto l'acufene. Ho una sorpresina per te».

Lexi inarcò un sopracciglio.

«Dico solo che spero tu sia stufa di mangiare, perché non vorrai mica rovinarti quella pancia piatta da yoga».

«Niente giochi alcolici, eravamo d'accordo».

«Ah, sì?», fece Bella, alzando le sopracciglia. «Divento così smemorata quando sto tutto il giorno al sole. Torno tra un attimo». Si girò e attraversò il terrazzo, zoppicando.

La villa era fresca e silenziosa. Si alzò gli occhiali da sole sulla testa. Trovandosi da sola, il suo sorriso svanì. Si sentì improvvisamente esausta e appoggiò gli avambracci al ripiano della cucina, lasciando cadere il capo. Sospirò. Cos'era quell'umore malinconico? Era in vacanza!

Uno scroscio di risate echeggiò nel terrazzo. Vide Ana crollare su Lexi, le spalle di entrambe tremavano per l'ilarità. Di fronte a loro, sorrideva anche Fen, serena, abbronzata. Bella si sentì insicura: avrebbe dovuto essere lei a far ridere Lexi, a illuminare il volto di Fen.

Si morse le labbra. Non doveva piangere! Era l'addio al nubilato di Lexi! Il sole stava tramontando! L'alcol scorreva a fiumi. Doveva solo divertirsi.

Premendo le mani sul ripiano, si raddrizzò. Allungò la spina dorsale e fece un bel respiro. Diede una scrollata ai capelli. Bene. Era il momento di rimettere in sesto quella serata. Prese il rossetto e se lo riapplicò usando le lenti degli occhiali da sole come specchio. Premette le labbra per distribuirlo. Le sporse in fuori.

Se Lexi pensava di restare sobria alla fine della festa, si sbagliava. Allineò sei bicchierini su un vassoio e andò a prendere una bottiglia ghiacciata di ouzo dal frigo. Non avrebbe permesso che quella vacanza finisse senza una sbronza colossale.

Forse Ana credeva di conoscere Lexi, ma ne vedeva solo una minima parte. Svitò il tappo di metallo e cominciò a versare il liquore. Era il momento di movimentare un po' la serata. Di mostrare ad Ana un frammento della vecchia Lexi. La vera Lexi.

La sua.

22
Lexi

Bella uscì dalla porta aperta della villa, i raggi obliqui del sole al tramonto riflessi negli occhiali da sole con la montatura bianca. La sua andatura ancheggiante era leggermente zoppicante, ma teneva il mento alto e si era ritoccata il rossetto. Lexi notò il vassoio con i bicchierini e la bottiglia di ouzo.

Oh, merda.

Bella incrociò il suo sguardo e fece l'occhiolino. Poi posò il vassoio sul tavolo, si ficcò le dita in bocca e fischiò.

Robyn si coprì le orecchie con le mani. «Non siamo un branco di cani!».

«Porta il culo qui, futura sposa», disse Bella, in piedi a capotavola. «È l'ora del quiz delle coppie!».

Lexi sentì un moto di irritazione. Bella aveva promesso. Sapeva che Ed odiava quelle cose. Era molto riservato e lei lo rispettava. «Fai sul serio?»

«Certo che sì».

Lexi guardò Robyn per avere supporto, ma lei alzò le mani come a dire: "Io non c'entro niente!".

Con riluttanza, Lexi si spostò a capotavola accanto a Bella. La luce delle candele tremolava su tutto il terrazzo. Eleanor si spruzzò uno spray antizanzare sul collo e sulle spalle e l'odore di citronella riempì la notte.

Lexi adocchiò nervosamente i bicchieri. «Voglio ricordare questa serata, non passarla a vomitare ouzo dal balcone».

«Dolcezza», disse Bella, mettendosi una mano sui fianchi. «Ti ho vista scolarti una bottiglia intera di Jack Daniel's. So che adesso mangi solo roba sana e bevi acqua demineralizzata, ma il tuo fegato... se lo ricorda». Si sfilò un foglietto accartocciato dal reggiseno. Bella ci conservava sempre qualcosa: soldi, un fazzoletto, il biglietto per il guardaroba. Spiegò il foglietto con le unghie smaltate. «Dieci domande, dieci bicchieri. Se Lexi risponde bene, può nominare qualcuno che beva al posto suo. Se sbaglia, deve scolarselo lei. Tutto chiaro?»

«Risponderò alle domande», disse Lexi. «Ma l'ouzo non lo reggo».

«Chi sei tu e che cosa hai fatto alla vera Lexi?»

«Voglio solo godermi la serata. Senza eccessi».

Bella giunse le mani in preghiera e parlò con lentezza esagerata. «Questa è... una festa... di addio... al nubilato».

Lexi aspettò che aggiungesse altro, ma aveva finito. *Era una festa di addio al nubilato.*

«Pronte?», chiese Bella, con la voce mielosa della presentatrice di un gioco a premi.

Non ci furono fischi e urla in risposta, solo un vago mormorio di assenso.

«Prima domanda», cominciò Bella, imperterrita. «Cosa risponderebbe Ed se gli chiedessero qual è la tua peggiore abitudine?»

«Hai parlato con Ed?»

«Ma hai mai sentito parlare del quiz delle coppie? Devo spiegarti le basi di come funziona un addio al nubilato? Ho chiamato il tuo futuro marito e gli ho fatto una serie di domande su di te, sul vostro rapporto e sul suo torbido passato. Lui prima si è imbarazzato e si è messo sulla difensiva, suggerendo che non era il suo genere di cose, ma alla fine ha risposto, perché persino lui comprende i principi fondamentali di un addio al nubilato». Fece un respiro. «Allora, ricominciamo. "Cosa risponderebbe Ed se gli chiedessero qual è la tua peggiore abitudine?"».

Lexi si asciugò i palmi sul vestito. Doveva rispondere bene. A tutte e dieci le domande.

Qual era la sua peggiore abitudine secondo il suo fidanzato? Convivevano solo da cinque mesi, quindi si comportavano bene, perlopiù. Aveva visto Ed irritato in un ristorante dove il servizio era terribile e l'aveva sentito mentre sfogava la frustrazione al vogatore dopo una telefonata esasperante, ma non le era mai parso irritato dalle sue abitudini.

Bella picchiettò un'unghia sull'orologio.

«Oh, eccone una», disse Lexi. «Credo che la mia peggiore abitudine sia uscire e lasciare tutte le finestre aperte».

«Risposta noiosa», commentò Bella. «E le altre opzioni? Quando sbavi sul cuscino. O usi lo spazzolino altrui se non trovi il tuo. O mangi i toast e lasci la crosta».

«O rimetti i cioccolatini smangiucchiati nella scatola», intervenne Robyn. «Controlli il telefono mentre parli con qualcuno. Ti cerchi le doppie punte».

«Ottimi esempi, Robyn», disse Bella. «Qualcun altro ha cattive abitudini di Lexi che vorrebbe condividere?»

«Penso che basti così», dichiarò Lexi. «Cosa ha risposto Ed?».

Bella guardò il foglietto e alzò gli occhi al cielo. «Ed ha detto: "Lexi lascia sempre le finestre aperte quando esce. È un problema di sicurezza"».

«Visto!». Lexi rise. «Buona la prima!». Prese un bicchiere e lo porse a Bella. «Tutto tuo».

«Temevo che non me l'avresti chiesto». Bella vuotò il bicchiere in un colpo solo. Si leccò le labbra con gusto e ruttò. Amava ruttare. Malgrado i vestiti immacolati, il trucco accurato, i profumi dolci, ruttava come una scaricatrice di porto.

«Seconda domanda», esordì. Si chinò in avanti, dando a tutti una chiara visuale della sua scollatura, e bisbigliò in modo teatrale. «Non preoccuparti, le risposte si fanno molto più interessanti».

Lexi dovette ricordarsi di sorridere.

«Abbiamo chiesto a Ed con quante persone hai fatto sesso».

Si irrigidì. «Gli avete chiesto questo?»

«Io non c'entro, ha fatto tutto da sola», disse Robyn, alzando le mani.

Bella fece un gran sorriso. «Ovvio».

«Sei incredibile». Sapeva che Ed avrebbe odiato una domanda del genere. "Sfacciata e volgare", quelle erano le parole che aveva usato per descrivere Bella qualche settimana prima, provocando il loro primo litigio.

«Dolcezza», disse Bella, piazzandosi una mano su un fianco, «Ci sono andata molto leggera. Cioè, avrei potuto chiedergli con quante persone eri andata a letto in una sola notte».

Lexi la fissò contrariata, ma Bella continuò a sorridere. Pensava davvero che fosse divertente. C'era sua cognata a tavola con loro, per l'amor del cielo. Ed non era un timido, ma lei aveva sorvolato su alcuni dettagli del suo passato. Frequentava ballerini, ovvero corpi flessuosi in abiti succinti; feste sfrenate, alcol, droga e sesso erano la normalità. Non rimpiangeva nulla. Amava il sesso. Amava gli uomini. Ma era il suo passato.

«Non risponderò a questa domanda. E spero che non l'abbia fatto nemmeno Ed».

«Ha risposto», disse Bella, guardando il foglietto con un sopracciglio alzato. «O dai la tua risposta o bevi».

Calò un silenzio teso. Lexi non aveva intenzione di fare né l'una né l'altra cosa. Le sarebbe piaciuto andarsene, scendere i gradini di pietra per la spiaggia e immergere i piedi nel mare. Ma avrebbe solo peggiorato le cose, avrebbe dimostrato che Bella l'aveva fatta arrabbiare. «Va bene. Una dozzina».

«Questo hai raccontato a Ed? Oh, è uno spasso!». Bella scoppiò a ridere. «Ma no, temo che sia la risposta sbagliata. Il tuo futuro marito ha risposto, testuali parole: "Ovviamente Lexi era vergine quando ci siamo incontrati"».

Risero tutti, compresa lei. La tensione si allentò un poco.

«Ecco a te». Bella le porse il bicchiere.

La vecchia Lexi non avrebbe battuto ciglio. L'avrebbe buttato giù senza esitare.

«In un colpo solo», la sfidò Bella.

Lexi fissò il liquido chiaro. Si portò lentamente il bicchiere alle labbra, sentì il morso caldo dell'ouzo. Lo tenne in bocca mentre posava il bicchiere vuoto. Poi, appena Bella abbassò gli occhi sulle domande, si abbassò e sputò il liquore nel cactus alle sue spalle.

Bella alzò la testa di scatto. «Ehm. Che cosa hai fatto?».

Lexi si raddrizzò, pulendosi la bocca con il dorso della mano.

«Forse sei una donna che non ingoia, ma non hai mai sputato l'alcol».

«Non voglio fare questo gioco».

«È solo un bicchierino».

«Non sono dell'umore giusto per bere», ribatté seccata.
«Non parlo la tua lingua. C'è un traduttore in sala? Questa donna ha appena detto: "Non sono dell'umore giusto per bere"?».
Le altre sorrisero a disagio.
«Come penitenza, te ne toccano due», decise Bella, prendendo altri due bicchierini dal vassoio e porgendoglieli.
Le mani di Lexi rimasero lungo i fianchi.
Bella sporse il mento. L'atmosfera si fece tesa.
«Da' qui, faccio io la sua penitenza», si offrì Robyn, alzandosi.
«No!», gridò Bella.
Robyn esitò. Guardò dall'una all'altra, poi tornò a sedersi.
Bella spinse i due bicchieri verso Lexi. «Sono tuoi».
Lei la guardò dritto negli occhi. «Ho detto di no».
«Che succede?», chiese Bella, sinceramente divertita. «Non sarai mica incinta?».
Lexi rimase completamente immobile.
Una falena volò verso la luce di una candela.
Era consapevole del silenzio che si era addensato intorno a lei, interrotto solo dal battito d'ali dell'insetto.
Bella sgranò gli occhi. «Oh, mio Dio! Sei incinta!».

23
Bella

Lexi è incinta. Era l'unico pensiero che aveva in testa, come una cantilena. *Lexi è incinta.*

A tavola stavano tutti in silenzio. Le candele guizzavano nei vasetti di vetro, illuminando espressioni stupite.

Quando Lexi parlò, la sua voce era calma e piatta. «Di undici settimane».

Bella sgranò gli occhi. *Undici settimane? Di già?* «Perché non me l'hai detto».

«L'ho appena scoperto. Ed non lo sa ancora».

«Oh», fece Eleanor dalla parte opposta del tavolo.

Lexi abbassò brevemente lo sguardo. «Era in Irlanda per lavoro quando ho fatto il test. Volevo dirglielo di persona».

Bella posò i polpastrelli sul bordo del tavolo perché le girava la testa. Guardò Lexi, cercando di raccapezzarsi.

Aveva detto che non voleva figli. Avevano visto le altre madri, sempre esauste, assillate dai bambini, e avevano pensato: *Noi no.* Non si sarebbero lasciate fregare dalla routine, questo era il loro giuramento. Le feste piene di mocciosi, i sabato mattina al parco, svegliarsi presto la domenica… no, grazie tante. Amavano i bambini, non erano mica dei mostri, ma non era quella la vita che volevano. Inoltre, Lexi sapeva che non poteva restare incinta se voleva fare la ballerina professionista.

Ma non era più una ballerina. Era un'insegnante di yoga (pensare che si era appena rassegnata all'idea!). Stava per sposarsi. E per… fare un figlio?

Oddio.

Fen ruppe il silenzio. «Congratulazioni», disse, con un sorriso caloroso. «È una bellissima notizia».

Lexi la guardò con gratitudine. «Grazie».

Le altre seguirono l'esempio.

Bella sapeva che avrebbe dovuto dire qualcosa. Che avrebbe dovuto abbracciare la sua amica. Usare la parola "congratulazioni". Ma sembrava che la sua bocca non volesse muoversi. Le domande del quiz le pendevano dalla mano. Non poteva restare in silenzio. La stavano guardando tutte.

Il silenzio si dilatò.

La guardò anche Lexi. Attese.

Bella la fissò senza dire niente.

«Sai cosa?», sbottò Lexi. «Sono stanca». Lasciò la tavola e attraversò il terrazzo in silenzio, scomparendo nella villa.

Bella portò la bottiglia di ouzo in un angolo del terrazzo e si lasciò cadere sul bordo del muretto. Il vestito si era alzato sulle cosce, ma non si preoccupò di sistemarlo. Bevve a canna dalla bottiglia, macchiandone il collo con il rossetto.

Era consapevole dello strapiombo letale alle sue spalle. Non se ne curò.

Mosse le dita del piede destro e sentì il dolore pulsante della puntura di scorpione. Avrebbe dovuto metterci di nuovo il ghiaccio, ma non se la sentiva di andare in cucina dove le altre stavano lavando i piatti… probabilmente lamentandosi di lei.

Dalla cassa veniva ancora una musica reggae a basso volume. Bevve un altro sorso di ouzo e si alzò, ondeggiando a ritmo di musica. Per lei la festa non era finita. Al diavolo le altre, che la giudicassero pure. Mosse i fianchi, lasciò dondolare i capelli.

Robyn uscì dalla villa con un vassoio vuoto, rifiutandosi di guardare nella sua direzione. Bella continuò a ballare. L'amica cominciò a riempire il vassoio con bicchieri sporchi e bottiglie vuote, metodica e precisa.

Visto? Chirurgo.

Dopo aver sparecchiato, se ne andò. Bella le gridò dietro: «Non abbiamo neanche finito il quiz».

Robyn si fermò. «Era un quiz di merda. Hai umiliato Lexi».

Aveva dimenticato quanto fosse pungente Robyn dopo un paio di bicchieri. O ti massacrava o cominciava a dondolare appoggiata alla tua spalla, dicendo che amava il mondo intero. «Doveva essere divertente».

«Temo di essere troppo noiosa per capire cos'è il divertimento».

Oh. Quindi Robyn aveva sentito. «Scusa», disse Bella, imbarazzata. «Era uno sfogo. Non dicevo sul serio».

«Be', mi hai ferita».

Bella andò verso di lei. «Scusa, mi dispiace davvero», disse, sentendosi malissimo. «Mi perdoni per essermi comportata da stronza?».

Robyn la guardò, poi alzò gli occhi al cielo. «Va bene. Sei perdonata».

«Grazie. Non sopporto quando la gente è arrabbiata con me. Lo sai, vero, che non avrei mai fatto quel gioco se avessi saputo che Lexi era incinta?»

«Lo so». Posò il vassoio sul muretto di pietra, poi si premette una mano sulla schiena, come se le facesse male.

«Perché Lexi non ce l'ha detto?»

«Voleva dirlo prima a Ed. Forse aveva bisogno di un po' di tempo per rifletterci».

«Non penso che voglia questo bambino».

«Sì invece. Ha detto...». Robyn si interruppe.

Bella sgranò gli occhi. «Un attimo. Tu lo sapevi, vero? Lexi ti ha detto che era incinta».

«Ha chiamato perché era sconvolta...»

«Quando?»

«Domenica scorsa».

«Domenica scorsa? È più di una settimana fa! Lo sa da tutto questo tempo e non mi ha detto niente? Sono la damigella d'onore!».

«Forse non era sicura di ottenere la reazione che avrebbe voluto».

«Che significa?»

«Non le hai nemmeno fatto le congratulazioni».

«Ero scioccata».

«Sì? Lexi sta per sposarsi. È cambiato tutto. Non è la stessa con cui andavi alle feste a vent'anni. È innamorata di Ed...».

Bella alzò gli occhi al cielo.
«Perché?», chiese Robyn, imitandola.
«Voglio dire: Ed? È innamorata di Ed?». Stava pronunciando il suo nome di nuovo in quel modo, come se fosse una domanda.
Robyn serrò le braccia. «Fammi indovinare, lui non ti piace?».
Bella fece spallucce.
«Dimmi uno dei ragazzi di Lexi che ti sia piaciuto».
Bella andò al vassoio dei liquori e riempì due bicchieri usati. «Quello con l'aquila tatuata», disse, passandone uno a Robyn.
«*Lui?* Ti piaceva quello?».
Toccò il bicchiere di Robyn e mandò giù il liquore in un sorso solo. «Mi piaceva che fosse australiano e che stesse per scadergli il visto».
«Lo vedi? Sei assurda!». Robyn bevve, poi fece una smorfia.
«Voglio solo che Lexi stia con una persona straordinaria quanto lei».
«No, vuoi che resti single. Hai paura che ami qualcun altro più di te».
«Ahi», fece Bella. «Vacci piano con gli schiaffi di verità».
Robyn arricciò le labbra. «Dico solo che forse non si tratta di Ed...».
«Certo che sì! Non mi fido di lui!», ribatté Bella.
«Perché?», chiese Robyn, incuriosita.
Bella guardò su, verso la camera di Lexi. Le persiane erano chiuse, trapelava un lieve bagliore. Si avvicinò a Robyn. Forse non avrebbe dovuto dirlo. Almeno non a lei, ma direttamente a Lexi. «Ricordi la festa di fidanzamento?».
Robyn annuì.
«Ero al bar con Ed e ho incontrato una mia amica, Cynthia. Lavorava come ballerina di lap dance per pagarsi il corso da infermiera. Quando ha notato Ed, ha fatto questa faccia». Cercò di replicarla, ma Robyn la guardò inespressiva. «La fa ogni volta che esce e incontra un cliente. Sai, la faccia che farebbe un'insegnante in vacanza vedendo uno dei suoi allievi mentre butta lo stipendio in un open bar. Tipo: "Ehi, nascondimi! Presto!". Be', Cynthia ha fatto quella faccia lì. Ho scoperto che Ed era stato davvero uno dei suoi clienti. Uno di quelli fissi, all'epoca. Per, tipo, due anni».

L'espressione di Robyn non cambiò. «Probabilmente Lexi lo sa. Nemmeno lei era una santerellina».

«Lo so».

«Allora qual è il problema?».

Bella esitò. La reazione di Cynthia quando aveva visto Ed. Aveva storto le labbra in una smorfia di disgusto. Tentare di spiegarlo a Robyn le sembrava troppo vago, inconsistente. Così disse: «Non mi piace».

«Lexi è felice, lasciala in pace. Non rovinare tutto».

«Ovvio che voglio sia felice! È la mia migliore amica!».

«Be', la tua migliore amica ti ha appena detto di essere incinta. Dovresti dirle che ne sei molto contenta, oppure, se proprio non ci riesci, domandarti perché». Robyn prese il vassoio, con i bicchieri che scivolavano e tintinnavano, e ritornò alla villa.

Bella rimase di nuovo sola in terrazzo. Un coro di cicale si diffondeva nell'oscurità, inquieto e rumoroso come i suoi pensieri. Nella villa c'erano le luci accese, ma il loro caldo bagliore non era un invito per Bella.

Tornò al ricordo della festa di fidanzamento. Quando Cynthia era uscita dal bar, Ed si era avvicinato. «Una bella chiacchierata con la tua amica?».

Lei lo aveva guardato dritto negli occhi. «Ho scoperto che vi conoscevate».

«Conosco un sacco di gente. Così come so un sacco di cose». Aveva abbassato la voce. «E alcune è meglio non divulgarle, non ti pare, infermiera Rossi?».

Aveva sentito un brivido, come se qualcuno avesse aperto la porta del bar e fosse entrata una raffica di vento gelido.

Poi, un attimo dopo, Ed le aveva dato una spallata scherzosa, con aria da amicone. «Dai, ti offro un altro cocktail».

Sorrideva di nuovo tranquillo, come se non fosse successo niente. Eppure, Bella era certa di averla intravista, un'ombra inquietante sotto la superficie. Un battito di ciglia, ed era sparita.

24
Lexi

Lexi si sedette sul bordo del letto, con i piedi accostati sul fresco pavimento di pietra. Tenne chiusa la porta del balcone: non voleva sentire i bisbigli dal terrazzo.

Bella e il suo stupido quiz! Non era così che voleva comunicare la notizia della gravidanza. Dal piano di sotto sentiva il clangore dei piatti in cucina, lo scroscio dell'acqua dai rubinetti. Le voci erano attutite dagli spessi muri di pietra, ma sapeva che ne stavano parlando tutte.

Aveva scoperto di essere incinta otto giorni prima. Ed era appena partito per Dublino, dove stava lavorando a un caso. Avrebbe potuto chiamarlo, certo, e lui sarebbe tornato subito indietro, ma aveva bisogno di un po' di tempo per raccogliere i pensieri, per capire cosa volesse.

Non le era mai piaciuto dare una notizia finché non aveva chiaro come si sentisse al riguardo. Le opinioni altrui si accalcavano in fretta nella sua testa ed erano così rumorose che soffocavano le sue.

Aveva pensato di annullare l'addio al nubilato, sapendo che Bella non le avrebbe mai permesso di arrivare sobria alla fine, ma le altre avevano già pagato il volo e chiesto le ferie, quindi non poteva tirarsi indietro all'ultimo minuto. Avrebbe dovuto dire a Bella della gravidanza, per vivere più serenamente quella vacanza. Sapeva perché non l'aveva fatto: temeva di vedere le proprie paure riflesse nella sua faccia.

Quindi, l'aveva detto a Robyn.

Non era così che si faceva? Si selezionava l'amica con cui confidarsi, prevedendo inconsciamente la reazione voluta? Le aveva telefonato la sera stessa in cui aveva fatto il test, quando non riusciva a calmare il respiro e il cuore cercava di scappare fuori dal petto.

Robyn l'aveva ascoltata senza intromettersi con la propria opinione. Solo alla fine, quando si era calmata e si era ricordata di respirare, le aveva fatto una domanda: "Tu che cosa vuoi?".

Lexi aveva risposto subito. Senza esitare. Se l'era sentita dentro la risposta. *Un figlio. Voglio questo bambino.*

Ma la cosa strana era che, pur essendone sicura, era terrorizzata. Il cuore continuava a batterle all'impazzata, si sentiva il petto contratto. Era come se volesse scappare, ma non sapesse da cosa.

Udì bussare alla porta. «Ehi», disse Robyn, facendo capolino. «Tutto bene?».

Lexi scosse la testa.

L'amica entrò e chiuse la porta. Si sedette accanto a lei. «Bella è come un cane da tartufo, con i segreti. Mi sorprende che non l'abbia scoperto prima».

«Anche a me».

La lampada sul comodino gettava una lunga ombra sul muro, dove stava aggrappato un geco, fragile e pallido. Lo guardarono in silenzio per qualche secondo, poi Robyn chiese: «Allora, come ti senti?»

«Spaventata a morte».

«Perché? Per la gravidanza?»

«Non lo so. Non capisco. Faccio fatica a dormire. Sono sempre nervosa, distratta».

«Forse è perché non l'hai ancora detto a Ed? Hai paura che lui non lo voglia?»

«Eravamo d'accordo che non volevamo figli, ma Ed non ne era molto convinto. Penso, anzi spero, che gli farà piacere. Di sicuro lo sorprenderà. Ma ne sarà contento. Quindi, non ho paura che non voglia il bambino». Scosse la testa, confusa.

Robyn rifletté per qualche secondo. «Pensi», cominciò con voce incerta, «che c'entrino qualcosa i tuoi genitori? Sai, per quello che disse tua madre una volta».

Lexi sapeva benissimo a cosa si riferisse. Quando aveva quattordici anni, aveva sentito sua madre parlare con una delle ex ballerine con cui aveva lavorato, che all'epoca gestiva una prestigiosa scuola di danza. «Sei sempre stata in gamba», aveva detto sua madre al telefono, non sapendo che lei fosse in casa. «Io ho sbagliato tutto. Sinceramente, rimanere incinta è stato l'errore più grande della mia vita».

Annichilita, Lexi era uscita e aveva camminato per cinque chilometri fino a casa di Robyn. Quando era arrivata, era distrutta, non riusciva a parlare. Sapeva già che la carriera nel balletto di sua madre era finita quando era rimasta incinta, ma crescendo, aveva capito che, senza la danza, la sua identità si era vaporizzata, come se il balletto ne fosse stato la trave di sostegno.

La spaventava l'idea che un giorno si sarebbe guardata indietro e, proprio come sua madre, avrebbe pensato: *Fare un figlio è stato un errore.*

No. Lo voleva, era inequivocabile, e lo disse a Robyn.

Lei le prese la mano e la strinse. «Bene».

Allora, perché si sentiva così? Come spiegare quello strano senso di disagio che le pulsava nel petto?

Si sentì bussare di nuovo alla porta. Si aprì di uno spiraglio e fece capolino Bella. «Permesso?»

«Prego», disse Lexi, dopo una breve esitazione.

Robyn si alzò e passò accanto a Bella, dicendo: «Vado a prendere qualcosa da bere».

Bella prese il suo posto sul letto e si sdraiò. Il seno ballonzolò nel vestito. «Scusa, sono stata una cretina».

Lexi fece spallucce e si distese accanto a lei.

Fissarono il soffitto, il ventilatore che girava lentamente.

«Sono contenta per te, per il bambino, sul serio», disse Bella. «Ero solo sorpresa».

«Nemmeno io me l'aspettavo».

«A Robyn l'hai detto».

Lexi annuì.

«Perché?»

«Perché mi metteva ansia venire qui, senza che nessuna di voi lo sapesse. Avevo bisogno di parlare con qualcuno».

«Avresti potuto parlare con me. Sono la tua migliore amica».

Lo faceva sempre, si definiva la sua amica più cara. Lei non voleva fare distinzioni. «Non l'ho detto prima a te perché non ero sicura che l'avresti presa bene».

«Accidenti, sono davvero una stronza».

Dopo un po', Bella rotolò su un fianco e si appoggiò su un gomito per guardarla in faccia. L'alito sapeva leggermente di ouzo, un odore dolce che le solleticò lo stomaco. «Sono contenta per te, Lexi. Ti meriti tutto il meglio. Voglio che tu sia felice. E se è questo che hai scelto, un figlio, un marito, allora sarò felice anch'io. Sai come sono fatta... ho bisogno di un po' di tempo per abituarmi. Ecco cosa è successo in terrazzo».

Lexi l'aveva capito.

«Ti chiedo davvero scusa», continuò Bella, con gli occhi lucidi di lacrime.

«Tranquilla, va tutto bene».

«No, non va bene. Sono una pessima amica». Si alzò, asciugandosi gli occhi.

Si alzò anche Lexi. «Non è vero». A volte poteva essere troppo insistente e sì, anche un po' egoista, ma Bella avrebbe dato la vita per le sue amiche.

«Posso?», chiese, alzando una mano verso la sua pancia.

Lei annuì.

Bella vi posò il palmo, esitante. Lexi sentì il calore della sua mano attraverso il vestito di cotone.

«C'è un piccolo gonfiore».

«È solo aria».

«Sei sempre sexy». Bella non ritrasse la mano. La tenne lì mentre diceva: «Ci siamo sempre ripromesse di non diventare come gli altri. Niente figli. Niente SUV. Niente mediocrità».

«Lo so. Ma sai, forse gli altri non avevano tutti i torti».

«Forse», disse Bella e, nella luce debole, Lexi ebbe l'impressione che i suoi occhi fossero velati di lacrime.

25
Eleanor

Sola in terrazzo, Eleanor svuotò la bottiglia di vino nel suo bicchiere.

Sbadigliò. Controllò l'ora. Era inutile provare a addormentarsi prima dell'una: sarebbe solo rimasta sveglia nel letto, irrequieta.

Era una delle conseguenze dell'aver perso Sam: non riusciva a dormire. Le mancava il calore del suo corpo nel letto. Le mancava quando lui allungava un braccio per posarlo sui suoi fianchi, o sul seno, o sulla pancia. Gli piaceva sentirla vicina. Dormiva sempre in mutande e t-shirt e a volte teneva la stessa maglietta anche di giorno e a lei non importava. Anzi, le piaceva. Le mancava persino il suono ritmico del suo russare. Innamorarsi le era stato fatale. Sarebbe stato meglio non scoprire mai che il suo cuore poteva battere a un ritmo diverso.

Mandò giù un altro sorso di vino. Un paio di bicchieri prima di andare a letto servivano a smorzare un po' il dolore, erano il lubrificante che allentava la sua tristezza, le facilitava il sonno. Ma durava solo fino a metà della notte. Si svegliava sempre verso le tre del mattino, da sola. Erano lei e il silenzio.

Silenzio.

Silenzio.

Silenzio.

A volte si chiedeva se fosse possibile annegarci dentro. Perché aveva proprio quella sensazione, come se la stesse soffocando. Allora beveva un altro po'. Non ne aveva nemmeno voglia. Voleva solo dormire, dannazione.

Non serviva essere un genio per capire che la mattina c'era un prezzo da pagare. Una tassa sull'insonnia, perché la testa le faceva un male cane, aveva la mente annebbiata e l'ansia, la tristezza, la solitudine e la vergogna erano amplificate al massimo. Allora cosa faceva?

Bingo! Apriva un'altra bottiglia. Congratulazioni, Eleanor! Hai vinto!

Sapeva cosa avrebbe detto Sam se fosse stato ancora lì. «Ehi, EJ!». (Amava gli acronimi. Diceva che lo facevano sentire come un ragazzo di una serie TV americana che, girando per i corridoi della scuola, la incrociava davanti agli armadietti). «Sai che devi risolvere questa faccenda, vero? Ti darò una mano». E avrebbe mantenuto la promessa. Avrebbero ripulito la casa dagli alcolici. Lui le avrebbe preparato delle buonissime bevande analcoliche, magari aggiungendo qualche tisana per l'insonnia (aveva un debole per i negozi di alimentazione naturale, e ciò era strano, perché il suo piatto preferito era la pizza con la crosta ripiena e una scodella di nachos).

Dio, amava tutto di lui.

Finì il vino. Valutò se aprire un'altra bottiglia. Non voleva prosciugare la riserva di alcolici della villa già la seconda notte. Aveva messo una bottiglia di gin in valigia per le emergenze, ma Ana era già in camera. Accarezzò l'idea di infilare una mano sotto il letto per tirarla fuori dalla valigia in silenzio, però aveva paura di un incontro ravvicinato con uno scarafaggio o uno scorpione.

Quindi erano solo lei, un bicchiere vuoto e l'oscura distesa della notte. In terrazzo, la piscina emanava un bagliore spettrale. No, niente bagni notturni. Doveva ancora riprendersi dalla vergogna per l'intervento di Lexi e la discussione imbarazzante che ne era seguita. Per il resto della vacanza, voleva evitare a tutti i costi di sembrare strana.

Udì dei passi alle sue spalle e si girò, vedendo Ana che attraversava il terrazzo con una bottiglia di ouzo e due bicchieri. «Ci facciamo il bicchiere della staffa?».

Eleanor sorrise. «Pensavo fossi già a letto».

«È una vacanza di addio al nubilato, no?»

«Eh, già». Tirò indietro una sedia per Ana, che riempì generosamente i bicchieri e ne fece scivolare uno verso di lei. Brindarono. «*Ya mas!*».

Ana era una buona compagna di stanza. Non parlava troppo. Non si era impossessata degli scaffali del bagno o del comò. Le piaceva anche il suo modo di camminare: calmo, sicuro, con le spalle indietro. Non era superbia, la sua: camminava come se non avesse nessuna fretta. Eleanor decise che si sarebbe esercitata a imitarla quando sarebbe tornata a casa. (Si era ripromessa di sembrare meno strana solo per la durata della vacanza).

Ana si slegò il foulard e si massaggiò la testa, alla base delle treccine.

Le ghirlande luminose brillavano sul pergolato, insieme ai gelsomini e alle viti.

«E così stai per diventare zia», disse Ana, sorridendo.

«Pare di sì».

«Come ti senti al riguardo?»

«Non lo so». Non si fidava più delle sue emozioni. Sembravano sballate: se la maggior parte della gente sentiva una cosa, lei andava in tutt'altra direzione. «Contenta?»

«Contenta con il punto interrogativo?».

Eleanor scrollò le spalle. «Non me lo aspettavo».

Non aveva mai sentito Ed dire che voleva una famiglia e non riusciva a immaginarlo con un bambino in braccio. Un frammento di ricordo arrivò come un'ombra: la bambola che amava tanto quando era piccola, con un orecchio tagliato che mostrava l'orrore dell'imbottitura. Ed in camera sua, impassibile. «È orribile», aveva detto, quando sua madre, tenendola per mano, gli aveva chiesto spiegazioni. «Perché Eleanor ha fatto una cosa del genere?». Eleanor lo aveva fissato, confusa. Tra le lacrime, aveva visto lo sguardo perplesso di sua madre posarsi su di lei, poi aveva sentito la stretta della sua mano allentarsi, lasciarla.

Scacciò il ricordo e pensò a come fosse felice suo fratello quando era con Lexi. Fantasticò di andarli a trovare quando sarebbe nato il bambino. Avrebbe portato un piatto cucinato con la slow cooker e una torta con la panna montata fresca. Era una bella immagine. Forse un po' illusoria, perché quando mai Ed l'aveva invitata a casa sua?

«Pensi che Ed sarebbe un buon padre?», chiese Ana.

Eleanor sentì un brivido lungo la schiena. Ana la stava osservando attentamente, come se stesse leggendo qualcosa nella sua espressione. «Vorrà essere il migliore», rispose alla fine.

«Siete legati, tu e tuo fratello?».

Eleanor rimase in silenzio per qualche istante. «Ed mi chiama tutte le settimane. Fa un salto ogni tanto, quando può».

«Sarai contenta».

Eleanor si chiese se fosse davvero così. La sua faccia doveva averla tradita esprimendo i suoi dubbi, perché Ana chiese: «Cos'è, non ne sei contenta?»

«Lo fa per dovere», ammise Eleanor, facendo spallucce. Ed le era stato vicino quando aveva perso Sam, non l'aveva lasciata un attimo da sola dopo la sua morte, ma pian piano la sua premura per lei era cambiata, aveva mutato forma. «Ha sempre fretta di andarsene. Non gli piace stare con me quando sono triste».

Ana aggrottò la fronte. «Perché?»

«È passato quasi un anno. Dice che mi sto crogiolando».

Ana si immobilizzò. «Crogiolando?»

«Sì».

Sbatté le palpebre. «Ha detto questo?».

Eleanor provò il piacevole brivido del pettegolezzo. «Sì».

Ana raddrizzò la schiena, vertebra per vertebra. «Ti crogioli quando fai un bel bagno caldo. Quando ti concedi una seconda fetta di torta. Piangere la persona con cui volevi passare il resto della vita non è crogiolarsi. Come ha osato!».

Eleanor si mise a sedere più dritta mentre immaginava di ripetere quelle parole a Ed. Sentì una scintilla di rabbia e il suo calore le piacque.

La cosa interessante delle scintille, pensò mentre guardava Ana, è che, se non si spengono, cominciano a crescere, finché fanno scoppiare un incendio.

Venerdì

26
Bella

Bella stava a prua dello yacht, con i capelli al vento. Gli spruzzi del mare le annebbiavano gli occhiali e l'aria era ricca di salsedine e ozono. Avrebbe voluto allargare le braccia come in *Titanic*, per far ridere Lexi e le altre, ma non si fidava delle barche. Meglio non staccare le mani dal parapetto.

Aveva annunciato il giro sullo yacht a colazione, dicendo: «Prendete costume e crema solare. Andiamo a fare un giro!».

Adorava le sorprese. Non avrebbe mai capito le persone che non le sopportavano. Che c'è, non gli piaceva sentire il brivido dell'attesa? Non volevano lasciarsi andare? Ma prendetevi meno sul serio!

Quando lo yacht era entrato nella baia, era ancora più bello di come l'aveva immaginato, con lo scafo di legno verniciato che fendeva le limpide acque turchesi. L'avevano aspettato a riva, tutte e sei con le borse da mare in spalla, avvolte da un odore di crema solare. «È qui per noi?», aveva chiesto Lexi, stupita.

«Certo. Ci porterà in mare aperto per prendere il sole e fare snorkeling».

Lexi le aveva gettato le braccia al collo, abbracciandola così forte che le aveva lasciato un'impronta di crema sul vestito.

Le aspettava una bella giornata, pensò, girando la faccia verso il sole. Dopo il quiz disastroso della sera prima, aveva bisogno di rimettere in carreggiata la vacanza, e quello era il modo giusto.

Yannis, l'anziano capitano, indossava una camicia sgualcita sbottonata fino all'ombelico e la faccia abbronzata era cosparsa da una corta barba grigia. Indicò un gruppo di isolette a est. «Lì i fondali sono stupendi». Vi diresse lo yacht e la manovra fece alzare uno schizzo d'acqua a prua, che le bagnò le gambe nude.

Spaventata dalle onde sempre più alte, Bella lasciò la prua, spostandosi cautamente lungo un lato dell'imbarcazione. Fen era seduta a poppa, rivolta verso il mare, con il mento poggiato sulle mani. Indossava i pantaloncini corti e una canotta larga che si gonfiava al vento. Bella non riuscì a vederle gli occhi dietro gli occhiali da sole, ma sentì che era assorta nella bellezza del momento: tutto quello spazio... Stava per accoccolarsi in braccio a lei, ma si fermò.

Le era sempre piaciuta la compagnia, il vocio e una buona dose di caos. Ogni volta che tornava al suo appartamento vuoto, accendeva la radio o la televisione, poi spalancava una finestra per sentire il rumore del traffico. Non disdegnava nemmeno una chiacchierata con Alexa. Forse erano le conseguenze dell'essere cresciuta in una famiglia numerosa. Sua madre diceva che l'unico modo per farla addormentare da bambina era mettere la sua culla di vimini sul tavolo in salotto, tra le chiacchiere, il caos e il rumore della televisione. «Hai sempre voluto stare al centro di tutto».

Fen era diversa. Probabilmente da piccola si addormentava in una stanza tranquilla, con le tende oscuranti e le pareti insonorizzate. A casa non aveva neanche il televisore (come facesse a cavarsela nel mondo moderno era ancora un mistero per lei).

«Tutto bene?», chiese e le si sedette accanto, sfiorandole una gamba. Quello che intendeva davvero era: "È tutto a posto tra noi?".

Quella notte si era svegliata trovando il suo lato del letto vuoto. Era andata alla finestra e l'aveva scorta da sola in terrazzo, al buio, che fissava l'ossario di rocce dal muro basso. C'era qualcosa di inquietante nel fatto che stesse lì immobile, nel cuore della notte. Si era infilata una maglietta ed era andata a controllare, ma Fen l'aveva incrociata sulle scale e aveva insistito che stava bene. *Sono solo uscita a prendere un po' d'aria.*

La stessa risposta di adesso. «Sto bene». Accennò un sorriso. Il vento le aveva spettinato i capelli corti, che le stavano dritti alle radici.

«A cosa pensi?». Oddio. Gliel'aveva chiesto davvero? Che domanda stupida, da persona insicura.

«A quanto è bello il mare».

Ovviamente mentiva, ma cosa poteva obiettare? *Non ti credo! Dimmi quello che pensi veramente!* Aveva ancora un po' di orgoglio. «Magari la prossima estate possiamo tornare. Restare un po' di più. Anche se vendono la villa, potremo trovare qualcos'altro. Amo quest'isola».

Fen sorrise, ma non disse niente.

Bella sentì un brivido di paura. Ci sarebbe stata un'altra estate? Ecco a cosa stava pensando Fen. Vero? Da quando erano arrivate, stavano ben attente a schivare la questione di quello che era successo all'aeroporto, come se avessero fatto un tacito accordo di non discuterne finché non fossero tornate a casa.

Era tutta colpa di Sue. E della sua lingua lunga. Era impossibile andare all'aeroporto senza incontrare una vecchia conoscenza? Lei e Sue facevano le notti insieme al Royal Bournemouth Hospital. Era cordiale e divertente, ma anche terribilmente pettegola.

«Saluta e continua a camminare», aveva bisbigliato a Fen quando Sue aveva cominciato a trascinare il trolley verso di loro.

Ma era troppo veloce. L'aveva raggiunta in un baleno e le aveva afferrato un braccio. «Bella! Da quanto tempo!».

«Oh. Sue. Che bello vederti. Ma, senti… siamo in ritardo per il volo, quindi…».

«Non ti trattengo. Sono solo contenta di rivederti! Manchi a tutti! E voglio soltanto farti sapere, Bella», continuò, abbassando la voce, «che siamo tutti molto dispiaciuti per quello che è successo».

E poi Fen, nel suo modo schietto e trasparente, aveva chiesto: «Che cosa è successo?».

A una domanda così diretta, Bella non aveva avuto altra scelta che rispondere.

Aveva guardato l'espressione di Fen rabbuiarsi per la confusione, la sua faccia impallidire.

Non voleva avere segreti con lei. Ma si era così abituata a mentire che ormai le sembrava la verità.

27
Fen

Fen era assorta a guardare le onde che si infrangevano e si increspavano. Voleva chiudere gli occhi, assaporare le sensazioni, ma Bella le stava parlando, veloce e concitata, e le stringeva un braccio. Aveva sempre trovato accattivante la sua abitudine di toccare la persona con cui parlava: era come se il calore e l'entusiasmo scaturissero dal suo corpo, inarrestabili. Ma quella mattina aveva bisogno di spazio.

Aveva troppi pensieri. Tornare a Aegos l'aveva turbata più di quanto si fosse aspettata. Razionalmente, sapeva che c'erano stati tantissimi bei momenti in quella lunga estate di sette anni prima, ma il suo corpo ricordava solo quell'unica notte. Era come versare del vino rosso su un bellissimo divano nuovo: non importava che il resto fosse rimasto in perfette condizioni. L'unica cosa che notavi era la macchia.

Yannis spense il motore. Per un delizioso momento, Fen sentì solo il rumore delle onde e di un cavo che la brezza marina faceva tintinnare contro un albero. Yannis attraversò il ponte e tirò su un'ancora incrostata di sale dalla prua. La sua camicia si sollevò quando la lanciò in mare. Un grosso splash, poi la pesante corda si srotolò per seguirla a tutta velocità.

Dietro di lei, Bella batté le mani.

Lo faceva spesso: batteva le mani quando qualcosa la eccitava. Le era sempre parso un gesto carino, ma ultimamente la irritava. Cercò di concentrarsi sul mare scintillante, perché non voleva vedere difetti dove altri vedevano pregi, ma non riusciva a entrare in sintonia con la bellezza della giornata.

Il senso di insoddisfazione per il loro rapporto si era insinuato così lentamente che non aveva nemmeno avuto l'opportunità di rendersene conto. Poi, dopo quell'orribile incontro all'aeroporto con Sue, avrebbe voluto girare sui tacchi e andarsene. Ma Bella l'aveva implorata di restare, le aveva promesso che avrebbero sistemato le cose, poi erano arrivate le altre e le era sembrato di non avere scelta.

Bella non somigliava per niente alle sue precedenti ragazze, e questo era parte del suo fascino. Fen amava la sua sfacciataggine, il modo in cui irrompeva in una stanza in una nuvola di profumo ed energia contagiosa. Amava la sua capacità di creare il divertimento dal nulla: con lei il banale tragitto per il negozio di casalinghi poteva trasformarsi in un'avventura, perché magari le chiedeva di fermarsi per andare a ballare al suono del violino di un musicista di strada, o perché, anche se c'era il sole ed era sabato mattina, lei decideva di guardare un film.

Aveva una splendida risata. La sentivi a tre stanze di distanza. Ed era sexy da morire, su questo non c'erano dubbi. Non voleva nemmeno sapere dove o con chi avesse imparato certe cose.

Ma il sesso e le risate, per quanto fossero piacevoli ed entusiasmanti, non le bastavano.

L'amore sì, le sarebbe bastato.

E Fen capì di non amare Bella.

28
Eleanor

Eleanor assecondò con le spalle il brusco movimento dello yacht che straorzava girando sull'ancora. Chiuse brevemente gli occhi dietro gli occhiali da sole e respirò. L'aria aveva un sapore pulito, di salsedine, con una lieve fragranza di erbe proveniente da terra.

Era seduta a poppa, all'ombra del tendalino parasole. La sua pelle chiara e lentigginosa non era adatta al caldo del Mediterraneo.

Aprendo gli occhi, vide la bandiera greca danzare alla brezza. Yannis stava indicando un picco roccioso. «Solo per nuotatori esperti! Lontano. Ma», aggiunse, alzando un dito in aria, «se raggiungete l'isola e siete brave ad arrampicarvi, avrete una bella sorpresa». Fece un gran sorriso, con un'espressione da ragazzino.

«Una sorpresa?», domandò Robyn, legandosi i capelli a coda di cavallo.

Al greco brillarono gli occhi. «Ci sono parecchie grotte marine qui nascoste… e il mare scava delle buche. Piscine naturali, sì? Molto belle».

«Ci si può nuotare dentro?», chiese Fen, togliendosi i pantaloncini di jeans. Il corpo tonico e definito, il semplice tankini, da vera atleta. Eleanor si chiese come ci si sentisse a tuffarsi dalla barca e nuotare senza fermarsi, sapendo che il tuo corpo aveva la forza di condurti dove gli ordinavi di andare.

«Tuffi dagli scogli, acqua profonda. Venti, trenta metri, sì? Molto buono per nuotare». Yannis si portò il polso abbronzato davanti alla faccia, il sole si rifletté sul suo orologio. «Avete un'ora o due per il bagno, sì? Poi tornate alla barca per pranzo, okay? Senza fretta, senza fretta».

«Perfetto», esclamò Bella, giungendo le mani.

«Me la spalmeresti sulle spalle?», chiese Robyn a Lexi, porgendole un tubetto di crema solare.

Lexi si spruzzò la lozione sui palmi mentre l'amica si toglieva la maglietta, dando le spalle alle altre. Si coprì la pancia con le braccia.

Conosco quella sensazione, pensò Eleanor.

Yannis estrasse una vaschetta di plastica da sotto il sedile, contenente maschere con il boccaglio e pinne. Le sciacquò con acqua fresca e cominciò a distribuirle; gocce d'acqua bagnarono il ponte scaldato dal sole.

«No, grazie», disse Eleanor quando lui le porse una maschera. «Resto a bordo».

«Devi vedere i fondali! Mare bellissimo! Tanti pesci qui. Non come le altre isole dove la dinamite rovina il corallo. Qui i pesci sono parecchi, e grandi», disse, allargando le mani per mostrare le dimensioni. «Vieni, ti piacerà!».

Gradiva il ritmo cantilenante e musicale della voce di Yannis, ma l'entusiasmo non bastò a conquistarla. «Non fa per me».

«Dai, vieni con noi», disse Ana, appendendosi la maschera al collo. «Non dobbiamo allontanarci tanto dalla barca. Resto con te».

«Non so nuotare», ammise Eleanor. Lo disse chiaro e tondo, senza imbarazzo.

Le altre la guardarono come se avesse appena annunciato di essersela fatta nei pantaloni. In realtà, era un'idea. Che doveva fare se le scappava? Adocchiò la vaschetta di plastica che aveva ospitato le pinne. Era un'opzione. «Ho portato un libro per compagnia. Starò benissimo sullo yacht». Sorrise per metterle a loro agio.

«Leggere su una barca al sole del mattino? Sembra terribile. Non ti invidio per niente». Ana le fece l'occhiolino.

«Sicura che starai bene?», chiese Lexi, pulendosi le mani dai resti della crema di Robyn.

«Certamente! Ora entrate in acqua e lasciatemi in pace». Avrebbe voluto dirlo in tono scherzoso, ma dall'espressione di Lexi capì di essere stata brusca.

Dietro di loro, Bella imprecò mentre cercava di infilare il piede gonfio in una pinna.

«Piccola, penso che dovrai farne a meno», consigliò Fen.

«Maledetto scorpione!», disse Bella, rimettendo le pinne nella vaschetta.

«Va bene, signore. La scaletta per scendere è qui», annunciò Yannis, prendendo Lexi per mano (del tutto superfluo, pensò Eleanor). «È meglio che vi passi le pinne quando siete in acqua, sì?». Abbassò gli occhi e li fece scorrere lungo il suo corpo liscio, coperto solo dal bikini. Eleanor non lo biasimava. La bellezza, maschile o femminile, attirava sempre sguardi.

Eleanor si sorprese a fissare l'addome di Lexi, in cerca dei primi accenni di pancia. Era difficile credere che il suo futuro nipote fosse ospitato in un corpo così perfetto. Ebbe un piccolo brivido di eccitazione rendendosi conto che aveva saputo del bambino prima di Ed.

«Aspettate!», gridò Bella. «Prima una foto!». Frugò nella borsa in cerca del telefono, poi lo puntò verso Lexi, che sorrise da dentro la maschera da snorkeling.

«Adesso le altre!», disse e lo diresse verso di loro.

Ana uscì rapidamente dall'inquadratura. Anche Eleanor l'avrebbe fatto, se fosse stata altrettanto veloce. Chi mai vorrebbe una foto in costume da bagno conservata in eterno nel telefono di qualcun altro?

Tra schiuma e schizzi d'acqua, scesero tutte dalla scaletta, strillando e facendo a gara a infilarsi pinne e maschera.

Le voci si quietarono quando le ragazze misero la testa sott'acqua e si allontanarono dallo yacht. Dal boccaglio di Lexi gorgogliò una risata. L'acqua era così limpida che Eleanor vide Fen nuotare sul fondo dietro un banco di pesciolini.

Yannis riordinò le pinne e le maschere rimaste nella vaschetta, fischiettando sottovoce, poi scomparve in cambusa per cominciare a preparare il pranzo. Da sola sul ponte, Eleanor sentì scendere una piccola nube di tristezza.

Ma aveva ancora il suo libro per compagnia. Inoltre, nella ghiacciaia aveva già adocchiato un paio di bottiglie per rilassarsi.

Si tolse gli occhiali e si guardò nello specchio delle lenti, lisciandosi i capelli con le dita. Il vento glieli aveva gonfiati in modo sgradevole, facendola somigliare a un fungo. Le sarebbe proprio servita una messa in piega.

Gli appuntamenti settimanali dal parrucchiere erano il suo unico vizio. Prenotava l'ultimo posto ogni martedì. Non perché tenesse particolarmente ai suoi capelli (benché fossero il suo punto di forza: folti, castano scuro, tagliati a caschetto). Era a causa di Reece. Il suo parrucchiere aveva le braccia tatuate con motivi intriganti e complessi e, quando le massaggiava delicatamente le tempie con i pollici, lei si rilassava, lasciava andare tutta la tensione. Si fondeva con la sedia di pelle, chiudeva gli occhi e si abbandonava al calore delle sue mani.

Una volta, aveva pianto. Proprio lì, con la testa reclinata indietro nel lavandino pieno di acqua calda. Dopo quell'episodio aveva deciso di non andarci più, ma Reece era stato molto dolce e comprensivo, così si era sforzata di tornarci la settimana dopo, anche se aveva fatto dietrofront un paio di volte.

Ogni martedì il parrucchiere le faceva la stessa domanda: "Che fai di bello stasera?". Lei sceglieva una delle sue risposte preferite: "Esco a cena con delle amiche", oppure "Vado al cinema con mio fratello", o ancora "Mi vedo con un ragazzo". Invece, quello che faceva ogni martedì era tornare nel suo appartamento vuoto, con i capelli in ordine, da sola. Entrava in salone, si fermava davanti alle ceneri di Sam, contenute in un'urna nera con un adesivo di Dungeons & Dragons al centro. «Oggi sono andata dal parrucchiere», diceva, accarezzandosi i capelli freschi di phon. Gli faceva l'occhiolino, maliziosa, aggiungendo: «Ci è andato pesante col balsamo, eh?».

Sentiva sempre la risata di Sam, nel suo cuore, calda e serena. All'inizio, era un po' in imbarazzo a parlare con le sue ceneri, ma poi era diventata parte della sua routine raccontargli cosa faceva o chiedergli la sua opinione. Era come una guida invisibile, che le diceva: *EJ! Certo che devi uscire stasera! Mettiti quei jeans che mi piacciono tanto!*

Quando aveva ricevuto l'email di Bella, aveva alzato lo sguardo dal laptop, posandolo brevemente sull'urna di Sam. Poi, altrettanto velocemente, l'aveva distolto.

Non gli aveva chiesto la sua opinione su quella vacanza, perché conosceva fin troppo bene la risposta.

No. Non ci andare.

29
Ana

Ana galleggiava sulla superficie scintillante del mare, osservando un pesce con la pancia chiara che sfrecciava verso il fondale. Dopo qualche secondo, alzò la testa per respirare dal boccaglio. Non aveva mai fatto snorkeling. Non era mai stata su uno yacht. Non era mai stata in Grecia. Tante cose che non aveva mai fatto, pensò.

Si spinse la maschera sulla testa e fece qualche bracciata, cercando di non pensare a quanto fosse lontano il fondale. Le sue esperienze di nuoto erano limitate alla spiaggia locale, dove non si allontanava mai dai frangiflutti di cemento.

Avrebbe voluto godersi l'attimo, assaporare l'esperienza di esplorare i fondali del mar Egeo, il piacere di una vacanza al sole. Invece, una vocina nella testa le sussurrava: *Non dovresti essere qui.*

Pareva che quella vacanza avesse modificato il suo senso del tempo: l'aveva reso più elastico, così che alcuni momenti sembravano più lenti ed estesi, i suoi sensi erano ravvivati da una nuova chiarezza, ma finivano sempre in modo brusco, lasciandola sconvolta di trovarsi così lontano da casa, da Luca.

Stanca di esplorare il fondale, si girò e nuotò verso lo yacht.

Quando arrivò a poppa, si tirò su e salì la scaletta, grondando acqua.

Sul ponte, Eleanor alzò la testa di scatto dal libro.

«Vengo in pace», disse Ana, con una mano sollevata. «Non mi metterei mai tra una donna e il suo libro».

Eleanor sorrise. «In realtà, è piuttosto brutto. Lo poso volentieri. Com'è il mondo subacqueo?»

«Non regge al richiamo di una birra fredda», rispose Ana, prendendo l'asciugamano.

«Guarda caso, so dove Yannis tiene la ghiacciaia». Eleanor alzò i piedi e la indicò. Sollevò il coperchio ed estrasse due lattine di birra gelata.

«Sei divina», disse Ana. Tirarono indietro la linguetta e brindarono con le lattine.

Eleanor accavallò le gambe, nascondendo una cicatrice sul ginocchio sinistro. Dividendo la stanza con lei, Ana aveva notato altre cicatrici: una sotto il mento, un'altra a zigzag sulla spalla. Anche se era curiosa, sapeva che era meglio non chiedere.

In mare, individuò un costume leopardato. «Sembra che Bella stia tornando alla barca».

«Goditi la pace finché puoi».

Ana ridacchiò, sedendosi accanto a Eleanor. «Pensi che Lexi sia diretta alla piscina naturale?». Era a metà strada fra lo yacht e l'isola rocciosa.

Eleanor guardò. «È abbastanza in forma. Tutto quello yoga...».

«Forse non avrei dovuto mollare yoga. Adesso potrei tuffarmi nella piscina naturale invece di bere birra sulla barca».

«Perché dovresti?», chiese Eleanor con un sorriso ironico. «È così che hai conosciuto Lexi? Lo yoga?».

Ana annuì. «Ho partecipato alla sua primissima lezione. Era la prima volta anche per me e avevo intenzione di nascondermi nell'ultima fila. Ma a quanto pare ero l'unica allieva. Non so chi delle due fosse più nervosa».

Eleanor rabbrividì.

«La lezione andò bene, comunque. Lexi, come puoi immaginare, è un'ottima insegnante. Calma. Incoraggiante».

Con stupore, aveva constatato che il rilassamento non si limitava ai muscoli tesi o ai fianchi rigidi. Alla fine della lezione, mentre stava distesa sul materassino nuovo in Savasana, con le luci soffuse, aveva provato un senso di intimità condividendo il silenzio di una stanza con un'altra donna, ed era scoppiata a piangere. Mortificata, si era pulita le lacrime con la manica e aveva arrotolato il materassino.

Saltando quella parte della storia, disse a Eleanor: «Dopo mi fermai in una piccola pizzeria di fronte allo studio». L'odore della pizza cotta a legna e del formaggio fuso era l'antidoto perfetto per riempire qualsiasi spazio la lezione di yoga avesse aperto. «Indovina chi trovai in fila dietro di me?»

«Lexi?».

Annuì. «Le nostre pizze arrivarono insieme e il locale era così piccolo che ci sedemmo allo stesso tavolo. Scambiammo due chiacchiere, ci conoscemmo un po'. Fu una serata piacevole. Così piacevole, infatti, che la pizza del lunedì divenne un appuntamento fisso, anche dopo che lasciai il corso di yoga!».

Eleanor sorrise. «Bello».

Anche se ben confezionata, era una verità parziale. Non aveva mentito a Eleanor, perché lo studio di yoga era il primo posto in cui aveva *incontrato* Lexi. Ma non il primo in cui l'aveva *vista*.

Era successo davanti a un alto edificio di pietra. Lei era seduta su una panchina, con i palmi che sudavano mentre giocherellava nervosamente con le nappe della sciarpa. Il suo cuore intonava una marcia fragorosa, ma lei non si era mossa. Aveva continuato a guardare le porte girevoli, le persone che uscivano alla luce del pomeriggio, finché aveva visto Lexi, con la borsa da yoga sottobraccio.

30
Robyn

Il respiro di Robyn usciva calmo e regolare dal boccaglio, mischiandosi ai rumori del mare. I raggi di sole fendevano la superficie, screziando l'acqua di luce dorata. Con colpi lenti delle pinne, Robyn scivolava fluida fra le onde, muovendo piano le mani lungo i fianchi.

Prima, quando Bella aveva annunciato di avere una sorpresa, era rabbrividita. Odiava le sorprese. Le sembravano un gioco di potere: *Io so qualcosa che tu non sai!* Ma ora che nuotava in quel mare limpido e luccicante, le era grata.

Qualcuno le sfiorò le spalle.

Girò la testa di scatto. Era solo Lexi, con i capelli che si gonfiavano attorno alla maschera. Indicò verso l'alto.

Riemersero. Lexi si tolse il boccaglio. «Torno allo yacht».

«Va tutto bene?»

«Sì, ma comincio ad aver freddo. Poi mi racconti com'è la piscina».

Robyn diede un'occhiata all'isoletta rocciosa, che era ancora parecchio distante. Sentì un brivido di adrenalina: voleva andarci e l'idea che Lexi la ritenesse capace la incoraggiò. «Certo. Te la senti di tornare alla barca da sola?»

«Bella e Fen sono laggiù», disse, indicando due boccagli. «Andrò con loro».

«Va bene», acconsentì Robyn, rassicurata. Si rimise il boccaglio, affondò il viso nell'acqua e cominciò a nuotare.

Quando raggiunse l'isoletta, controllò che non ci fossero ricci di mare prima di arrampicarsi sugli scogli. Sotto uno strato abbondante di crema solare, aveva la pelle d'oca.

L'elastico della maschera la pizzicò quando se la tolse. Si sfilò le pinne e si alzò, con le mani sui fianchi, per vedere quanto sia era allontanata.

Lo yacht, legato all'ancora, era così distante che non riusciva a riconoscere le altre a bordo. L'acqua le scivolava gelida sulla schiena gocciolando dalla coda di cavallo. Rabbrividì. *E se non riuscissi a tornare indietro?*

Distolse gli occhi dallo yacht e li socchiuse per guardare l'irta corona di rocce che aveva davanti. Una freccia azzurra dipinta su un masso indicava la direzione. Robyn cominciò ad arrampicarsi, afferrandosi agli spuntoni o alle rientranze per issarsi su.

La sua pelle si asciugò al sole, macchie di sale rimasero sulle braccia e sulle gambe. Le piante dei piedi assorbivano il calore gessoso delle rocce mentre saliva, con il cuore a mille.

Dopo qualche minuto, arrivò in cima, senza fiato. Sbatté le palpebre e si lasciò sfuggire un ansito di sorpresa. Si trovava su una piatta distesa di roccia che sporgeva come un trampolino per i tuffi sopra una pozza d'acqua perfettamente liscia, di un blu profondo. Era così limpida che si vedevano le striature delle rocce sul fondale. Rise, eccitata dalla segreta bellezza del posto.

Si sporse in avanti, attratta dal colore allettante dell'acqua.

Salta, sussurrò una voce dentro di lei.

Sentì una scarica di adrenalina. Poteva farcela, tuffarsi nella fresca distesa blu.

Se Jack fosse stato lì con lei, gli avrebbe detto di stare indietro, di non avvicinarsi al bordo, lo avrebbe messo in guardia sui rischi degli scogli, del mare, del sole. Quando hai un figlio, vedi pericoli dappertutto. Ti accorgi di quanto corrano le macchine, noti le bacche velenose, le api tra l'erba alta. Esamini tutto. Entri in sintonia con lui. Ma poi diventa impossibile uscirne.

Forse lo stato di allerta inizia già quando cominci ad abituarti ai cambiamenti del tuo corpo. I muscoli si ammosciano, la pelle si tende e all'improvviso, la persona snella, coraggiosa, temprata che eri tu scompare, e non ricordi più come riaverla indietro.

Robyn non riusciva mai a esprimere i suoi sentimenti sulla maternità. Era come subire un lutto e una metamorfosi nello stesso respiro, un processo continuo. Inspira, espira.

Aveva perso tanto, era in lutto per il suo vecchio corpo, il sonno perduto, la libertà che aveva dato per scontata. Prima, quando decideva di andare a fare un giro, doveva solo prendere le chiavi e uscire. Ora c'era una complicata coreografia che comportava mettere in borsa uno spuntino, un cambio, preparare il passeggino, negoziare con Jack affinché si infilasse le scarpe e lasciasse la gigantesca spada di plastica presa all'ultimo minuto per combattere i draghi e poi, finalmente, uscire di casa.

Camminava stringendo le maniglie del passeggino o le sue dita paffute quando rifiutava di stare sdraiato, e anche se cercava di rilassarsi, di guardarsi attorno, era sempre attenta ai suoi bisogni, tentando di decifrare le nuove parole che sbocciavano ogni giorno dalla sua bocca.

C'erano mille compromessi.

E mille doni: «Mamma, un bombo!».

Sì, piccolo! Sì!

Mentre guardava la piscina naturale, Robyn comprese di aver perso una parte della vecchia sé stessa quando era diventata madre. Aveva dimenticato chi fosse, cosa volesse. Era come in certi giorni apatici della sua adolescenza, quando girava per casa lamentandosi di essere annoiata, ma appena sua madre le chiedeva: "Be', cosa vorresti fare?", rispondeva: "Non lo so".

Per troppo tempo non aveva saputo cosa volesse fare, così aveva scelto il dovere. Cosa *doveva* fare.

In piedi sulla superficie scabra del masso, guardò giù. L'acqua era profonda, di un blu incredibile. Perfetta per i tuffi. Quanto era in alto, comunque? Forse dieci metri? Dodici?

È solo acqua.

Si avvicinò al bordo, arricciando le dita dei piedi. Sentì la grana ruvida della roccia sotto le suole, calda e dura. Il sole le picchiava sulla testa. Guardò l'acqua, fresca e invitante, e sentì smuoversi qualcosa dentro. Un forte desiderio di spogliarsi, di uscire dal guscio. La spaventava, facendola sentire esposta, ma al tempo stesso la eccitava.

Trasse un bel respiro.

Saltò.

Staccò i piedi dal masso, si allungò, con le braccia tese in avanti.

Per un attimo restò sospesa in aria, quando, finito lo slancio, non era ancora iniziata la caduta. Intravide l'alberatura dello yacht in lontananza; lo scintillio del mare; un gabbiano bianco, in volo.

Vicino, tutto e niente. Solo lei. Il cielo. Il mare.

Il suo corpo, forte e capace.

Un ruggito selvaggio le sgorgò dalla gola, un puro verso di euforia e abbandono. Riverberò tra le rocce, circondandola nell'eco della sua stessa estasi. Poi venne la caduta, rapida, a picco. I capelli si sollevarono dalla testa, il corpo precipitò bruscamente. Infine la cinse lo schiaffo dell'acqua salata.

Sott'acqua sentì lo sfrigolio delle bollicine, aprì gli occhi nel tuffo spumeggiante.

Una gloriosa caduta attraverso strati di blu.

La decelerazione.

Il galleggiamento. La resa. Assaporare il momento.

Poi, un colpo di gambe.

L'euforia della risalita, con gli occhi fissi sulla superficie ondulante, le bolle argentate che le uscivano dalla bocca.

Tornò nel mondo, ansimante, sorridente.

Gettò indietro la testa e rise.

Poi galleggiò sulla schiena, con le braccia e le gambe aperte, sospinta dall'acqua, da ciò che aveva fatto.

Ecco com'era sentirsi liberi.

Rimase immobile, sottomessa al mare, al sole.

Infine si girò e cominciò a nuotare verso gli scogli. Una figura stava lì eretta, illuminata dal sole alto e brillante.

Fen.

Robyn sbatté le palpebre per togliersi l'acqua dagli occhi. Guardandola, sentì un impeto di energia, caldo ed entusiasmante.

Fen si avvicinò al bordo della scogliera, con la schiena dritta. Alzò le braccia e Robyn la guardò tuffarsi, il suo corpo come una freccia liscia che fendeva il cielo, le mani puntate verso l'acqua, i muscoli tesi nel momento in cui bucò la superficie con un piccolo spruzzo.

Sentì l'acqua incresparsi quando Fen nuotò sotto di lei, un'ombra in movimento che infine riemerse sorridendo.

«Sei venuta», disse Robyn.

Si sedettero sugli scogli, ad asciugarsi. Non c'era un posto all'ombra e Robyn sapeva di aver già preso troppo sole, ma non voleva porre fine a quel momento. «Pensavo che fossi tornata allo yacht», disse, mentre Fen si scuoteva l'acqua dai capelli umidi, l'anello al pollice che mandava riflessi dorati.

«Bella e Lexi sono tornate, io ho continuato a nuotare».

Robyn era contenta. Guardò la pozza d'acqua scintillante. «È così bello stare qui. Uscire dalla vita reale per qualche giorno».

Fen socchiuse gli occhi al sole quando si girò a guardarla. «Com'è la vita reale?».

Robyn fece spallucce. «Non male, in fondo. Ho Jack. I miei genitori. È solo che... sai, a volte è un po'...», cercò la parola giusta, non sapendo bene cosa volesse dire. «Ordinaria».

«Ordinaria. Capisco. E il tuo lavoro? Sei un avvocato, vero?»

«Sì, molto ordinario».

«Ti piace?».

Robyn stava per rispondere che era un lavoro flessibile e sicuro, ma non era quella la domanda. «No», disse alla fine. «Non mi piace». Quando andava in ufficio ogni mattina, sentiva una stretta al petto: le giornate erano diventate ostacoli da superare, ignorando l'angoscia di aver lasciato Jack a casa per fare accertamenti catastali.

Fen disse: «Cosa volevi diventare da bambina?»

«Una fotografa», rispose senza nemmeno pensarci. «Tenevo un diario fotografico, mettendoci tutto ciò che mi sembrava bello».

«Allora perché hai scelto la carriera legale?».

L'aveva deciso a diciott'anni, mentre studiava per il diploma. Gliel'avevano suggerito i suoi genitori e anche un insegnante. Suo fratello, Drew, era morto da poche settimane e tutto le pareva fragile, inconsistente, si sentiva la terra crollare sotto i piedi. La sua morte era stata uno shock fortissimo, le aveva mostrato cosa era capace di fare la vita. Il lutto ti indurisce – mento in su, piedi ben piantati a terra – oppure ti rende più vigile, più attento alla possibilità che arrivi un altro colpo. «All'epoca mi sembrava una scelta pragmatica. Mio fratello era appena morto. La mia vita era... un disastro. Studiare legge mi dava un'idea di stabilità. Poi lo volevano i miei genitori, così acconsentii».

Fen annuì lentamente. «Ho presente com'è fare scelte per le altre persone». La guardò per un istante e Robyn sentì il calore sbocciarle nel petto, come se la stesse scrutando nell'anima, vedendo com'era veramente.

«Sei già stata qui?», le chiese.

«Mai. Non sapevo nemmeno della sua esistenza».

Robyn ne fu contenta, come se quel posto fosse più speciale perché l'avevano scoperto assieme. Le sarebbe piaciuto avere una macchina fotografica. Voleva catturare quel momento, eppure sapeva che una foto non gli avrebbe mai reso giustizia: la fragranza gessosa delle rocce scaldate dal sole, la brezza fresca che si alzava dal mare, un uccello bianco che volava in tondo e Fen, seduta accanto a lei, con le braccia intorno alle ginocchia, la schiena curva, il piercing d'argento al naso che rifletteva il sole.

«Come mai non sei più tornata sull'isola per sette anni?».

Fen indugiò un istante, poi rispose: «Non ho solo bei ricordi di questo posto».

Prima dell'escursione, Robyn l'aveva vista mentre toglieva una sua vecchia foto dal salotto e la spingeva in fondo a un armadietto. Avrebbe voluto chiederle: *Perché quella foto? Cosa significa per te? Perché non vuoi vederla?* Ma aveva intuito che era una faccenda privata, perché l'aveva nascosta pensando di non essere vista.

«Mi dispiace», disse, senza sapere bene per cosa.

Restarono in silenzio per un po'.

Poi Robyn chiese: «Sei contenta di essere tornata?».

Fen si girò e la guardò negli occhi. «Penso di sì».

31
Lexi

Lo yacht dondolava pigramente all'ancora. Una brezza arruffava il mare, mandando piccole onde a lambire lo scafo.

Lexi era sdraiata sull'asciugamano, usando le braccia a mo' di cuscino. Accanto a lei, Bella si era slacciata il pezzo superiore del bikini. «Non puoi metterti in topless!», le disse.

«Sono sicura che Yannis ha già visto un paio di tette. Anche se non sensazionali come le mie». Appese il costume al parapetto.

«Metterai a disagio le altre», bisbigliò Lexi e si piegò su di lei per prendere il bikini e gettarglielo addosso. «Mettitelo!».

«Sono loro che mi mettono a disagio», rispose Bella, guardando Ana e Eleanor che stavano leggendo all'ombra del tendalino di poppa. Si rimise il bikini, abbassando le spalline sulle braccia. «A Ibiza abbiamo preso il sole per tutta l'estate con solo il tanga addosso».

«Era Ibiza».

«Dio, vorrei avere ancora diciott'anni e sparire per un'estate intera. Mi manca quella libertà. La vita che facevamo. A te no? Andare alle feste, ballare tutta la notte, la musica che ti batteva così forte nel petto che la scambiavi per il cuore. Il ruggito della folla sotto le luci stroboscopiche. Era così la nostra vita, vero? Veloce, intensa e sempre assieme».

«Lo so». Lexi sorrise, piena di nostalgia.

«E ora sei qui, fidanzata, incinta, e fai l'insegnante di yoga!». Bella rise.

«Riuscirai mai ad accettare l'idea che ho un nuovo lavoro?»

«Non credo».

Lexi sbuffò. «E tu allora, da infermiera a creatrice di gioielli. Anche la tua è stata una bella svolta».

«Ci siamo solo sbarazzate in anticipo delle nostre crisi di mezza età». Guardandole la pancia, le chiese: «Riuscirai ancora a insegnare con un passeggero a bordo?»

«Per un po' sì. Credo che il mio corpo mi avviserà».

«Hai già avuto le nausee mattutine?»

«Non proprio. Solo malesseri molto leggeri». Premette le dita sul corrimano. «Tocchiamo ferro».

«Pensi ancora di aspettare di tornare a casa per dirlo a Ed?».

Dalla cucina dove Yannis stava preparando il pranzo venne un confortante odore di aglio. Lexi annuì. «Sono solo altre due notti. Poi potrò dirglielo di persona». Si guardò le mani, il diamante sull'anello di fidanzamento emanava miriadi di puntini luminosi sulle sue gambe. Sentì di nuovo una strana inquietudine.

Ripensando al quiz delle coppie, sentì che qualcosa la turbava. «L'altra sera, quando hai fatto quel gioco...».

«Ti chiedo di nuovo scusa!».

«Hai presente la domanda sulle mie brutte abitudini? Mi ha fatto pensare a Ed e... Insomma, al fatto che non conosca tutti i miei piccoli vizi, come te e Robyn».

«Davvero ti dispiace che non sappia che sbavi sul cuscino?»

«No, è che...». Esitò, non sapendo come spiegarlo. «A volte penso che Ed abbia un'immagine di me troppo... positiva».

«All'inizio di una relazione mostriamo sempre il nostro lato migliore».

È davvero così? Lexi sospettava invece che il vero motivo per cui nascondeva delle parti di sé era l'intuizione che a lui non sarebbero piaciute. Perché così non avrebbe corrisposto all'immagine che aveva di lei, come di una donna di classe, elegante, alla moda. Quasi senza accorgersene, si stava piegando alla versione di sé che lui voleva.

Lo facevano tutti?

Le venne in mente un'immagine: sua madre che si era appena rifatta il trucco e la manicure e correva per casa a svuotare i cestini traboccanti di spazzatura e a rimuovere ogni traccia di sé prima dell'arrivo del marito.

Guardò Bella di sguincio. «Lui come ti sembra?»
«Chi?»
«Ed».
Ci fu una pausa. «Non è male».
«Ti sei sforzata».
«Ricorda, io sono una brutta persona che critica sempre i ragazzi delle sue amiche, come ha puntualizzato Robyn».
«Tu e Robyn avete parlato di Ed?»
«Solo di sfuggita», rispose in fretta Bella. «Ed è un avvocato, quindi era ovvio che ottenesse l'approvazione di Robyn».
Lexi cercò di mantenere un tono disinvolto quando le chiese: «Come dovrebbe essere per guadagnare la tua?»
«Non ne ho idea. Non ho mai approvato nessuno».
Lexi si rese conto di avere un gran bisogno che Bella dicesse: *Sai cosa? Lo adoro. È divertentissimo! È il migliore! Non vedo l'ora di conoscerlo meglio. Hai fatto un'ottima scelta. Sarai molto felice!*
«Voglio che voi due andiate d'accordo. È importante per me».
Bella la guardò. Annuì. «Va bene, ci proverò».
Lexi sentì che non le stava dicendo tutto. «Che c'è? Cosa mi nascondi?»
«Niente».
Fu la prontezza della risposta ad accendere il dubbio. Lexi allungò un braccio e le spinse gli occhiali da sole sulla testa. «Bella?», disse, guardandola negli occhi. «Che cosa c'è?». Mentre aspettava, sentì accelerare il battito, come se fin dall'inizio avesse previsto che c'era un problema.
«È una sciocchezza. Niente di che».
«Di che si tratta?».
Bella sospirò. «È solo che Cynthia, hai presente la mia amica che faceva la ballerina di lap dance? Be', ha detto che Ed frequentava spessissimo il club. Era un cliente fisso. Tutto qui». Bella distolse lo sguardo.
«Oh, quello», esclamò Lexi con sollievo. «Ed lavora in centro. Guadagna troppo e non sa come spendere i soldi. Me ne ha parlato, ma adesso non ci va più». Era sorpresa che fosse quella storia a inquietare la sua amica. «È tutto qui? Per questo hai delle riserve su Ed?».

Bella si rimise gli occhiali da sole. «È tutto chiarito».
Nessuna delle due aggiunse altro.
Lexi si sdraiò di nuovo sull'asciugamano, sentendo la durezza del legno sotto la schiena mentre fissava il cielo senza nuvole.

32
Fen

Fen nuotò verso lo yacht, serena. Si tenne alla scaletta mentre si toglieva le pinne.

«Ce l'abbiamo fatta!», esclamò Robyn, raggiante. Si tolse la maschera, che le lasciò segni rossi sulle tempie.

«Le girandolone sono tornate!». Bella emerse a poppa, con le spalline abbassate, gli occhiali da sole. La bandiera greca si gonfiò sopra di lei mentre si chinava, dicendo: «Passami le pinne».

Fen gliele porse, poi salì sul ponte, dove le altre aspettavano in costume con un bicchiere in mano.

«Com'era la piscina?», chiese Lexi.

«Bellissima», rispose Fen, grattandosi l'acqua salata dai capelli cortissimi.

«Sì, davvero stupenda», rispose Robyn, senza fiato, mentre camminava gocciolando sul ponte. «È una piscina di un azzurro perfetto in mezzo agli scogli. Dio, era pazzesca. Ma fredda, decisamente più fredda del mare». Robyn pescò l'asciugamano dalla sua borsa da spiaggia e se lo avvolse a turbante sui capelli bagnati.

«Siete state via un sacco», disse Bella. Si alzò in punta di piedi e baciò Fen sulla bocca, premendo il corpo caldo sulla sua pelle umida. Fen si ritrasse, senza volerlo.

«C'era un punto da cui tuffarsi?», chiese Eleanor, schermandosi gli occhi con il libro.

Robyn rispose: «Un masso che sporgeva come un trampolino naturale. Era altissimo. Non mi sembra vero di essermi tuffata. L'ho fatto senza pensarci!».

«Ti piacciono le emozioni forti adesso», commentò Bella.

Fen sapeva che se ci fosse stata anche lei, avrebbero avuto il permesso di entusiasmarsi per l'avventura, ma dal momento che non era venuta, non voleva sentirne parlare.

Yannis le chiamò. «Il pranzo arriva tra cinque minuti, va bene?».

Risposero con un mormorio di approvazione. «Qualunque cosa stia preparando, ha un profumo incredibile», disse Lexi.

Seduta all'ombra sotto il tendalino, con un libro aperto accanto, Ana disse: «Ci sono programmi per stasera?»

«Pensavo di andare a cena fuori», disse Bella. «Cosa ne pensi, Lex?»

«Perfetto».

«Potremmo andare in una taverna nel borgo», suggerì Ana.

«Tu cosa ci consigli, piccola?», chiese Bella, prendendo Fen per mano.

Lei visualizzò il centro storico, con le piazzette acciottolate, le vecchie case di mattoni ricoperte di buganvillee, i vicoletti pieni di bancarelle. Poi si concentrò su una taverna sotto un fico drappeggiato da ghirlande luminose. *Lavaros*. I proprietari erano i *suoi* genitori. Una moto parcheggiata lì davanti, con una targa personalizzata. Ricordò quando gliel'avevano presentato e, vedendo il braccialetto di pelle al polso e il modo in cui muoveva i fianchi alla musica della taverna, aveva pensato: sicuramente sa dove ci si diverte qui sull'isola.

Ma lo aveva frainteso.

Aveva preso una cantonata madornale.

Sentì accelerare il battito. Erano passati sette anni. Non era più la ragazza ingenua arrivata sull'isola con un corpo morbido e burroso e idee fantasiose sul mondo. Ora era una donna forte, magra e in forma. Aveva una sua attività. Conosceva sé stessa. Non poteva più farla sentire debole.

Allora perché diavolo stava su uno yacht, sotto un sole stupendo, con la gola stretta e il cuore a mille al pensiero di tornare nel borgo?

«Allora, cosa ci consigli?», insisté Bella, stringendole una mano.

Fen avrebbe voluto rispondere: *Sì, che bella idea cenare nel borgo.* Avrebbe voluto appoggiare il suggerimento di Ana. Non provare più nulla per quello che era accaduto tanti anni prima. Avrebbe voluto essere più forte.

Cominciò a sudare. Si vide riflessa negli occhiali di Bella: la mascella serrata, l'espressione assente.
«Piccola?».
Deglutì. «Il borgo è un po' troppo turistico. Nella zona del porto ci sono taverne migliori».
Ana annuì, convinta.
Fen si odiò per aver mentito. La gioia per l'avventura scomparve come il sole dietro una nuvola. Sfilò la mano da quella di Bella e prese un asciugamano, sentendo il bisogno di coprirsi.
Quando si girò, Robyn la stava osservando, con un'espressione perplessa.

Eravamo partite da città diverse. Eravamo lì per lei. Perché le volevamo bene. La adoravamo in cento modi differenti. Volevamo che la sua luce splendesse su di noi. Volevamo farle un regalo speciale, che comunicasse tutto il nostro amore. A un addio al nubilato, la futura sposa assume una posizione quasi celestiale.

Era la diva e noi eravamo le sue fan e paparazzi.

Le artefici della sua ascesa.

E della sua caduta.

33
Ana

Quella sera, Lexi fu la prima a scendere dal taxi, con un vestito verde oliva che le sfiorava le caviglie, i capelli sciolti sulle spalle abbronzate. Le altre la seguirono e si radunarono vicino al porto, chiacchierando e ridendo. Dall'acqua oleosa saliva un odore salmastro. Barche da pesca e catamarani per turisti erano legati ai piloni, i ponti puliti e svuotati, le insegne di legno che pubblicizzavano le escursioni del giorno dopo.

«Troviamo una taverna», disse Robyn.

Bella, stretta nel suo abito blu pavone, prese Lexi sottobraccio e si avviò disinvolta. Disse qualcosa stringendole il braccio, le tremarono le spalle mentre rideva.

Ana le seguì con Eleanor, sentendosi ottimista per la serata: le aspettava una bella cena al tramonto, con cibo delizioso e birre fresche. Parlarono della gita in barca di quella mattina, dei piatti che intendevano ordinare alla taverna, delle scottature sulle spalle di Robyn, della promessa di trovare un posto dove andare a ballare dopo.

Nel borgo suonò la campana di una chiesa. Ana guardò le alte mura bianche traboccanti di buganvillee. Due cani randagi attraversarono la strada di corsa, con la coda tra le gambe.

«Oh!». Lexi e Bella si erano fermate. «Che peccato!», esclamò Lexi.

Anche le altre si arrestarono e seguirono la direzione del suo sguardo. La piccola fila di taverne sul lungomare era avvolta da una nuvola nera di fumo sputata da un macchinario per la manutenzione stradale. Avevano scavato una grossa buca nel cemento e vi stavano inserendo larghi tubi di plastica.

Ana avvertì i fumi sulfurei delle acque reflue.

«Che puzza», disse Bella, turandosi il naso.

«Il borgo è pieno di taverne», disse Eleanor. Indossava la solita uniforme, maglietta e pantaloncini, ma Ana notò con piacere che aveva la borsa di pelle nuova.

«È proprio dietro quell'arco di pietra», disse Ana, indicandolo. Prese Eleanor sottobraccio, d'impulso, e fece strada.

In mezzo a quel gruppo di donne, animata da un'inedita sensazione di appartenenza, provò un'improvvisa euforia per le novità: il sole, la spensieratezza della vacanza, le nuove amicizie. Non aveva mai avuto una cerchia di amiche, né si era mai concessa la frivolezza delle uscite serali. Si chiese come apparisse ai passanti: si muovevano in branco, tra il rumore dei tacchi sull'acciottolato, gli scrosci di risa, l'odore di crema solare e di profumo.

Magari un estraneo avrebbe supposto che facesse parte del gruppo, che fosse semplicemente una di loro.

E che male c'era?

Il guaio, comprese Ana, era che cominciava a crederci lei stessa.

34
Fen

Il cuore le ruggì nel petto. Fen sapeva che, una volta attraversato l'arco di pietra e vista la pittoresca piazzetta greca, le ragazze sarebbero state attratte dalla taverna annidata sotto i rami di un fico.

La taverna dove lavorava *lui*.

Bella era già corsa davanti alle altre, per allontanarsi da un cane scheletrico con una chiazza senza pelo alla base della coda.

«Non vieni?», le chiese Robyn, ma lei non riusciva a muoversi.

Si tranquillizzò pensando che erano passati sette anni dall'ultima volta che era stata a Lavaros. Magari non lavorava più lì. Rispose con un cenno di assenso. Seguendo le altre, cercò di concentrarsi sul chiacchiericcio, ma sentiva solo il proprio battito impazzito, duro e insistente, il grido d'avvertimento del suo corpo.

Passò un gruppo di motorini, diffondendo nell'aria un odore di benzina. Fen trasalì e si immobilizzò. Le altre procedettero, così non ebbe altra scelta che seguirle e attraversare la strada che le condusse nella piazza del paese.

L'aria era più fresca e immobile, le strade ombreggiate, un profumo d'incenso usciva dalla chiesa mescolandosi agli aromi di aglio e origano.

«Quella taverna è molto graziosa», disse Lexi, indicando Lavaros.

«C'è un tavolo libero», aggiunse Bella. «Fen, ci sei già stata? Si mangia bene?».

Si voltarono tutte a guardarla. Sentì i muscoli del suo viso muoversi e allungarsi mentre cercava di far funzionare la bocca. Forse annuì, disse qualcosa, senza esserne consapevole, perché le altre ripartirono e attraversarono la piazza, dirette alla taverna.

Lanciò uno sguardo al vicolo laterale e vide un'appariscente moto bianca parcheggiata sul suo cavalletto, con il numero personalizzato di targa che indicava il proprietario.

Era la sua.

Sembrò che il cuore le uscisse fuori dal petto per andarle a trapanare le orecchie.

Aveva odiato stare a cavalcioni di quel coso, costretta a premere il corpo contro la sua schiena, mentre correvano sulle stradine di montagna, tra nubi di gas di scarico sparate ogni volta che lui accelerava in curva, inclinando così tanto la moto che le ginocchia nude sfioravano la strada.

Apparve un giovane cameriere che le guidò verso il tavolo libero, tirò indietro le sedie e distribuì i menu, indicando i piatti del giorno, sorridente e cordiale. Dalle casse risuonava musica greca e la taverna era piena di voci e risate.

Fen si sedette e infilò le mani sotto le cosce, per impedirgli di tremare.

35
Lexi

Lexi era di un umore strano. La perseguitava una sensazione di incertezza, cupa e persistente. Somigliava vagamente ai postumi di una sbornia, dopo qualche ora, quando i sintomi fisici si erano acquietati, ma le tossine avevano influenzato l'umore, lasciandola un po' depressa.

Ormoni della gravidanza, decise, bevendo un sorso di acqua frizzante.

Le altre accolsero con esclamazioni di delizia il ritorno del cameriere con il cibo: piattini bianchi colmi di tzatziki, peperoni ripieni, insalata greca con un blocco di feta in cima, pesce alla griglia con una spruzzata di limone, olio e odori, lucidi *dolmades*, una ciotola di *taramasalata* cosparsa di aneto.

Purtroppo, in quel momento, avrebbe gradito molto di più dei piatti insipidi di colore beige. Strappò un pezzo di pane e mangiucchiò la crosta.

Accanto a lei, Ana infilzò un anello di calamaro, raccontando a Robyn: «Quando Luca era piccolo, ricordo che gli cantavo la ninna nanna, camminavo con lui in braccio, lo imploravo e facevo patti con l'universo: *Sono disposta a tutto! Ma ti prego, fa' dormire un po' questo bambino!* E poi, mio Dio, quando succedeva, quando cominciava ad abbassare le palpebre e le sue minuscole dita si afflosciavano tra le mie, iniziavano le manovre più complicate: con il cuore in gola, mi allontanavo dalla culla, piano, pianissimo, attenta a evitare la tavola del pavimento che cigolava...».

«E tutto senza respirare», concluse Robyn, con il volto arrossato dal sole.

«Sì! Il rischio di un solo fiato! Poi, un'ora dopo, indovina dov'ero?»

«Accanto alla culla», rispose Robyn, «a guardarlo dormire, sperando che si svegliasse per poterlo coccolare».

Ana rise. «Esatto!».

Il club delle mamme. Riservato solo alle iscritte, pensò Lexi. Si passò una mano sulla pancia. *Presto verrai ammessa anche tu.*

Si chiese che madre sarebbe stata. Quando fantasticava, si vedeva all'aperto, che andava in giro con il bambino nella fascia, stretto al petto. Avrebbero fatto lunghe passeggiate, con qualsiasi condizione meteorologica, e gli avrebbe indicato le cose che incontravano: le anatre che nuotavano nel fiume, uno scoiattolo su un ramo alto. Le avrebbe fatto piacere la sua compagnia, avere qualcuno con cui condividere la giornata.

Cercò di immaginare la loro casa a Londra, con le grandi finestre a ghigliottina e le lucide superfici di granito, piene di accessori per il bebè. Aggiunse Ed alla scena, lo mise in ginocchio, mentre sorrideva al piccolo che balbettava su un tappetino da gioco. L'immagine le sembrava debole, troppo distante. Cercò di avvicinarsi, per vedere l'espressione di Ed. Ma non ci riuscì. Era felice? Annoiato? Impaziente?

Il panico cominciò come un pizzicore, un formicolio. Conosceva quella sensazione. L'aveva provata per tutta la sua vita adulta: i muri si chiudevano, rubandole la luce, l'aria, il respiro. La intrappolavano.

Le sue precedenti relazioni non erano mai durate più di due o tre mesi, perché, appena l'altro si sentiva emotivamente coinvolto e le chiedeva di impegnarsi, lei provava quella sensazione di soffocamento. Cominciava a pensare a tutte le cose che la irritavano, costruiva un vero e proprio dossier contro il pover'uomo, che non sospettava nulla. L'energia negativa aumentava sempre di più, finché non aveva altra scelta che troncare il rapporto, per farla uscire. Non le importava quello che dicevano, se piangevano persino: aveva bisogno di cambiare. Dopo provava l'enorme sollievo di avere finalmente la mente sgombra, di non pensare più a loro. Ricominciava con le feste, le sbronze colossali. Un ciclo continuo di relazioni finite male.

Aveva sperato che con Ed sarebbe stato diverso. E infatti lo era. Ma poi aveva fatto quel test di gravidanza. In piedi, sul morbido tappeto della loro stanza da letto, quando era emersa la striscetta blu, aveva provato un terrore indescrivibile. A una relazione si poteva porre fine. Del matrimonio ci si poteva disfare con il divorzio. Ma fare un figlio creava un legame eterno.

Ecco. Sicuramente era quella la radice della sua ansia, pensò. Le cose che non era riuscita a dire a Robyn e Bella. La gravidanza amplificava tutto, sigillava le sue decisioni. Sapere di avere una via d'uscita era il suo pulsante di emergenza: non stava pensando di premerlo, ma era rassicurante sapere che ci fosse.

Aveva già pronta una lista delle cose che la irritavano di Ed. Non le piaceva che si facesse la doccia due volte al giorno: le sembrava troppo schizzinoso. Gli mancava un po' di autoironia. Quando cenavano fuori, era sgarbato con i camerieri. Il problema era che non riusciva a capire se quei dubbi fossero reali e degni di ascolto, oppure se fossero semplicemente i vecchi schemi all'opera per sabotare la sua felicità.

Non le serviva andare da uno psicologo per sapere da dove nascesse la sua paura di impegnarsi in una storia seria. Quando aveva tredici anni, una sera di primavera, con la wisteria in piena fioritura, una donna era venuta a bussare alla porta. Purtroppo, era uno di quei giorni in cui sua madre girava sempre in tuta. Lexi l'aveva guardata dalle scale mentre parlava con quella donna minuta, con i capelli rossi, le labbra carnose a forma di cuore. Sua madre aveva una voce tesa, continuava a toccarsi la scriminatura dei capelli, che erano sporchi e sfibrati.

La donna si lamentava che suo padre non avesse pagato gli assegni di mantenimento nell'anno precedente. «Sadie ha undici anni. Comincia le scuole medie. Le servono delle cose».

Lexi si era aspettata che sua madre rispondesse che c'era stato un errore, invece aveva detto con voce gelida: «Dovrai discuterne con Eric. È in Argentina per una gara». Poi aveva chiuso la porta.

«Chi era?», aveva chiesto lei, in cima alle scale.

Sua madre si era girata di scatto, pallida in viso. «Nessuno».

«Papà… ha un'altra figlia?».

Sua madre era rimasta dritta come un fuso, con il mento in su, le labbra serrate. Lexi aveva studiato la sua espressione, cercando emozioni che fosse in grado di riconoscere. Dopo un lungo silenzio, sua madre aveva risposto semplicemente: «Sì».

Lei si era sentita scoppiare la testa. *Un'altra figlia! La mia sorellastra! Sadie... Sadie...* «Non la va a trovare?»

«No».

«Allora quando... ti ha tradita?». Le era parsa una parola strana, drammatica, sentita in televisione, mai nella vita reale.

«Mica solo una volta, Lexi. Parecchie». Sua madre aveva teso le labbra in un sorriso freddo che l'aveva gelata fin nelle ossa. Poi era salita di sopra e lei non l'aveva più vista fino al giorno dopo.

Quando suo padre era tornato dall'Argentina, non era più riuscita a guardarlo, a parlarci, a stare nella stessa stanza con lui. Aveva lasciato il regalo che le aveva portato in salone, ancora impacchettato. Era rimasta in camera sua, rifiutandosi di scendere per la cena. Una sera, lui aveva bussato alla porta della sua stanza, chiedendole di farlo entrare. E finalmente lei aveva parlato. *Sadie, Sadie, Sadie. Hai un'altra figlia!*

«Non è mia figlia come lo sei tu», aveva detto lui. «Non la conosco nemmeno. Non mi importa niente di lei».

Lui era sinceramente convinto di aver detto la cosa giusta. Credeva che fosse preoccupata di non essere la sua preferita, di non essere amata abbastanza, quando invece le sue domande erano su di lui, su che razza di uomo fosse. E con quelle parole, le aveva risposto.

I suoi genitori avevano divorziato quando aveva diciott'anni, ma per tutta la vita aveva visto sua madre distruggersi tra le quattro mura del suo matrimonio, cercando di adeguarsi all'immagine che voleva il marito.

Lexi non voleva fare la stessa fine.

Si alzò di colpo, sbattendo le ginocchia sul tavolo.

Robyn la guardò. «Tutto bene?»

«Sì. Torno subito», rispose, tastando il cellulare nella borsa. Aveva bisogno di parlare con Ed.

36
Fen

«Vado?», chiese Bella, tenendo la bottiglia di vino sospesa sul suo bicchiere.

Fen annuì. Era già al terzo.

Bella infilò una mano sotto il tavolo, posandola sulla sua coscia nuda. Cominciò ad accarezzarla lentamente, con il palmo caldo e liscio, e le dita si avventurarono verso l'interno della coscia.

Fen non le disse di fermarsi. Era grata di quella distrazione e dell'effetto rassicurante della sua mano. Continuava a guardarsi attorno, facendosi forza, pronta a vederlo.

«Questi ti piacciono, vero?», chiese Bella, passandole le foglie di vite ripiene di riso ed erbe.

«Sì», rispose lei, anche se aveva perso l'appetito. Sapeva che avrebbe dovuto mangiare di più. Quel pomeriggio, mentre le altre facevano la siesta, Fen era andata a correre sulla montagna. Era troppo tesa per sdraiarsi in piscina, l'ansia era come un battito costante nel petto, un ritmo di marcia. Così era andata a correre. Madida di sudore, con i piedi che pestavano il terreno duro e argilloso, le ginocchia che si lamentavano per l'impatto. Ma aveva accolto il disagio. Ne aveva bisogno. La corsa lasciava indietro i suoi pensieri, le svuotava la mente, il corpo prendeva il sopravvento.

Ma lì non poteva andare da nessuna parte. Non poteva correre.

«Piccola», disse Bella, a bassa voce per non farsi sentire dalle altre. «Voglio davvero fare pace. Mi impegnerò di più, va bene? Riuscirò a farmi perdonare». La guardava con gli occhi sgranati, le ciglia allungate dal rimmel.

Mentre Bella parlava, al suo fianco apparve un altro cameriere, con un vassoio di bibite. Fen notò l'avambraccio tozzo, l'orologio d'oro perso in un cespuglio di peli scuri, lasciò salire lo sguardo fino alla faccia. Aveva la mascella più ampia, essendosi spianati gli zigomi alti che ricordava, e una cicatrice al centro del mento. Spariti i baffi sottili, il volto era perfettamente sbarbato.

Era lui.

Fen sentì la bocca secca. Li separavano solo pochi centimetri. Avvertì l'odore stucchevole del suo dopobarba.

«Avete mangiato bene?», chiese lui al gruppo.

«Benissimo!», cinguettò Bella.

Le guardò con maggiore attenzione. Quando posò gli occhi su di lei, non ci fu nulla, nessun segno di riconoscimento. Non si ricordava nemmeno chi fosse.

«Che bel gruppo di donne!», disse. «In vacanza?»

«Un addio al nubilato», rispose Bella.

Lui la mangiò con gli occhi. Poi sorrise, con i denti bianchi.

Fen conosceva quel sorriso. Sapeva che in un lampo poteva diventare un ghigno. Raggelata, le sembrò di tornare indietro di sette anni, sentì il muro freddo del terrazzo contro la schiena, con il buio dietro.

Bella le mise una mano sul braccio e fece per dire qualcosa. Quel contatto fu come un ponte. Si aggrappò alle sue dita e si chinò su di lei, sorprendendola con un bacio appassionato. Aveva un sapore caldo e dolce, familiare e confortante.

«Perché lo hai fatto?», le chiese Bella, dopo, felice e un po' spiazzata. Il cameriere se n'era già andato.

Fen sentì il morso violento del senso di colpa. «Scusa».

«Per cosa? Ne voglio ancora». Posandole le labbra su un orecchio, mormorò: «Ancora e ancora».

37
Lexi

Fu un piacere risentire la voce profonda di Ed. «Lexi! Ti stavo proprio pensando!».

Eccolo, il suo fidanzato che le sorrideva dalla videochiamata. Era a casa, seduto alla scrivania. Vide il bagliore dello schermo di un computer riflesso nei suoi occhiali. «Un attimo», disse lui. Appoggiò il telefono a qualcosa sulla scrivania e armeggiò con il mouse per spegnere lo schermo.

«Stai lavorando?», chiese lei.

«Ho un po' di arretrati», rispose lui, riportando l'attenzione su di lei. «Ma guardati. In Grecia! Hai preso il sole». Le rivolse un sorriso caloroso, passandosi una mano tra i capelli folti.

La normalità di quel gesto la rassicurò. Era il suo Ed. Fece un respiro, con un senso di sollievo. Nascondergli la gravidanza stava accrescendo la sua ansia, ne era certa. Odiava i segreti, era cresciuta in una casa che ne era piena. Forse avrebbe dovuto dirgli subito del bambino. Liberarsi di quel peso.

«Volevo chiamarti», disse Ed, «ma sai che ho paura di Bella».

«Non sei l'unico».

«Dove siete?»

«Nel centro storico, a cena in una taverna». Si voltò. Bella era tutta presa dalla sua ragazza e per fortuna non si era accorta della sua assenza. Le comunicazioni con il futuro sposo erano proibite durante l'addio al nubilato.

«Come sta mia sorella? Spicca come una mosca nel latte, immagino». Rise.

Lexi non gradì quella frase sprezzante e sentì il bisogno di difendere Eleanor. «La ammiro per essere venuta. Dev'essere difficile stare qui a festeggiare il matrimonio di un'altra così presto dopo la perdita di Sam».

«Hai ragione. Le farà molto bene. Un po' di sole, di alcol e compagnia. Sicuramente non avrai nostalgia di Londra: ha piovuto per due giorni di seguito».

«Davvero?»

«Dio, mi manchi, Lex. Pensavo di venirti a prendere all'aeroporto domenica. Magari posso rimandare gli impegni di lunedì mattina per stare un po' insieme, che ne dici?»

«Sarebbe magnifico», rispose lei, soddisfatta.

«Lexi Lowe!».

Trasalì. Bella si stava avvicinando, con una mano sul fianco. «Stai parlando con lo sposo! È un'infrazione alla regola numero due dell'addio al nubilato». Le tolse il telefono di mano. «Ciao, Edward», disse, facendogli il gesto con la mano. «Sai che ti stai macchiando di favoreggiamento?»

«Mi dichiaro colpevole».

«Di cosa stavate parlando voi piccioncini?», domandò Bella, girandosi a guardare Lexi, con un sopracciglio inarcato.

Lei le rivolse un'occhiata di panico.

«Stavo solo dicendo alla mia fidanzata che mi manca tanto», disse Ed.

«Ti sei imbucato alla festa. Abbiamo fatto trenta, facciamo trentuno. Andiamo», sospirò e partì con il telefono in mano. «Zoppico, se lo vuoi sapere». Inquadrò il piede. «Mi ha punto uno scorpione. Era invidioso dei miei ottimi gusti in fatto di calzature». Rivolta a Lexi, mimò con la bocca: "Visto? Io e Ed: migliori amici". A Ed disse: «Abbiamo appena finito di cenare nella migliore taverna di tutta la Grecia. Non oso inquadrarmi la pancia, perché potresti credere che sia incinta».

Lexi le lanciò un'altra occhiata di avvertimento. *Maledetta Bella.*

«Eccoci qui», continuò, facendo una panoramica. «Nessuna riesce ad alzarsi dalla sedia. Abbiamo mangiato una tonnellata di tzatziki. Penso che non serva fare le presentazioni. Ma non hai mai conosciuto Fen, la mia ragazza supersexy».

«Ehi», fece lei, alzando una mano.

«Ciao!», rispose allegramente Ed dallo schermo.

Bella girò il telefono. «Lei è Robyn. Ti sei scottata, vero, stellina?»

«Devi bere tanto!», le consigliò Ed.

Robyn alzò il bicchiere di vino. «Ci sto lavorando».

Bella proseguì e inquadrò Eleanor, dicendo: «Lei la conosci di sicuro».

«Ciao, sorellina».

Lexi notò il sorriso che si sforzò di mostrare al fratello, il modo in cui alzò il bicchiere per brindare allo schermo. «Edward».

Bella gridò ad Ana, che si era alzata per entrare nella taverna. Indossava il vestito nuovo verde giada coordinato con un semplice foulard nero, legato attorno al capo con un fiocco sbarazzino. Lexi la vide girarsi e fare segno a Bella, dicendo: «Devo andare al gabinetto!».

«Ora sai che Ana deve pisciare! Be', eccoci qui. Ma temo che non potrò più passarti la sposa. È off limits».

«Dammi il telefono», ordinò Lexi, esasperata.

«Non si può», insisté Bella, tenendolo fuori dalla sua portata. «Per ora è tutto, piccioncini. Vi rivedrete domenica. Fate ciao con la mano». Inquadrò Lexi perché potesse salutare.

Quando alzò la mano, vide che Ed, sullo schermo, aveva un'aria strana. La fronte aggrottata, gli occhi socchiusi, una mano sul collo.

«Ed?», disse Bella. «Non saluti la tua mogliettina?».

38
Eleanor

La cameriera posò sul tavolo la porzione extra di *saganaki* che Eleanor aveva ordinato.

La ringraziò e se lo trascinò davanti. Era il suo piatto preferito: formaggio graviera fritto in olio d'oliva e servito con solo una spruzzata di limone. Era stato appena preparato, perché la crosticina dorata sfrigolava ancora.

Usando il bordo della forchetta, tagliò il saganaki, che trasudò formaggio fuso. Staccò un angolino e se lo mise in bocca, chiuse gli occhi e masticò. Salato, con un leggero sapore di limone, crosta sottilissima. La perfezione.

Il formaggio fuso era la cosa più vicina alla felicità che riuscisse a sperimentare in quei giorni. Era fatto per essere assaporato. Se ne portò un altro pezzo alla bocca.

Suonò il cellulare, facendola trasalire.

Non la chiamava nessuno, eccetto i familiari, e sapevano che era in Grecia. Sicuramente era qualche stupida telefonata pubblicitaria che stava disturbando il suo tête-à-tête con il formaggio. Li avrebbe mandati a quel paese. Ecco chi era diventata: una persona che si divertiva a insultare gli estranei.

Il telefono era nella borsa nuova, appesa alla spalliera della sedia. Con riluttanza, posò la forchetta, si pulì le mani con un tovagliolo e lo cercò.

Fu sorpresa di vedere il nome di Ed sullo schermo. «Perché mi chiami?», chiese sospettosa.

«Dove sei?», bisbigliò lui.

«In Grecia», rispose lei, sempre sottovoce.

«Voglio dire, dove sei in questo momento. Sei con le altre?»

«Sì». Stavano finendo di mangiare e chiacchieravano passandosi l'ultimo piatto di calamari.

«Ho bisogno di parlarti da sola».

«Sei strano».

«È vero. Ma per favore... devo parlarti».

Eleanor guardò mestamente il saganaki: era buono solo caldo. «Dammi un minuto». Prese l'ultimo, delizioso boccone e si alzò. Nessuno le chiese dove stesse andando, così non lo disse.

Attraversò la piazzetta, dove i turisti si affollavano fuori dalle taverne, studiando i menu sui leggii. Il crepuscolo aveva lasciato il posto alla notte e la piazza era illuminata dai lampioni e da lunghe stringhe di lampadine, che creavano un'atmosfera di festa.

Eleanor andò verso la chiesa, sentendo le zaffate di incenso dalla porta aperta. Si appoggiò di spalle contro l'imponente muro di pietra, accanto a un antico albero di limone in frutto.

«Allora?». Si chiese se quella chiamata avesse a che fare con la notizia che Lexi era incinta. Gliel'aveva detto nella videochiamata di poco prima? O era stata Bella a rovinare la sorpresa?

Ed parlò in fretta, a bassa voce. «C'è una donna con voi».

«Siamo in sei, veramente. È normale, sai, è un addio al nubilato».

«Ana».

«Sì, dorme in stanza con me».

«Chi è?»

«Un'amica di Lexi. Si sono conosciute a un corso di yoga...»

«Sì, sì. Lexi me ne ha parlato. Ma che cosa sai di lei?»

«Continui a comportarti in modo strano».

«Eleanor. Dimmi solo quello che sai», ordinò lui, non riuscendo più a nascondere l'impazienza.

«Okay. Allora, è di Brixton. Conosce il linguaggio dei segni. È un'interprete. Lo fa proprio per lavoro. Sua sorella è sorda, così...».

«Ha figli?»

«Ana? Sì, un maschio. Luca. Ha quindici anni. Lei sembra troppo giovane per...»

«Oddio...», disse Ed, con voce stranamente distante.

«Ed?».

Ci fu un lungo silenzio.

«Perché mi chiedi di Ana? E di Luca?». Mentre parlava, riemerse un ricordo a cui non pensava da molto tempo.

Ed rispose con voce tranquilla. «Ana è il diminutivo di Juliana».

Eleanor non sentiva pronunciare quel nome da anni, e anche allora l'aveva sentito solo bisbigliare, dietro la porta chiusa dello studio di suo padre.

«Oh», fece, guardando la taverna. Ana e Lexi erano sedute vicine, con le teste che si sfioravano. «È lei, vero?».

39
Fen

Fen serrò le braccia al petto. Era da tanto che non si sentiva così, come se si vergognasse del suo corpo: il taglio di capelli maschile; i tatuaggi; i piercing al naso e alle orecchie; le spalle troppo larghe; i seni alti e piccoli, appiattiti da un reggiseno sportivo.

La sua voce che le sibilava nell'orecchio: *Mi disgusti.*

Erano pensieri così vecchi e consumati che si stupiva avessero ancora tanto potere.

Era quello il problema con la paura: evitarla o scappare serviva solo ad amplificarla. Per vincerla, bisognava affrontarla. Era semplice da capire. Ma difficilissimo da mettere in pratica.

Guardò Robyn sul lato opposto del tavolo. Ripensò a quando l'aveva vista alla piscina naturale, in piedi sul masso, con le dita dei piedi curve sul bordo. Aveva notato il tremito delle gambe, il respiro affannoso. Robyn aveva guardato in basso. Era un bel salto, ma non si era tirata indietro.

Aveva alzato il mento, fissato l'orizzonte.

E si era tuffata.

Per vincere la paura, bisogna affrontarla.

Fen fece un respiro. Si alzò.

Ebbe un leggero capogiro, ma drizzò la testa e guardò fisso davanti a sé.

«Tutto bene?», le chiese Bella, aggrottando la fronte, con una mano alzata come per toccarla.

«Sì», rispose Fen, più a sé stessa che a lei. Le gambe la portarono lontano dal tavolo, oltre la porta del ristorante, nella penombra della sala interna. Al bancone del bar non c'era nessuno, anche i tavoli erano vuoti.

Continuò a camminare. Conosceva quel corridoio stretto con la pietra a vista, le cassette di legno impilate, un odore di frittura che saliva dalla cucina fumante. Il cuore cominciò a batterle forte quando si concesse di sentire appieno la paura, la rabbia, la vergogna.

Udì dei passi alle sue spalle, suole di pelle sulla pietra. Era lui.

Nico.

Le tremavano le mani. Forse era un errore affrontarlo. Fece per voltarsi indietro, ma era bloccata. Colse l'odore del suo dopobarba e le si rivoltò lo stomaco. Si immobilizzò.

In cima alle cassette di legno, c'era un vassoio di posate. Al centro luccicava un coltello da carne con l'impugnatura di legno. Fen lo afferrò istintivamente. Assaporò l'eccitante sensazione della lama che le premeva in segreto sulla coscia.

Nico emerse nel corridoio con una pila di piatti appena sparecchiati. Doveva passarle davanti per entrare in cucina. Girò i fianchi e fece per superarla, dicendo: «Con permesso, signora».

Fen fu invasa da un'ondata di panico. Erano faccia a faccia. Lui era solo a pochi centimetri.

L'aveva quasi oltrepassata, quando lei finalmente parlò. «Ti ricordi di me?». La domanda le uscì come un ringhio.

Lui sbatté le palpebre. Inclinò la testa. Sembrava sul punto di fare spallucce e rispondere di no, quando abbassò lo sguardo, verso la sua mano sinistra.

Spalancò gli occhi, notando il coltello.

Poi la guardò dritto in faccia.

Vide l'espressione intensa dei suoi occhi.

Ora si ricordava.

40
Eleanor

Eleanor si premette le dita sulle tempie. Le girava la testa, aveva troppo caldo. Il colletto la stava strangolando.

Tornò indietro negli anni, quando Ed era all'università. Ricordò una conversazione sottovoce nello studio di suo padre: Ed aveva messo incinta una studentessa del primo anno. Non voleva che portasse a termine la gravidanza, ma lei si era rifiutata. Sua madre aveva sorpreso Eleanor a origliare e l'aveva trascinata in cucina, affondandole le dita nel braccio.

«Che cosa succederà?», aveva chiesto lei. Si riferiva al bambino, alla ragazza incinta, ma sua madre aveva risposto: «Non ti preoccupare. Ed se la caverà. Tuo padre sistemerà tutto».

Era una specialità di famiglia, sistemare le cose. Se ricordava bene, Ed e suo padre avevano stretto un accordo con la ragazza, acconsentendo a un assegno di mantenimento mensile in cambio dell'anonimato. Che fortuna nascere in una famiglia di avvocati quando hai bisogno di salvarti il culo.

La ragazza si chiamava Juliana. Non l'aveva mai conosciuta, ma si era chiesta spesso come stessero lei e il bambino. Era un maschio o una femmina? Dove abitavano? Lei aveva continuato gli studi? Era felice?

Diversi anni dopo, ispirata da un pomeriggio trascorso con la bambina piccola di una cugina, aveva chiesto a Ed: «Pensi mai a tuo figlio?».

Lui l'aveva guardata sgomento. «Ho bandito l'intera faccenda dalla mia mente. Ti consiglio di fare lo stesso».

Era finita lì.

«Se ho capito bene, quindi», disse al telefono, «Lexi non sa che hai un figlio?»

«No».

«Non pensi che avresti dovuto dirglielo?»

«Avevo paura che se gliel'avessi detto, sarebbe scappata». Eleanor colse una rara nota di vulnerabilità nella sua voce. La amava davvero.

«Ad alto rischio di fuga», disse. Era così che suo fratello aveva descritto Lexi. Una ragazza fantastica, divertente, che amava la compagnia, ma con l'aria di poter sparire da un momento all'altro, come un sogno troppo bello per essere vero. *Puff!* «Pensi che Ana sappia chi sei? Chi è Lexi?», gli chiese.

«Non può essere una coincidenza. Juliana, *Ana*, sa il mio nome. Lexi le avrà parlato di me. Quindi sa benissimo chi sono».

Ah. Eleanor lanciò un'altra occhiata alla taverna. Ana stava prendendo una caraffa d'acqua. Riempì il bicchiere di Lexi, poi il suo. Ebbe la sgradevole sensazione che Ana le avesse mentito. Che avesse mentito a tutte loro.

E lei odiava i bugiardi.

«Ha mai chiesto di me?», si informò Ed.

Ana aveva fatto diverse domande su di lui, tipo se era stato felice alla notizia della gravidanza di Lexi e come sarebbe stato come padre. «Sì. Ha scavato un bel po'».

«Stronza», sibilò Ed sottovoce.

«Che cosa vuoi che faccia? Veleno, coltello o pistola?»

«Non scherzare».

«Sono serissima. Perché ha fatto amicizia con Lexi? Perché non parlare direttamente con te?»

«Soldi. Prende il doppio del mantenimento se non ci sono contatti tra noi e se la mia identità rimane segreta finché Luca non avrà diciott'anni».

Non le era nuova quella sensazione di sgomento nei confronti del fratello o della sua famiglia. «Luca», disse. «Quindi sapevi che era un maschio?»

«Sì, lo sapevo. Ho la copia del certificato di nascita».

«C'è il tuo nome?», chiese, ma sapeva già la risposta. Su indicazione del padre, c'era sicuramente scritto "Ignoto". Un'altra clausola del contratto.

«Devo parlare con Lexi prima che lo faccia Ana. Prendo il primo volo che trovo».

«Ci sono solo due collegamenti da Atene e sono di mercoledì o domenica. Facciamo prima a tornare noi».

«Merda». Lo sentì camminare avanti e indietro e gli sembrò di vederlo: passi ravvicinati, braccia rigide, un nodo di tensione nella mascella. «Allora dovrò farlo quando andrò a prenderla all'aeroporto. Dirglielo di persona. È meglio così, no?»

«Non hai altre opzioni».

«Senti, Eleanor. Non voglio che Ana capisca che sappiamo la verità. Non voglio che parli con Lexi prima che lo faccia io. Ti chiedo di tenerla d'occhio. Puoi farmi questo favore, vero?».

Acconsentì.

«Chiamami domani. Dimmi se va tutto bene».

Eleanor chiuse la chiamata e rimase lì immobile, con le scapole che premevano sul muro di pietra della chiesa. Aveva il collo che pizzicava per la tensione, la mente in subbuglio.

Una donna greca scese i gradini, con un bebè avvolto in uno scialle tra le braccia. Aveva una massa di capelli neri, la testolina perfettamente rotonda. Ricordò l'espressione di Ana quando Lexi aveva annunciato di essere incinta. Era sorpresa, come tutte loro, ma c'era qualcos'altro. Aveva deglutito e abbassato gli occhi per un istante, cupa in volto. Aveva serrato le labbra prima di rialzare la testa, sorridente, per farle le congratulazioni. Eleanor non era mai stata particolarmente brava a leggere le persone; aveva pensato che fosse semplicemente stupita come il resto di loro, ma ora si chiedeva cosa avesse rivelato quell'espressione.

Ana sapeva benissimo chi fosse Ed, quindi aveva pianificato tutto. Aveva fatto amicizia con Lexi e aveva evitato tutte le situazioni in cui rischiava di incontrare il suo futuro marito, come la festa di fidanzamento, mentre si era fatta invitare all'addio al nubilato.

Cominciarono a tremarle le labbra quando pensò a come Ana l'aveva usata: la bella passeggiata per fare shopping in centro; quando l'aveva aiutata a scegliere la borsa nuova; l'interesse per le sue sculture; le chiacchierate serali. Le guance le bruciarono per l'umiliazione. Si era illusa di piacerle, che fossero amiche.

Stupida.

41
Robyn

Robyn diede un'altra occhiata all'entrata della taverna. Fen non era ancora tornata. Aveva qualcosa di strano quella sera, sembrava tesa, preoccupata, diversa dalla donna serena ed esuberante con cui aveva nuotato nella piscina naturale.

Aspettò di vedere chi stava uscendo dalla taverna, ma era solo la cameriera di ritorno con un vassoio di bibite per un altro tavolo.

Robyn si premette le dita sulle tempie, descrivendo dei lenti cerchi. Aveva un forte mal di testa.

«Ti senti bene?», le domandò Lexi.

«Credo di aver preso troppo sole». La pelle arrossata delle spalle e del petto irradiava calore sotto la canotta di cotone.

«Hai bevuto abbastanza acqua?»

«Probabilmente no. Vado a prendere un'altra caraffa». La cameriera era occupata al tavolo accanto, così entrò nella taverna.

Lì dentro, lontano dal brusio delle voci, era fresco e tranquillo. Restò ferma qualche istante a godersi il silenzio e l'aria condizionata. Cominciò a sentire un po' di nausea. Le sarebbe piaciuto tornare alla villa, prendere un antidolorifico e buttarsi a letto, ma si sentiva in colpa ad abbandonare Lexi e le altre.

Per il momento, comunque, si sarebbe fatta bastare l'acqua. Probabilmente era disidratata. Dov'era il cameriere? Andò verso la cucina, seguendo il muro in pietra a vista. Una musica suonava a basso volume. Riconobbe una voce di donna: tesa e sommessa.

Seguì il corridoio, oltrepassando una porta antincendio e una colonna di cassette vuote.

Si fermò di colpo.

Fen era vicino alla porta della cucina, di fronte al cameriere che le aveva servite al tavolo. Lui aveva le maniche rimboccate e una pila di piatti sporchi in equilibrio sull'avambraccio abbronzato.

Aveva un'espressione dura, un solco nella fronte. Stava a gambe larghe, con la testa in avanti, i tendini del collo in rilievo.

Nella mano di Fen, qualcosa mandò un lampo argentato.

42
Fen

Fen sentiva il coltello nel pugno, il freddo manico d'argento, la lama ancora vicino alla coscia. «Sette anni fa venni a cena qui». La voce le tremava di rabbia, trattenuta a stento.

«È passato del tempo. La taverna è molto frequentata. Tanti turisti». Fece un sorriso incerto. «Spero che tu abbia passato una bella vacanza».

«Ti rinfresco un po' la memoria», disse lei, sentendo il sangue pulsare nei polpastrelli. «Allora portavo i capelli lunghi. Indossavo una minigonna di jeans. Ero qui con mia zia. Lei parlò con tuo padre; lui disse che tu e tua sorella mi avreste portata a fare un giro per l'isola e poi in discoteca. Andammo al Club Carlos. Ballammo. Ci ubriacammo. Tua sorella se ne andò prima, così ti offristi di darmi un passaggio alla villa di mia zia. È alla fine dell'isola, sulla scogliera».

Lui smise di sorridere. «Senti, non ricordo...».

«No! Non puoi cancellare quello che hai fatto». I suoi occhi mandarono un lampo quando fece un altro passo verso di lui.

Nico non aveva più nessuna via di fuga. Stava con le spalle al muro e spostava gli occhi dalla sua faccia alla mano che reggeva il coltello. Lei non lo alzò. Non lo minacciò. Lo tenne semplicemente al suo fianco, un silenzioso promemoria di chi aveva il potere. Stavolta.

«Mi lasciasti a casa e ti ringraziai. Mi chiedesti una birra per il ritorno. Uscisti in terrazzo e io andai a prendere due birre. Ma non era quello che volevi veramente». Continuò, con voce rauca, rotta dall'emozione. «Bevesti la tua birra, poi mi togliesti di mano la mia e mi spingesti contro il muro. Mi baciasti rudemente».

Nico disse: «È passato tanto tempo. Non ricordo».

«Ti dissi: "Smettila!" Ti dissi che ero attratta dalle donne, non dagli uomini. Invece di capire, di farti indietro, tu mi inchiodasti al muro. Ti mettesti davanti a me, perché non potessi muovermi. Se mi sporgevo indietro, anche solo di pochi centimetri, rischiavo di cadere nello strapiombo. E tu lo sapevi».

Fen si avvicinò ancora di più, la lama del coltello le graffiò la coscia.

«Ti mettesti lì, con le braccia ai miei fianchi come una barriera, la faccia sulla mia. Dicesti: "Non ti voglio. Nessuno ti vorrà mai. Gli uomini non ti scopano perché sei grassa. Sei inutile. Mi disgusti"».

I piatti in equilibrio sul braccio tintinnarono: stava tremando.

«Adesso dimmi che non te lo ricordi!».

«Scusa, okay?». Aveva un tono stridulo, spaventato. «Ho sbagliato. D'accordo? Ti chiedo scusa. Ero solo un ragazzo».

Quante volte gli uomini la facevano franca con quella frase: "Ero solo un ragazzo?".

Fen alzò il coltello, vide che lui lo seguiva con gli occhi. Una patina unta di sudore gli segnava la fronte. Sentì il suo respiro, corto e veloce. «Sì», disse, posando lentamente il coltello in cima alla pila di piatti. «E io ero solo una ragazza».

Allora fece un passo indietro, permettendogli di andarsene.

Nico si tuffò di lato e sparì in cucina.

Appena fu fuori dalla vista, Fen si accasciò contro il muro, come se le gambe non avessero più la forza di reggerla. Aveva il volto pallido, esangue.

«Fen?».

Si voltò.

Robyn era a un paio di metri da lei. La sua espressione preoccupata diceva che aveva sentito tutto.

«Non posso tornare al nostro tavolo», disse Fen.

Robyn fece un cenno di assenso e le prese la mano, stringendola forte. «Vieni», disse, portandola via dalla cucina.

In corridoio c'era una porta antincendio che dava su una stradina laterale. Robyn vi si diresse. «Prenderemo un taxi. Manderò un messaggio a Lexi e le dirò che non mi sono sentita bene».

Uscirono su una stretta stradina di ciottoli, ornata da una fila di luci. La notte era calda e profumata. Fen esitò, guardando la moto bianca con le ruote grosse, il casco appeso al manubrio.

«È la sua?», chiese Robyn.

Annuì, con gli occhi umidi di lacrime.

Robyn andò verso la moto e posò una mano sul liscio sedile di pelle.

Quella notte, Nico se n'era andato con la moto, consapevole di ciò che aveva fatto. Fen lo immaginò mentre dava gas, accelerando sulle curve di montagna, sentendosi… come? Virile?

Forse Robyn aveva immaginato la stessa scena, perché, con un movimento rapido tolse il cavalletto e diede una spintarella. Guardarono la moto traballare per un momento, prima di crollare su un fianco con un clangore metallico.

Fen rivolse a Robyn uno sguardo stupito.

E si misero a correre.

43
Bella

Era un addio al nubilato! Se volevano sorseggiare un solo bicchiere di vino e concludere la serata alle dieci, potevano anche iscriversi a un circolo di lettura.

Non c'era da stupirsi che Robyn avesse ceduto. *Un colpo di sole?* Figuriamoci… Ma Fen? Sapeva che non reggeva bene l'alcol. Aveva il fegato troppo pulito, era questo il problema. Ma scriverle un messaggio per scusarsi?

Ho appena vomitato nel gabinetto. Ho preso un taxi per tornare alla villa. Scusami tanto. Fen

Fen gliel'avrebbe detto di persona. Doveva essere lei a metterla su un taxi e portarla a casa. Non Robyn.

Prima, a tavola, quando l'aveva baciata, era rimasta sorpresa per l'intensità, perché l'aveva fatto in pubblico. Per qualche meraviglioso momento si era illusa che fra loro sarebbe andato tutto bene.

Oscurò lo schermo, infilò il cellulare nella borsetta e buttò giù un bicchiere di vino. Ruttò.

Due erano andate, ne restavano quattro ancora in piedi. Meglio di niente. Si alzò barcollando sui tacchi. «All'assalto dei bar!». Il suo grido di guerra.

Trovarono un locale a pochi passi dalla taverna, dove un DJ su una cabina rialzata metteva musica europop. Gesù, che canzoni erano? Non ne conosceva nemmeno una. Guardando le ragazzine che ci davano dentro a ballare con i loro vestitini striminziti e i ragazzi con i pantaloncini attillati, si chiese perché non fossero ancora a letto alle dieci di sera: non potevano avere più di dodici anni.

«Ecco a voi», disse Eleanor, tornando dal bar con un vassoio pieno di bicchierini.

«Brava, Eleanor!», esclamò Bella, colpita. «Che cosa abbiamo qui?»

«Tequila e Aftershock», gridò Eleanor per sovrastare la musica.

«Per mantenere lo spirito anni Novanta. Mi piace».

«Ne ho presi due di limonata», disse Eleanor a Lexi. «Non volevo che ti sentissi esclusa».

Lexi rise e le diede una stretta al braccio.

«Prima la tequila», disse Bella, distribuendo i bicchierini. «La limonata per Lexi». Brindarono toccando i bicchieri.

«A Lexi», disse Ana.

«A Lexi!», ripeterono le altre, con Bella irritata che Ana avesse preso l'iniziativa al suo posto.

Buttarono giù la tequila, poi subito un bicchierino di Aftershock. Bella risucchiò l'aria tra i denti, facendo una smorfia.

Un gruppo di uomini in maniche corte le fissava dall'altra parte del locale. Bella fece l'occhiolino e alzò un bicchiere vuoto. Uno degli uomini, con una camicia rosa aderente, annuì e fece un cenno al barista.

«L'occhiolino significa "offrimi da bere"», spiegò Bella alle altre. Amava flirtare con gli uomini. Era così semplice, senza complicazioni. «Andiamo, Lex», disse, prendendola per mano. «Facciamo vedere a questi pischelli come si balla!».

«Tra poco», rispose lei tranquilla. «Sto parlando adesso».

Con Ana.

Bella voleva ballare. Aveva bisogno di muoversi. Di lasciarsi andare. Poteva trascinare Eleanor in pista, ma sarebbe stato un po' strano, come ballare con una zia.

Ondeggiò sul posto e si infilò una mano fra i capelli per ravviarli. Batteva il tempo con un piede: se non avesse fatto subito qualcosa di divertente, avrebbe preso anche lei un taxi.

Si girò a guardare il bar. Stavano servendo il gruppo di uomini, un vassoio con altri bicchieri. Bene. Sarebbero arrivati con l'alcol e la voglia di fare due chiacchiere. Magari avrebbe provato a sistemare

Eleanor con uno che se ne stava un po' in disparte, con una camicia hawaiana extralarge. Una buona azione per la serata.

Ana e Lexi continuavano a chiacchierare, con le teste vicine, ma non riusciva a capire cosa dicessero, nel frastuono. Sospirò, guardandosi attorno, annoiata. Dio, che musica. Era come sentire abbaiare un cane a tutta velocità.

«Di cosa parlate?», chiese, sporgendosi in avanti e interrompendo la loro conversazione.

«Stavo solo dicendo che ho paura di non entrare nell'abito da sposa. Il matrimonio è tra quattro settimane e si comincia già a vedere la pancia».

«Sarà facile far sistemare il vestito», disse Ana. «Se pensi al corpetto davanti, la sarta dovrà solo aggiungere una striscia di stoffa ai lati».

«Credevo che il vestito fosse una sorpresa». Bella era presente alla prima prova, e quando l'aveva vista uscire dalle tende di velluto, le si erano riempiti gli occhi di lacrime. L'aveva fissata, dicendo: «Stai per sposarti, Lex! Sei una sposa!». E poi era scoppiata a piangere. «Ana l'ha visto?».

Lexi lanciò un'occhiata all'amica. «Un giorno siamo andate a pranzo fuori e… insomma, è stata una cosa d'impulso… abbiamo visto il negozio di abiti da sposa e siamo entrate a dare un'occhiata».

«Aspetta, *dopo* che io avevo visto il vestito?».

Ci fu una pausa. «Prima».

«Prima?», ripeté Bella, cercando di capire. «È stato allora che l'hai scelto? Con Ana?».

Lexi annuì.

«Hai detto di averlo trovato per caso, entrando in negozio senza appuntamento».

«Infatti è andata così», spiegò Lexi. «Ma c'era anche Ana».

Bella si sentì ingannata. Credeva di essere stata la prima a vedere Lexi in abito da sposa. Avevano bevuto lo champagne offerto dal negozio mentre squittivano di gioia rimirando il riflesso di Lexi nel lungo specchio barocco. Eppure l'amica aveva omesso un dettaglio fondamentale: che aveva portato con sé Ana quando l'aveva scelto. «Perché non me l'hai detto?»

«Pensavo che te la saresti presa».

«E infatti me la sono presa».

«Ecco».

«Sono arrabbiata perché mi hai mentito! Mi hai fatto credere che fossi la prima a vederti con quel vestito».

«Mi dispiace. Hai ragione», disse Lexi, scuotendo la testa come se fosse solo un piccolo malinteso. Ecco il suo problema. Non capiva mai quanto potesse ferirla con le sue azioni. Quanto fosse importante nella sua vita. «Avrei dovuto dirtelo. Avresti dovuto esserci tu la prima volta».

«Sì, ma non è successo».

Ana alzò gli occhi al cielo, con aria annoiata. «Lexi, non devi scusarti per come hai deciso di comprare il tuo abito da sposa».

«Sono la damigella d'onore! La damigella d'onore accompagna sempre la sposa a scegliere il vestito».

Nel silenzio che seguì, avvertirono tutto il peso delle sue parole.

«Non vedo l'ora di vedertelo addosso il gran giorno», aggiunse Ana.

«Ci sarai quindi?», chiese Eleanor.

Bella si girò. Naturale, erano tutte invitate. Perché allora la domanda risuonava come lo sparo di un fucile? Eleanor stava fissando Ana con la fronte aggrottata, le guance arrossate dall'alcol.

«Al matrimonio di Ed e Lexi? Certo». Ana abbozzò un sorriso teso.

«Quindi hai risposto all'invito?», insisté Eleanor, con gli occhi spalancati.

Bella guardò prima l'una poi l'altra, intrigata.

«Sì, secoli fa».

«Ci sarete tutte», aggiunse Lexi, cercando di allentare la tensione.

Eleanor annuì, ma appena si girò, Bella la sentì mormorare: «Se lo dici tu».

Se lo dici tu? Vado a prenderle un'altra bottiglia!

In quel momento apparve il tizio con la camicia rosa, tenendo in alto un vassoio di shottini. «Signore», disse, abbassandolo tra di loro. «Avete sete?».

44
Robyn

Quando il taxi si fermò davanti alla villa, Fen sbatté le palpebre, come stupita che fossero già arrivate. Scese e i fari illuminarono le tracce di mascara secco sulle guance.

«Beviamoci una birra prima di andare a dormire», propose Robyn. «Le porto io in terrazzo».

Appena entrata, si tolse i sandali, poi frugò nella valigia in cerca degli antidolorifici. Ne ingoiò un paio con un bicchier d'acqua. Andò a prendere due birre ghiacciate e le portò fuori.

Fen era seduta sui cuscini sparsi sotto il muretto di pietra. Robyn si sedette accanto a lei e le porse una bottiglia. Appoggiò la schiena sulla pietra calda, sospirando per il piacere dello stiramento. «Ne vuoi parlare?»

«Hai già sentito tutto», rispose Fen, con gli occhi lucidi al chiaro di luna.

«L'altro giorno hai detto che non avevi solo bei ricordi di questo posto. È lui quello brutto?».

Fen annuì. «Sono patetica».

Robyn posò la bottiglia per terra. «No. Non sei patetica. Quello che ha fatto e che ha detto… è stato orribile».

«Non mi ha picchiata. Non mi ha violentata. Ha usato solo le parole». Scosse leggermente la testa quando aggiunse: «Non sapevo dove metterle, così le ho ingoiate. Non le ho mai digerite e sono diventate sempre più pesanti».

Robyn resse il suo sguardo con fermezza.

«All'inizio nemmeno si ricordava di me. Non è pazzesco che

io non sia nemmeno entrata nel suo mondo, quando lui ha preso pieno possesso del mio? Le cose che ha detto le ho lasciate scavare per anni nella mia testa, come brutti vermi».

Robyn le strinse una mano. «Non è importante cosa prova lui o cosa si ricorda. Non è qualcosa che puoi controllare. È importante solo quello che senti tu».

«Odio che riesca a farmi sentire fragile e spaventata, ancora adesso. Pensavo di essere più forte».

«Sei forte, Fen, ma non significa che tu non possa essere anche vulnerabile. A volte non c'è niente di male a lasciarsi andare».

Le cicale colmarono il silenzio.

«Quella foto di te nella villa... perché l'hai nascosta?»

«L'hai vista?».

Robyn annuì.

«È stata scattata la sera in cui conobbi Nico. Non posso guardare la ragazza che ero senza udire la sua voce. La vedo come mi vedeva lui. *Disgustosa.* Un eco di tutto quello che mi hanno sempre detto i miei genitori...».

«Oh, Fen».

«Perciò ho nascosto la foto. Mi vergognavo». Scosse la testa. «Eppure, nascondendola, gli ho ridato potere. Ed è assurdo, perché so che le sue parole non sono vere. Mi sono data da fare, sai? Quello che è successo mi ha costretta a guardarmi negli occhi. Ho dovuto superare le inibizioni sul mio corpo. I problemi di autostima. Moderare l'esercizio fisico. Perché sono passata dal non far niente all'esagerazione: lo sport era diventato una via di fuga». Si strinse le ginocchia al petto. «Poi sono tornata in Grecia e di colpo tutto questo schifo è riemerso. E sono arrabbiata, furiosa con me stessa perché non mi sento come vorrei». Scosse la testa con enfasi, agitata. «Scusa. Quello che dico non ha senso».

Robyn sorrise. «Ne ha invece. Più di quanto tu creda».

Fen alzò la testa e la guardò negli occhi.

L'atmosfera tra di loro cambiò.

«Sai, quando l'ho affrontato... ho pensato a te in piedi sullo scoglio della piscina naturale. Eri dubbiosa, ma poi ti sei tuffata». Fece una pausa. «Perché?».

Robyn ci pensò per un momento. «Perché comincio a chiedermi se le cose che ho paura di fare siano davvero da evitare».

Al buio, mentre Fen la guardava, Robyn sentì una sottile, pulsante sensazione al centro del suo essere che la scaldò come una fiamma.

45
Eleanor

Eleanor stava sul sedile posteriore del taxi, stretta tra Bella e Lexi. Nell'aria c'era un odore di alcol, profumo riscaldato e un leggero sentore di olio d'oliva rimasto intrappolato nella stoffa dei loro vestiti. Sentiva il calore del braccio nudo di Lexi contro il suo. Quando il taxi girò a una curva, Bella le cadde addosso, con la testa ciondoloni.

Seduta davanti, Ana parlava con l'autista, il suono delle loro voci si confondeva con il rumore bianco dell'aria condizionata. Eleanor si chiese se fosse così avere un gruppo di amiche, una banda di donne con cui andare a ballare, che puoi chiamare la domenica perché ti senti triste o che vedi per cena a metà settimana perché non hai niente in frigo.

Si accorse di quando iniziò la salita della strada di montagna, quando l'asfalto cedette il posto allo sterrato, salendo verso la villa. Le dispiacque che il viaggio fosse finito.

Ana pagò con i soldi della cassa comune.

Lexi prese Bella sottobraccio e attraversò il vialetto, dicendo: «Grazie per aver organizzato tutto oggi. La barca, la cena fuori… è stato perfetto».

Bella barcollò leggermente, le espadrillas dondolarono appese a un dito. «Scusa per averti fatto andare in giro per locali, incinta. Faccio schifo come damigella d'onore. Avevo anche portato il velo», disse, tirandolo fuori dalla borsetta con le paillette. «Volevo fartelo mettere, ma ho bevuto troppe tequila».

Lexi prese il velo e si infilò il pettine tra i capelli. Fece una giravolta e la stoffa si gonfiò come una nuvola sulle sue spalle. «Se in borsa hai anche una fascia rosa e una giarrettiera questa è la tua occasione per farmele mettere».

Eleanor le osservò, pensando che Lexi stesse cercando di farsi perdonare per l'errore con l'abito da sposa.

Bella rise, dicendo: «Questo è l'unico accessorio per l'addio al nubilato che sono riuscita a far entrare nel bagaglio a mano».

Lexi le mise un braccio intorno al collo e la baciò teneramente sulla fronte. «Buonanotte», disse ed entrò nella villa, salendo le scale in silenzio con il suo velo da sposa.

Eleanor andò in terrazzo con Bella e Ana. Era illuminato dal chiaro di luna. Bella si fermò davanti al muretto, notando le bottiglie di birra vuote e la luce soffusa della lanterna.

«Sembra che non fossero così stanche, dopotutto», disse Eleanor. Un commento inopportuno, lo riconobbe.

Bella storse la bocca. «Vado a letto».

Eleanor si sentì quasi in colpa guardandola zoppicare verso la villa, con le spalle curve.

«L'ultimo bicchierino?», chiese Ana.

Era diventato il loro rituale serale, quando le altre già dormivano e in terrazzo faceva fresco. Aveva voglia di un altro bicchiere per conciliare il sonno. Eppure faceva fatica a stare da sola con Ana, dopo aver saputo che Ed era il padre di suo figlio. «No, grazie», disse in tono serio.

«Pensavo che non andassi mai a letto prima dell'una».

Era vero. Si stava condannando a restare sdraiata sul materasso, bloccata in un ciclo di pensieri cupi. No, non ne aveva nessuna voglia. Magari avrebbe bevuto quel bicchierino. A ogni modo, doveva capire cosa stesse combinando Ana. «Va bene».

Ana sorrise, un sorriso genuino, e Eleanor pensò: *È un vero peccato che tu ci stia mentendo, perché mi piacevi.* Si era immaginata un'amicizia con Ana che andasse oltre quella vacanza. Si sarebbero sedute insieme al matrimonio. Ana le avrebbe stretto una mano, per dirle che capiva quanto fosse dura per lei assistere alla felicità del fratello, dopo aver perso Sam, e lei avrebbe risposto con un sorriso stoico. Tante fantasie, elaborate in fretta e perse altrettanto rapidamente.

Si accomodò sui cuscini, poi si slacciò l'ultimo bottone dei bermuda. Ah, meglio! Una cintura aderente e il saganaki non erano una buona accoppiata.

Sentì aprire e chiudere gli armadietti dentro la villa mentre Ana preparava da bere. *Juliana*, si corresse.

Ripensò all'atmosfera acida a casa quando Ed aveva ventun anni e, invece di andare al pub con il padre per il tradizionale pranzo della vigilia di Natale, stava nello studio con lui a stilare contratti. Ricordò un commento compiaciuto del fratello. Non serviva studiare legge per capire il succo: stavano comprando il silenzio della ragazza.

«Ecco qua», disse Ana, di ritorno. «Ti ho portato un Espresso Martini».

Era anche brava a fare i cocktail.

Brindarono e Eleanor bevve un piccolo sorso. Solo quella mattina pensava che Ana sarebbe piaciuta moltissimo a Sam. Era diretta, come prima, nel bar, quando si era rifiutata di scusarsi con Bella per aver aiutato Lexi a scegliere l'abito nuziale. Perché doveva essere un segreto?

Eppure, Ana era dall'inizio che stava nascondendo un segreto molto più grande.

Ed le aveva chiesto di non dire niente e aveva ragione: meglio che Lexi sapesse la verità da lui. Non voleva mandare all'aria il matrimonio.

Il problema era, pensò bevendo un altro sorso, che a volte non aveva filtri. La gente lo diceva di lei come se fosse un difetto, invece Sam l'aveva sempre visto come un pregio: «Dici quello che pensi, EJ. Dovrebbero provarci anche gli altri». E in quel momento ce la stava mettendo tutta per "filtrare", per non dar voce a tutti i pensieri che aveva in mente.

Ana, mi stai mentendo.
Hai avuto un figlio con Ed.
È mio nipote.
Mi sarebbe piaciuto fare la zia.
Perché hai pedinato Lexi?
Che cosa vuoi da lei?
Che cosa ci fai qui, veramente, Juliana?

Visto? Se la stava cavando con i filtri. Doveva solo continuare per altre ventiquattr'ore, poi sarebbero tornate a casa e Ed avrebbe sistemato quel casino. Nel frattempo, lei avrebbe tenuto d'occhio Ana.

Ana bevve un altro sorso di Martini, poi alzò il volto verso le stelle. Sembrava serena, rilassata, come se non avesse nessun problema al mondo.

Eleanor non riusciva a immaginare cosa volesse, quali carte avesse in mano, ma intendeva scoprirlo.

Eppure, pensò cupamente, *suppongo che tutte qui stiamo nascondendo le carte*.

Eleanor finì il secondo Espresso Martini. Era abbastanza sbronza per andare a dormire, anche se la caffeina non era stata un'ottima idea. Quando si alzò, le girò la testa.

«Penso che andrò a letto anch'io», disse Ana, raccogliendo i bicchieri vuoti e seguendola in cucina. Li posò nel lavandino e aprì il frigorifero. «Dici che basteranno a scusarci con il nostro fegato». Mostrò due bottiglie d'acqua.

«Io per scusarmi uso i carboidrati».

Ana le rivolse un sorriso caloroso. «Mi ha fatto davvero piacere conoscerti».

Visto? Amiche. Avrebbero potuto essere buone amiche. Perché Ana doveva rovinare tutto?

«Non vedo l'ora di conoscere anche Ed», disse.

No, ne aveva abbastanza. Non intendeva accettare le bugie spudorate. «L'hai già conosciuto».

Una piccola ruga di confusione si formò tra le sopracciglia di Ana. «Puoi ripetere? Non ho capito bene».

«Non sopporto i bugiardi. Quindi ti farò una domanda e spero che tu non mi faccia incazzare con un'altra bugia».

Ana si lisciò il vestito, poi intrecciò le mani.

«Ed è il padre di Luca?».

Ana sgranò gli occhi, stupita. Non disse niente.

«Allora?».

Si girò e si diresse verso la porta d'ingresso.

«Dove...».

«Non possiamo parlarne qui», bisbigliò Ana, con calma, arrivando alla porta. La tenne aperta e le fece segno di seguirla.

«Ho la sensazione», disse Eleanor, incrociando le braccia, «che non sarà facile parlarne da nessuna parte».

I veri problemi cominciano quando scopriamo di essere stati ingannati. A nessuno piace essere preso in giro.

Sono azioni che non possono restare impunite, vero?

46
Bella

Bella non riusciva a dormire.

Amava il caldo. Davvero, si inchinava al sole in tutta la sua gloria vivificante, ma di notte avrebbe preferito che il caldo si dileguasse. Fen non voleva accendere l'aria condizionata per motivi ecologici e, visto che stava cercando di farsi perdonare, l'aveva accontentata. C'era il ventilatore che spargeva aria calda per la stanza, mentre lei giaceva nuda sul copriletto, in un bagno di sudore.

Forse stava sudando tutto l'alcol e l'indomani si sarebbe risparmiata i postumi. Sì, meglio guardare il lato positivo.

Non dormiva molto bene ultimamente. Era quasi un anno che soffriva d'insonnia. Il problema era che tutti i pensieri che aveva evitato durante il giorno le facevano l'occhiolino dicendo: *A stasera, allora*, ed erano sempre lì, puntuali, appena chiudeva gli occhi. Ma di notte era anche peggio, perché era troppo stanca per pensare razionalmente e tutto diventava amplificato, distorto.

Le notti in cui dormiva da sola erano le più difficili. Era un sollievo quando Fen rimaneva da lei e poteva addormentarsi tenendole una mano sul petto, sentendo il battito forte e costante del suo cuore sotto il palmo. Quella notte, Fen si era girata dall'altra parte, con il lenzuolo ammucchiato sui fianchi.

Bella si alzò a sedere. No, non sarebbe rimasta a letto, a sudare.

Attraversò la stanza, nuda, e scese di sotto. Si versò un bicchiere d'acqua e bevve troppo in fretta, sentendo un brivido quando il liquido le ghiacciò lo stomaco. Uscì in terrazzo. Le lanterne erano ancora accese e nell'aria c'era un leggero odore di erbe aromatiche e cloro.

Si avvicinò alla piscina, si sedette sul bordo e immerse i piedi nell'acqua fresca e illuminata.

Una notte e un giorno rimasti. Poi sarebbe finito tutto. Quella vacanza era stata un raggio di luce per settimane, l'unica scritta dorata nel suo diario, sottolineata tre volte e circondata da uno sciame di stelline. Ogni volta che aveva una giornata orribile, pensava: *La Grecia! Il sole! L'addio al nubilato di Lexi! Su, coraggio!* Ma ormai la vacanza era quasi finita e presto sarebbe tornata al suo appartamento in affitto, a un lavoro in cui non si sentiva realizzata.

Le mancava fare l'infermiera. Anche se cercava di convincersi (*Volevo cambiare. I turni erano sfiancanti. Ho sempre desiderato vendere gioielli*), la verità era che le mancava lavorare in ospedale. Le mancavano le colleghe. Le mancava l'appagamento di essere brava nel suo lavoro. Quando capisci che un paziente febbricitante in realtà ha la meningite e riesci a dargli i farmaci giusti prima che il danno sia fatto, be', è una bella soddisfazione. Eppure ci aveva rinunciato per vendere braccialetti d'argento. *Complimenti per la scelta, Bella!*

Visto? Nel cuore della notte. Come faceva a dormire?

Tirò fuori le gambe dall'acqua e si alzò. Magari poteva mettersi a leggere… trovare un buon libro che le tenesse compagnia fino al mattino. La zia di Fen aveva una libreria ben fornita. Ne scelse uno. A cominciare da quella notte sarebbe diventata una lettrice. Magari avrebbe creato il suo circolo di lettura, per spodestare Ana dal suo trono letterario!

Lasciò fila scia di orme bagnate dirigendosi alla villa. Si fermò.

Voci.

Chi altri era sveglio?

Drizzò le orecchie, in ascolto.

Sì, dei bisbigli da dietro la villa. Strano. Che ci facevano lì? Il cuore prese a batterle forte, provò un senso di disagio. Seguì le voci e attraversò il terrazzo illuminato in punta di piedi, sentendosi esposta a causa della propria nudità.

Riconobbe la sagoma massiccia di Eleanor, con le braccia serrate sul petto. Stava sotto un albero di limoni, che le disegnava sul volto le ombre incrociate dei rami. Parlava con Ana, di spalle a lei. Gesticolava, concitata. Le voci erano sommesse, smorzate.

Riconobbe il nome di Lexi.

Bella premette la schiena nuda contro il muro e rimase in ascolto.

47
Eleanor

Eleanor stava sotto l'albero di limoni, l'odore dei suoi frutti dava una nota agrumata all'aria notturna. Si sentì di colpo completamente sobria.

Il riflettore proiettava strane ombre sulla faccia di Ana, che alla fine rispose, con voce bassa e tirata: «Sì, Ed è il padre di Luca».

Eleanor sentì che qualcosa stava cambiando dentro di lei quando ebbe quella conferma. Serrò ancora di più le braccia al petto, stringendo la stoffa della maglietta. Studiò la faccia di Ana, cercando di decifrare la sua espressione.

«Come l'hai scoperto?»

«La videochiamata di Ed alla taverna. Ti ha vista».

Ana si passò la lingua sui denti, annuendo.

«Sei stata molto cauta. Non sei venuta alla festa di fidanzamento. E al compleanno di Lexi». Ripensò a quella mattina, quando Bella aveva scattato la foto sullo yacht e Ana si era defilata. «Sei riuscita a non farti fare nemmeno una foto qui in Grecia. Non potevi rischiare che Ed la vedesse».

Ana non disse niente.

«Immagino che tu abbia già una scusa pronta per non presentarti al matrimonio, vero?», chiese Eleanor, sempre più arrabbiata.

Lei rimase ancora in silenzio.

«Che diavolo ci fai qui?», sbottò Eleanor. «Sei venuta all'addio al nubilato di Lexi! Siamo qui per festeggiare il matrimonio con Ed! Presumo tu sappia che lei è all'oscuro del fatto che ha già un figlio?»

«Sì, l'ho immaginato».

«Allora perché? Cosa ci fai qui?».

Ana restò completamente immobile, come se il suo corpo fosse scolpito nella pietra. «Vuoi dire a Lexi chi sono?»

«Lo dirà Ed».

Ana scosse la testa. «Devo parlare con lei. Spiegarle come stanno le cose».

«Cosa vuoi spiegare esattamente?». Alla luce abbagliante del riflettore, vide che Ana aveva uno sguardo duro. «Sei ossessionata da mio fratello? Di questo si tratta?»

«Non so cosa dire».

«Sforzati».

Ana fece un respiro, alzando il mento. «Ho sempre cercato di essere sincera con Luca. Sa che non stavo insieme a suo padre. Che la gravidanza è stata una sorpresa. Che lui non voleva figli. E l'ha sempre accettato. Ma poi, l'anno scorso, ha cominciato a fare domande. Mi ha detto che voleva incontrare suo padre».

«E tu non vuoi a causa del contratto? Perché i soldi ti fanno comodo?».

Ana si ritrasse come se l'avesse presa a schiaffi. «Non si è mai trattato di soldi. È questo che pensi? La tua famiglia…». Scosse la testa.

Il tono con cui aveva detto quelle parole, *la tua famiglia*, le fece correre un brivido lungo la schiena.

Ana la studiò in viso. «Non ero sicura di volere che conoscesse suo padre».

«Perché?».

Ci fu una lunga pausa. «Luca è tutto per me. Non farei mai niente che rischi di ferirlo».

Eleanor sentì uno strano suono, come uno scalpiccio. Si guardò intorno, scrutando nel buio. Rimase in ascolto.

Non sentì più nulla, solo il fruscio del vento che portava il canto delle cicale. Comunque, era meglio controllare. Oltrepassò Ana e percorse il sentiero di pietra verso il margine della villa.

«C'è qualcuno?», chiese Ana, a bassa voce.

Eleanor sbirciò dietro l'angolo.

Il sentiero illuminato era vuoto.

«Nessuno».

Poi abbassò lo sguardo. Sulla pietra c'era una scia di orme bagnate.

48
Bella

Bella ripercorse il sentiero lastricato in punta di piedi, nuda, con un braccio sui seni per non farli rimbalzare. Si tuffò nella villa da una porta e corse su per le scale, infilandosi subito nella sua stanza.

Chiuse piano la porta e rimase con le spalle appoggiate a essa, con la mente in subbuglio sotto le lente pale del ventilatore.

Ed è il padre del figlio di Ana.

Lexi non ne sa niente.

Lo sapeva che Ed aveva qualcosa che non andava! Non aveva forse intravisto una strana durezza in lui? Era impossibile non lasciarsi andare all'eccitante esplosione di piacere per averci visto giusto, aveva il batticuore per la sorpresa e la drammaticità di quella scoperta.

Pensò subito a Lexi. Oh, povera Lexi! La notizia l'avrebbe devastata.

Eleanor aveva detto che Ed voleva dirle la verità non appena sarebbe tornata dalla Grecia, ma al diavolo! Non aveva nessuna intenzione di permettere alla sua famiglia di serrare i ranghi e trovare qualche viscido stratagemma per minimizzare quel tradimento. Per niente al mondo. Sarebbe stata lei a dirlo a Lexi. Era la sua migliore amica. La sua damigella d'onore!

Afferrò la maniglia della porta, poi si fermò.

Era giusto svegliare Lexi nel cuore della notte? Meglio parlarne la mattina, quando sarebbe stata ben sveglia e riposata. Magari l'avrebbe invitata a fare una passeggiata, solo loro due. Le avrebbe riferito la notizia con delicatezza. Ma a quel punto Lexi si sarebbe trovata bloccata con quell'informazione in Grecia, alla sua festa di addio al nubilato, senza sapere cosa farne. Sarebbe stata sconvolta. E avrebbe pensato solo a tornare a casa, per parlare con Ed.

No, forse era meglio aspettare. Meglio che fosse lui a dirglielo. Era stato lui a combinare quel disastro, dopotutto. Bella si sarebbe fatta trovare pronta per quando Lexi avrebbe avuto bisogno di lei.

Magari sarebbe tornata a Bournemouth per rifugiarsi a casa sua. Sarebbe stato come ai vecchi tempi, loro due insieme. Chissà, forse suo figlio sarebbe nato lì. Avrebbe lasciato a Lexi e al bambino la sua stanza e sarebbe andata a dormire sul divano. Sarebbero stati un po' stretti, ma poteva funzionare.

Un'ondata di rabbia la paralizzò quando pensò ad Ana. Che stronza. La sua energia ipercontrollata, il tono schietto e senza compromessi. Non sarebbe stata in grado di riconoscere la vera amicizia nemmeno se ci fosse andata a sbattere. A proposito, le sarebbe proprio piaciuto sbatterla al muro in quel momento. Anche se sospettava che Ana avrebbe risposto con altrettanta violenza. Aveva una forza un po' minacciosa, in effetti. Comunque, lei non era cresciuta con tre fratelli maggiori senza imparare come assestare un pugno.

Ma alla fine non ci sarebbe stato nessuno scontro fisico.

Rimase al buio, a grattarsi una puntura di zanzara. Avrebbe lasciato che Ana e Eleanor tenessero il loro segreto per altre ventiquattr'ore. Poi, al momento giusto, si sarebbe fatta trovare pronta a sostenere Lexi.

Allora, Ana, pensò. *Chi è una buona amica adesso?*

Sabato

La cosa più strana della notte del falò fu l'inizio ordinario della giornata. Il cielo azzurro e luminoso, senza una nuvola, i muri bianchi che riflettevano il calore nell'aria incredibilmente tersa.

L'atmosfera vacanziera, brillante come una moneta nuova di zecca.

Troppo bella per essere vera.

Forse avremmo dovuto vederlo come un indizio. Ma ci sfuggì.

Con tutti gli errori che abbiamo commesso, non potevamo sapere allora, nell'accecante calore della mattina, che qualche ora dopo una di noi avrebbe ucciso.

49
Eleanor

Eleanor tagliò la base e la sommità delle arance rosse, che rilasciarono il loro delizioso profumo agrumato. Luccicavano come gioielli mentre finiva di spellarle con un coltello affilato e le tagliava a spicchi. Le posò con delicatezza una a una su un piatto.

Sul tagliere rimase un ultimo spicchio. Poteva prenderlo, metterselo in bocca e assaporarne il dolce nettare, ma il piacere era anche nell'attesa. La pregustazione era sottovalutata ai giorni nostri. L'attesa, la creazione dell'aspettativa. La gente voleva una gratificazione immediata e questo la annoiava: l'appetito insaziabile, il desiderio di avere sempre di più.

Infilzò gli spicchi d'arancia e li mise su un piatto con il resto della frutta. Lei, Eleanor Tollock, era una donna che sapeva aspettare.

Prese un barattolo di denso yogurt greco dal frigo e cominciò a svuotarlo a cucchiaiate in una scodella in gres. Se avesse vissuto lì, avrebbe potuto mangiare così tutti i giorni: frutta fresca con yogurt cremoso e un ricciolo di miele per colazione, e per cena un'insalatona con i pomodori dolci e maturi per bilanciare il sapore salato della feta. A casa, in inverno, quando pioveva tutto il pomeriggio e faceva buio già alle quattro, chi aveva voglia di un'insalata, anche se in frigo c'erano i pomodori? Avevi bisogno di un pasticcio di carne, o di uno stufato con i ravioli, di una bella zuppa con il pane appena tostato. Non si trattava solo di mangiare cose di stagione, ma anche adatte al clima, questo credeva Eleanor.

Di fatto, pensava spesso al cibo. Anche se a casa cucinava solo per sé, non prendeva mai scorciatoie. Non comprava la pasta al curry già pronta, ma la preparava fresca. (Quando hai un armadietto delle spezie ben fornito, servono solo un dosatore, pestello e mortaio. Perché non investire cinque minuti in più per avere un curry dal sapore fresco e genuino, invece di una salsa troppo salata con un retrogusto di conservanti? Ah, la solita ossessione per la velocità!). Una delle cose più sgradevoli del lutto era che le aveva indebolito il senso del gusto. Sul serio. Non sentiva più i sapori come una volta. Era come se Sam fosse andato nella tomba – be', tecnicamente era un'urna – portando con sé le sue papille gustative.

L'altra cosa erano le porzioni delle ricette: doveva prendere le quantità e dividere per quattro, perché erano sempre calcolate per quattro persone. Ovviamente poteva cucinare la quantità indicata e congelare le porzioni restanti, ma poi che cosa avrebbe fatto la sera? Ci sono persone che quando tornano a casa accendono la televisione per compagnia; a lei piaceva far sfrigolare il burro in una padella, l'odore dell'aglio e dello scalogno scaldati nell'olio, il vapore che saliva da un brasato di manzo, ecco la sua compagnia.

La settimana seguente, lei e Sam avrebbero festeggiato il primo anno di matrimonio. Le nozze di carta. Gli avrebbe fatto un regalo speciale, per esempio i biglietti per lo spettacolo di un comico che gli piaceva o un fumetto vintage della sua infanzia. Ma era dura pensare a tutti i *se* e i *ma*. Era dura provare emozioni, infatti avrebbe preferito non sentire nulla. La felicità era un concetto irraggiungibile, ma distrarsi, tenersi occupata, sì, erano cose alla sua portata.

Bene. Cosa restava da fare? Il pane lo avrebbe affettato all'ultimo minuto, così sarebbe rimasto fresco e umido. Il burro si era già ammorbidito a temperatura ambiente e anche la marmellata si stava intiepidendo. Li aveva già messi a tavola, con qualche stelo di lavanda in un vaso di vetro. Il caffè era sul fuoco. In frigo aspettava una caraffa di acqua al cetriolo.

Prese un cocomero dalla ciotola della frutta. Lo valutò tra le mani, tastando la curva perfetta, il peso compatto, simile a quello di una testa umana. Trovò un coltello, premette la punta fredda nella buccia e spinse, sentendo il punto in cui cedette e penetrò agevolmente nella polpa, aprendola come una ferita rossa da cui usciva il succo. Fece una seconda incisione ed estrasse una fetta, lasciando nel cocomero un sorriso color sangue.

«Buongiorno», disse Bella, uscendo dalla sua stanza con un corto prendisole.

Eleanor si irrigidì: Bella Rossi era l'ultima persona con cui avesse voglia di parlare.

Bella guardò il terrazzo dalla porta aperta. «Dove sono tutti?»

«Lexi sta facendo yoga. Fen è andata a fare una nuotata. Robyn è in camera. Ana fa una passeggiata».

Bella si buttò su uno sgabello, vistosamente delusa di doversi accontentare della sua compagnia. Sbadigliò, mostrando la voragine della gola, senza nemmeno coprirsi con la mano.

«Sei stanca?», osservò Eleanor.

«Sono stata sveglia fino a tardi». Il tono significativo della risposta la insospettì. «Come te, del resto», aggiunse Bella.

Eleanor sentiva il peso del cocomero mentre lo teneva fermo, con il succo che le colava tra le dita. Rimase inespressiva.

«Ti sei fatta un bicchierino con Ana», aggiunse Bella.

Eleanor ebbe un brivido quando ricordò la scia di orme bagnate. «Pensavo che fossi andata a letto».

«Ho il sonno leggero», rispose Bella, guardandola in faccia.

Eleanor rispose fissandola a sua volta.

Rimasero in silenzio.

Dal terrazzo giunse un vento caldo, portando il profumo del mare, salmastro, quasi sulfureo. Aveva un retrogusto rivoltante, come di un qualcosa che stesse marcendo al sole.

Alla fine, Eleanor scrollò le spalle. Non le avrebbe dato la soddisfazione di farla arrabbiare. Se aveva qualcosa da dire, che la dicesse.

Ricominciò a tagliare il cocomero. I coltelli avevano questo di particolare: erano un semplice accessorio da cucina che in un attimo poteva diventare un'arma. Non era il coltello che cambiava, ma l'intenzione della persona che lo teneva in mano.

Diede un'occhiata di sguincio a Bella, che si stava cercando le doppie punte. *Potrei allungare un braccio e pugnalarla al petto. In un attimo. Niente di personale. Potrebbe essere chiunque. Il prossimo che entra in cucina. Potrei, se volessi.* Ma non l'avrebbe fatto, ovviamente. Sarebbe stata una follia. Eppure quel pensiero le diede un piccolo brivido.

Bella prese uno spicchio d'arancia dal piatto. Lo tenne tra le unghie smaltate, come una preda tra gli artigli, poi se lo mise in bocca. Eleanor digrignò i denti. Bella si succhiò le dita, senza emettere nessun suono di apprezzamento. Quando mangiava, Eleanor sentiva il piacere in tutto il corpo: stringeva le spalle, tra brividi di delizia, mentre un mormorio le saliva in gola.

Quando Bella prese un altro spicchio, con le dita lucide di saliva, Eleanor non riuscì a trattenersi. Allungò rapidamente un braccio e le schiaffeggiò la mano.

«Ahi!». Bella si portò la mano al petto.

«Non ti hanno insegnato le buone maniere?»

«Mi hai dato uno schiaffo!».

«Sto preparando la colazione per tutte. Dovresti aspettare».

Bella la guardò scioccata.

«Volevo solo fare una cosa carina per Lexi», continuò Eleanor. «Per le altre».

Bella si alzò. «Sai», disse, fermandosi sulla soglia prima di uscire dalla cucina. «Lexi ti ha invitata solo perché Ed l'ha implorata di farlo. Credo che le facessi pena». Lo disse con un sorrisetto maligno e se ne andò sdegnosa.

Eleanor infilò il coltello nella polpa del cocomero, sentendo un immediato sollievo quando si spaccò in due.

50
Bella

Bella uscì in terrazzo, immusonita. Perché le aveva dato uno schiaffo sulle nocche? Eleanor era matta da legare. Le puzzava l'alito di gin, era per quello? Beveva prima di colazione?

Il commento sull'invito compassionevole era stato una perfida vendetta. Il doposbronza la incattiviva. Probabilmente adesso Eleanor le avrebbe sputato nella colazione.

In fondo al terrazzo, Lexi era sdraiata sul suo materassino da yoga, con le braccia lungo i fianchi, gli occhi chiusi. *E dicono che lo yoga sia una ginnastica!* Ma meglio farla ricaricare di energia positiva finché poteva.

Ribolliva di rabbia per quello che la attendeva. Ana aveva fatto bene a non farsi vedere quella mattina, altrimenti Bella rischiava di scoppiare.

Si appollaiò sul muro del terrazzo ma quando diede un'occhiata agli scogli in fondo allo strapiombo, si rialzò subito. A chiunque sarebbe venuta la nausea da quell'altezza, con o senza postumi.

Aveva proprio bisogno di un caffè. Eleanor lo stava preparando, ma non aveva voglia di tornare in cucina a chiedere scusa. No, sarebbe rimasta lì, avrebbe aspettato che Lexi finisse di fare yoga e poi le avrebbe chiesto di andare a prendere il caffè.

Il pavimento di pietra cominciava già a scaldarsi. Non c'era un alito di vento ed era pieno di insetti. Nella caletta, c'era la legna che avevano ammucchiato per il falò di quella notte. Il mare era una luccicante distesa di squame tremolanti sotto un cielo immenso e terso. La figura solitaria di Fen fluiva lieve, fendendo con le braccia l'acqua cristallina. Sembrava che nuotasse senza sforzo.

Malgrado il cielo azzurro, Bella sentiva avvicinarsi il cattivo umore come una nube temporalesca. Era ancora offesa con Fen per averla mollata la sera prima... e per averla informata tramite messaggio! Poteva crogiolarsi in quei pensieri, alimentando il malumore fino a farlo diventare più cupo e pungente, per poi affrontare Fen di ritorno dalla nuotata, oppure, pensò, provando a fare un respiro calmante con il diaframma, poteva lasciar perdere. Comportarsi come una di quelle persone buone e generose che accettano che tutti sono umani, imperfetti e sbagliano. Invece di affrontare Fen, poteva scendere in spiaggia e farsi una nuotata con lei. Sì! Ecco cosa avrebbe fatto. Avevano bisogno di passare un po' di tempo insieme, solo loro due. Visto? Così si trasforma un temporale in una giornata di sole!

Tornò nella villa per cambiarsi. *Che profumino quel caffè*, pensò, passando dalla cucina. Fece ricorso a tutto il suo autocontrollo per non spingere Eleanor da parte e scolarsi il liquido bollente direttamente dalla caffettiera. Ma no, prima la nuotata. Il caffè sarebbe stato la sua ricompensa.

In bagno, sganciò il bikini umido dalla maniglia della porta. Mentre si spogliava, scorse il proprio riflesso nello specchio. In un primo momento si esaminò la faccia, controllando i capelli, l'abbronzatura, il rossetto, ma quando si avvicinò, notò le ombre scure sotto gli occhi. Sbatté le ciglia, cercando di ingrandirli. Forse le serviva altro mascara. O un paio di ciglia finte. Sbatté di nuovo le palpebre: magari bastava quello.

Ma non erano le ciglia o le occhiaie il problema. Era quello che aveva dentro. Il suo sguardo era piatto, spento.

Si avvicinò ancora un po', scrutandosi dritto negli occhi. Una voce interiore, ferma e tranquilla, le chiese: *Chi sei tu?*

Deglutì, sentendo un bisogno disperato di girarsi, di guardare altrove.

Le sarebbero dovute venire domani. Ecco cos'era. Non un temporale del doposbronza, ma un uragano di ormoni premestruali. Non c'era altra spiegazione. Cercò di distogliere lo sguardo, ma anche se una parte del suo cervello si sforzava di ignorare la domanda, l'altra parte, più profonda, forse nemmeno collocata nella sua testa, ma altrove nel suo corpo, le chiedeva di restare ferma e guardarsi bene, per capire.

Con gli occhi che le bruciavano, fissò il suo riflesso.

Sentì il pizzicore delle lacrime e cominciò ad appannarsi la vista. Arrivò un diluvio di immagini: lo squittio delle scarpette di gomma lungo un corridoio; il suono stridulo dell'allarme del reparto; occhi sgranati, pieni di paura; labbra chiazzate; una mano che stringeva una gola.

Sbatté le palpebre. Le lacrime le rigarono le guance, calde e pesanti.

Bella si ritrovò a piangere, nuda davanti allo specchio.

51
Fen

Fen nuotava a stile libero. Bracciate energiche, respiro calmo e regolare.

Avvicinandosi alla spiaggia, rallentò e alzò la testa. L'acqua le gocciolò dal mento quando posò lo sguardo sulla villa bianca arroccata sulla scogliera. Era successo lì. Nico che la inchiodava al muro del terrazzo, i suoi insulti bollenti nelle orecchie. Tenne lo sguardo fisso.

La sera prima l'aveva affrontato. Si era messa letteralmente di fronte a lui e l'aveva accusato per quello che aveva fatto. Quella mattina si era svegliata fisicamente a pezzi, sentendosi pesta e ammaccata. Eppure era emersa anche un'altra sensazione: una forza tranquilla, che non aveva nulla a che fare con le sue abilità natatorie.

Arrivata alla sporgenza di sassolini bianchi, posò i piedi e camminò verso la riva, scuotendo via il mare dai capelli.

Si chinò per raccogliere un ramo nodoso, seccato dal sole. Lo rigirò tra le dita e se lo avvicinò alla faccia, respirandone l'odore. Terra, sale, legno. Lo gettò sulla pila per il falò di quella notte, poi si girò verso la villa.

Bella, che stava scendendo la scalinata in bikini e occhiali da sole, alzò una mano per salutarla. Fen provò un pungente senso di colpa. Non avrebbe dovuto abbandonarla alla taverna, ma non era riuscita a tornare al tavolo e spiegare.

Si chiese come mai non le avesse mai parlato di Nico. Forse perché pensava che non avrebbe capito: se un uomo avesse detto quelle cattiverie a Bella, schiacciandola contro un muro, lei gli avrebbe mollato una ginocchiata nelle palle e se ne sarebbe andata come se niente fosse.

Bella era un meraviglioso vortice di energia vibrante e contagiosa, e Fen amava stare con lei, sul serio. Eppure, sotto sotto, sapeva che il loro rapporto non stava funzionando. I dubbi li nutriva da un po', ma quella vacanza li aveva concretizzati. Una sensazione pesante come il piombo si piazzò nel suo petto: appena tornate a casa, avrebbero dovuto parlare.

«Stavo venendo a farmi una nuotata con te! Ho persino messo il bikini ancora umido», disse Bella, tirando la spallina bagnata. «Ti va?»

«Oh, scusa. Stavo rientrando», rispose, prendendo un asciugamano e legandoselo intorno alla vita. Notando la sua delusione, aggiunse: «Magari più tardi».

Mentre salivano i gradini per il terrazzo, Bella la prese per mano, come se avesse capito che doveva tenerla stretta.

52
Robyn

Robyn mangiava, una cucchiaiata dopo l'altra, kiwi verdi e polposi, arance dolci, semi di melograno lucenti come gemme. Dio, che piacere stare seduta a fare colazione senza fretta, senza dover negoziare con un neonato, raccogliere un bicchiere buttato a terra o pulire una macchia di banana dal seggiolino.

«Grazie», disse a Eleanor, che era seduta accanto a lei con un cappellino di cotone bianco. «È un vero banchetto».

Eleanor sorrise, compiaciuta.

Arrivarono Fen e Bella e si sedettero insieme dall'altra parte del tavolo. Fen sembrava più serena, senza più la fronte corrucciata per la tensione. Si accorse che la stava guardando e le sorrise.

Robyn sentì un'ondata di calore nel petto.

«Qualcuno ha visto Ana stamattina?», chiese Lexi.

«Mi sembra che sia andata a fare una camminata sul sentiero della scogliera. Magari per sentire il figlio», rispose Robyn.

Versando il caffè nella tazza, Bella chiese: «Chi bada a lui mentre lei è in vacanza? Suo padre?».

Eleanor la guardò con una strana espressione.

«No, Ana è una madre single», spiegò Lexi. «Luca sta da sua sorella».

«Capisco», rispose Bella, inarcando un sopracciglio.

Robyn si chiese se non si fosse persa qualcosa. I suoi genitori litigavano raramente, quindi aveva imparato a leggere la tensione nelle sue più sottili manifestazioni: una mascella serrata, una postura rigida, una tazza posata con forza per sottolineare una frase. Tutti segnali che la mettevano in allerta, attenta al primo segno di disagio. Lei avrebbe di gran lunga preferito un litigio che, come un temporale, scoppiasse e lasciasse l'aria pulita.

«Cos'avete fatto poi ieri sera?», chiese a Lexi. «Scusa se sono andata via prima. Ero sfinita. Troppo sole».

«Siamo andate in un paio di locali in centro. E tu, com'è stato il rientro? Come ti senti stamattina?»

«Bene. Avevo solo bisogno di una bella dormita».

«Sei andata subito a letto, dunque?», chiese Bella.

Robyn la guardò. Non riuscì a leggere la sua espressione perché indossava gli occhiali da sole. «Abbiamo prima bevuto una birra, poi sì, siamo andate a dormire».

«Avete ritrovato le forze», commentò Bella.

«Così pare».

Bella prese un pezzetto di frutta dall'insalatiera e se lo ficcò in bocca.

Eleanor l'incenerì con lo sguardo.

Ma che hanno tutti stamattina?

«Come ti è sembrato Ed quando vi siete parlati ieri sera?», chiese a Lexi. «Scommetto che vi mancate a vicenda».

Lexi pareva distante, come se avesse la testa da un'altra parte. Quando il sole le illuminò un lato del volto, Robyn notò che aveva un colorito giallognolo, malgrado la vacanza, con ombre bluastre sotto gli occhi.

«Lex?».

Lei la guardò, sbattendo le palpebre. «Se mi manca? Sì».

Robyn si ricordò di quando le aveva confidato che dormiva male, era ansiosa. Era per la gravidanza o il matrimonio? Non riusciva a ricordare cosa le avesse detto di preciso. Si ripromise di trovare un momento da sola con lei per approfondire.

«Avete ancora voglia di fare un falò sulla spiaggia questa sera?», chiese con entusiasmo alle altre, cercando di dissolvere quella strana atmosfera. «Pensavo di portare delle coperte e qualche lanterna giù alla baia, e nel ripostiglio c'è una borsa frigo che potremmo riempire di bibite».

«Ottima idea», disse Fen. «La legna per il falò è pronta. Ce n'è per tutta la notte».

Bella si girò verso la caletta, con gli occhi luccicanti. «Sarà un finale memorabile».

53
Lexi

Quando ebbero finito la colazione, Lexi trovò Eleanor nel piccolo cortile sul retro della villa, a stendere gli strofinacci sulla corda per il bucato. I suoi gesti erano attenti e precisi, lisciava ogni straccio con le mani forti, raddrizzava gli angoli. Si chiese se fosse doloroso per lei stare lì, costretta a festeggiare le nozze imminenti di un'altra persona.

«Ehi», disse Lexi, facendosi avanti.

Eleanor trasalì. Si sistemò il cappello per ripararsi dal sole.

«Pensavo di fare un giro con la barca a remi stamattina, per esplorare la baia qui accanto. Ti va di venire?».

Notò la sua esitazione, il modo in cui spostò lo sguardo in cerca di una scusa per rifiutare. «Volevo preparare il pranzo…».

«Abbiamo appena finito di fare colazione. Comunque al pranzo ci penso io. Hai lavorato troppo in questa vacanza. Se cucini ancora qualcosa, dovrò pagarti. Dai, vieni. Non c'è vento, il mare sarà bellissimo e calmo».

Un'ape ronzava tra le buganvillee che ricoprivano il muro, nell'aria si diffondeva un profumo inebriante.

«Sì, va bene».

Rallegrata, Lexi prese uno strofinaccio bagnato dal mucchio e lo stese sulla corda. Le piaceva l'idea di passare un po' di tempo con Eleanor: l'aveva un po' trascurata in quel viaggio. Inoltre, avrebbe avuto l'occasione di parlare di Ed. Non sapeva bene cosa volesse da lei. Essere rassicurata? Sentirsi dire che Ed era innamorato perso? Forse le andava bene qualsiasi cosa, purché parlassero di lui.

Eleanor si girò per guardare qualcosa alle sue spalle. Lexi seguì il suo sguardo e vide Ana tornare dalla passeggiata. Lei le scrutò con un'espressione incerta.

«Com'è andata?», chiese Lexi.

«Sono salita sul sentiero della scogliera perché qui il telefono non prende: volevo chiamare Luca».

«Ti manca molto».

«Non posso dire che il sentimento sia reciproco», rispose Ana, quando le raggiunse, mettendosi all'ombra. «Non vedeva l'ora di chiudere la chiamata per poter andare allo skate park».

«Io e Lexi facciamo un giro in barca», disse Eleanor, incrociando le braccia al petto. «Una bella occasione per fare due chiacchiere».

Ana si voltò di scatto a guardarla. C'era un velo di sudore sulla sua fronte. «Ottimo», disse, con un sorriso nervoso.

Era strano essere la protagonista dell'addio al nubilato, pensò Lexi. Ogni volta aveva la sensazione che le altre in sua presenza lucidassero i sorrisi, sempre pronte a dirle che si stavano divertendo un mondo. «Va tutto bene?».

Una mosca ronzava nell'aria immobile, l'odore della pietra scaldata dal sole si alzava dai muri della villa. Un geco le osservava dall'ombra, con gli occhi simili a perline nere.

Ana guardò Eleanor. «Non potrebbe andare meglio».

Quando, al nostro arrivo alla villa, scorgemmo la barca a remi azzurra tirata a secco sulla spiaggia, ci parve così pittoresca, evocativa della perfetta vacanza in Grecia che avevamo in mente.

Strano come ora la stessa barca susciti ricordi diversi. Il rumore degli spruzzi frenetici e i graffi delle unghie sullo scafo. Gli occhi pieni di lacrime, i remi stretti con forza. Lo stridere del legno sui ciottoli mentre due paia di braccia la trascinavano in spiaggia, al buio.

54
Eleanor

La barca azzurra attendeva sulla spiaggia, con i remi verniciati riposti ai lati.

«Pronta?», chiese Lexi, afferrandone il bordo, con un cappello di paglia che le riparava gli occhi dal sole. Una leggera brezza alzava un lembo del suo vestitino estivo.

Contando fino a tre, la sollevarono verso la riva, trascinando lo scafo sui ciottoli. «Non penso che questa sia tra le cose raccomandate in gravidanza», osservò Eleanor.

«Probabilmente hai ragione», disse Lexi, senza fiato. «Fatto!». Si asciugò la fronte con il dorso della mano.

Eleanor indossava bermuda di cotone, che si scurirono quando entrò in acqua, una maglietta semplice e un cappellino. Sembrava l'uniforme dei boy scout. Tenne ferma la barca mentre Lexi ci saliva, l'orlo del vestito in una mano, la gamba che scavalcava il bordo.

Eleanor la seguì, ma sbatté il ginocchio su un remo e inciampò, facendo oscillare caoticamente la barca.

«Scusa, non ci sono giubbotti di salvataggio», disse Lexi, prendendo i remi. Li aveva già cercati alla villa, per Eleanor. «Ti senti tranquilla a uscire in mare aperto?»

«Sì. Non ho intenzione di cadere in acqua».

Non le piaceva tanto l'idea di andare in barca. Non perché non sapesse nuotare. Il motivo era lo spazio ristretto. Non poteva scendere. Doveva stare seduta di fronte a un'altra persona senza potersene andare: era troppo per lei. Avrebbe preferito remare: almeno le sue mani avrebbero avuto qualcosa da fare. Non sapeva mai dove metterle quando parlava. Come facevano gli altri a non pensarci? Le sue sembravano due idioti ubriachi che continuavano a sbandare e a gesticolare in modo esagerato. Pensava sempre: *Le mie mani! Guarda cosa combinano!* E poi perdeva il filo del discorso.

Le ficcò sotto le cosce. Fatto.

«L'ultima volta che ho remato ero una ragazzina», disse Lexi, immergendo i remi nell'acqua e spingendoli in avanti. «Io, Bella e Robyn noleggiavamo quelle piccole barche di legno, per andare sul fiume, con le borse ben fornite di sigarette. Spegnevamo il motore e ci lasciavamo trasportare verso il canneto. Restavamo lì a fumare, a bere e a guardare le nuvole».

Eleanor sentì la barca scivolare sull'acqua, mentre le immaginava da adolescenti. Invidiava Lexi per quel legame. Perché aveva due amiche che l'avevano accompagnata in tutte le fasi della vita.

«Una volta non riuscimmo a riavviare il motore», continuò Lexi. «Così dovemmo tornare indietro remando. Ci mettemmo due ore. Il proprietario ci sgridò per esserci allontanate troppo, finendo il carburante. Bella insisté che il motore era difettoso e pretese che ci ridesse i soldi indietro. Quando il proprietario rifiutò, gli disse che cosa poteva fare con la sua barca. E così finì la nostra estate sul fiume!».

Eleanor sapeva che avrebbe dovuto reagire con una risata o almeno un sorriso, ma non sentiva alcuna simpatia nei confronti di Bella.

Lexi la scrutò da sotto la falda del cappello. «So che Bella può apparire un po'... aggressiva, ma ha anche un altro lato. È una delle persone più premurose che conosca. È generosa. Farebbe qualsiasi cosa per le sue amiche».

Per le sue amiche, certo, pensò Eleanor. *Ma per tutti gli altri?*

«Perché mi hai invitata al tuo addio al nubilato?».

Lexi sbatté le palpebre, sorpresa per quella domanda senza nesso con il discorso precedente. «Perché volevo che venissi».

Le sue mani si erano liberate e avevano cominciato a grattarle le braccia. «O perché ti facevo pena?».

Lexi smise di remare. «Mi dispiace che tu abbia perso Sam. Mi sentirei male per chiunque avesse perso l'amore della sua vita. Ma no, non è per questo che ti ho chiesto di venire. Ti ho invitata perché diventeremo cognate. Perché volevo conoscerti meglio. Perché sarai parte della mia famiglia».

Era una buona risposta e Eleanor ne fu soddisfatta.

«Perché me l'hai chiesto?», domandò Lexi.

«Bella ha detto che mi avevi invitata per compassione».

Lexi sgranò gli occhi. «Davvero? Non le ho mai detto una cosa del genere! Non aveva nessun diritto di parlare così».

Eleanor fece spallucce. Guardò i remi sospesi sull'acqua scintillante. «Non stiamo facendo molti progressi. Vuoi che prenda il tuo posto?».

La barca scivolava dolcemente sull'acqua, lasciandosi dietro una lunga scia. Il mare era così cristallino che Eleanor vedeva ancora i ciottoli sul fondale.

Remò verso la falesia, dove gli scogli sommersi ondeggiavano sotto la superficie, coperti di ricci di mare. Era grata per la leggera brezza che le rinfrescava la schiena sudata.

«Eleanor», disse Lexi. «Non voglio che pensi avessi chissà quale motivo per non dire a Ed del bambino. Speravo solo di potergliene parlare prima che lo scoprisse qualcun altro».

Lei alzò le spalle. «Lo so».

Lexi premette le mani sul sedile di legno. «Pensi che sarà contento?».

Le apparve una piccola ruga sulla fronte mentre aspettava la risposta. «Sicuramente. Ti adora». Fatto. Era la verità, in parte. Dio, quant'era piccola quella barca. Remò con maggior vigore per tenere la mente occupata.

«Eravate affiatati da bambini? Ho sempre invidiato le persone con fratelli o sorelle».

«Davvero? Be', abbiamo tre anni di differenza», disse, come se fosse una risposta.

Lexi aspettò: evidentemente non le bastava. Quando lei non aggiunse altro, chiese: «Allora, com'era Ed?».

Sta indagando? Forse era per quello che Lexi l'aveva invitata per quel giro in barca. Doveva scegliere le parole con cura. *Filtrare.* «Era bravo nello sport. In tutti gli sport di squadra: calcio, cricket, rugby. Studiava molto. Gli piaceva andare bene a scuola». Magari la prossima volta si sarebbe portata dietro un curriculum.

«Andava d'accordo con Sam?».

Eleanor si irrigidì per la tensione. Pensò a quando stavano insieme nella stessa stanza: improvvisamente sentiva caldo, i vestiti le sembravano troppo stretti, le mancava l'aria. Affondò i remi nell'acqua. «Ed e Sam erano molto diversi».

«So che Ed teme di non fare abbastanza, di non poterti aiutare».

«Non è un problema che puoi sistemare con una carta di credito».

Lexi corrugò la fronte.

Chiaramente doveva lavorare di più sui filtri, pensò Eleanor. Eppure, non aveva abbastanza tatto da urtare la sensibilità altrui, dal momento che quel giorno in ospedale era ancora così vivido nella sua memoria. L'avevano accompagnata in una stanza privata, dicendole di aspettare il dottore. Era rimasta lì a camminare in tondo, con gli occhi alla porta, in attesa. Finalmente, era entrata una donna col camice e i capelli raccolti in uno chignon basso. Indossava occhiali senza montatura e lei si era domandata se le scivolassero sul naso quando operava e se magari non sarebbero state più adatte le lenti a contatto. La dottoressa aveva le mani giunte mentre parlava e lei aveva notato che aveva la pelle molto secca sulle nocche, probabilmente perché doveva lavarle spesso. Stava ancora guardando la pelle screpolata sui pollici, chiedendosi se aveva mai provato Neutrogena, perché anche lei soffriva di pelle secca in inverno, quando nello studio faceva freddo, e aveva provato praticamente tutte le creme sul mercato e quella era l'unica che…

«Signorina Tollock?», aveva detto la dottoressa. «Ha capito?».

Eleanor aveva alzato la testa e l'aveva guardata dritto negli occhi. «Sam è morto».

«Sì, mi dispiace».

Più tardi, le avevano detto che avrebbe potuto vederlo, se avesse voluto, e lei aveva risposto di sì. Ne aveva bisogno perché stava succedendo quella cosa grave, tremenda, e doveva raccontargliela e tenergli la mano, perché era quello che faceva quando la vita diventava insostenibile: gli teneva la mano. Ma ovviamente non era la stessa cosa con quella mano fredda, rigida. Non era la sua stretta da orso, solo una mano inerte e flaccida. L'aveva baciata sul dorso, ma anche l'odore era sbagliato: sterile, di disinfettante. Gli aveva sfiorato con le labbra la puntura d'ape dov'era stata l'agocannula. Aveva afferrato con i denti un ciuffo di peli. Li aveva masticati e inghiottiti. Non avrebbe saputo dire perché. Sapeva che era strano, ma non le importava. L'avrebbe mangiato tutto, se avesse potuto, perché quella era l'ultima volta che l'avrebbe visto o toccato. L'ultima volta che sarebbe stata con lui.

Alzò lo sguardo e vide Lexi che la fissava, in attesa. Si era persa una domanda?

Non poteva confidarle niente dei suoi pensieri. Non si raccontano i retroscena della morte, allo stesso modo in cui le donne non riferiscono alle altre tutti gli orrori del parto. A che scopo? La gente muore comunque. I bambini continuano a nascere. Diciamo solo che è dura e concentriamoci su quello che succede nel mezzo.

Lexi disse: «Ed fa del suo meglio. Penso che per lui sia difficile capire veramente, perché non ci è passato».

Eleanor la guardò negli occhi. «In realtà, è molto semplice: sarebbe come se tu, in questo momento, morissi. E tutti si aspettassero che Ed andasse avanti con la sua vita. Ecco come sarebbe».

55
Bella

Bella si passò le dita tra i capelli, arruffandoli per aggiungere volume. Si leccò le labbra, poi entrò in camera.

Fen stava leggendo a letto, usando un braccio come cuscino. Le persiane spalancate riempivano la stanza di luce e lasciavano entrare una gradevole brezza marina.

«Ehi», disse, andando a sedersi sul letto al suo fianco. «Vuoi venire a rilassarti su un materassino in piscina con me?»

«Grazie», rispose Fen, posando il libro, «ma vorrei evitare di prendere il sole per un po'».

Bella sbirciò la copertina del romanzo. «*A Theatre for Dreamers*. È bello?»

«Sì. Parla di un gruppo di artisti e scrittori bohémien che vivevano su un'isoletta greca negli anni Sessanta. Uno dei personaggi mi ricorda un po' mia zia».

«Magari poi me lo presti? Voglio mettermi a leggere».

Fen la guardò stupita.

«Basta stare sempre al cellulare. Voglio diventare una di quelle persone che tirano fuori un libro appena hanno un momento libero: in sala d'attesa dal dottore, in treno, quando sono in coda». Fece il gesto di estrarre un libro come se fosse la spada di un samurai.

Fen sorrise.

«Allora, che cosa hai voglia di fare oggi? Piscina? Spiaggia? Un giro in paese? Una passeggiata in montagna?».

Fen si alzò a sedere. «Vorrei starmene qui tranquilla. Risparmiare le energie per il falò di stasera».

«Certo». Le prese la mano e rigirò tra le dita il suo anello d'argento. Era il primo gioiello che le aveva comprato dalla boutique, sapendo che Fen sarebbe stata supersexy con quello al dito. «Il nostro ultimo giorno».

Fen tirò indietro la mano e se la passò fra i capelli.

Quando si ritrasse, Bella avvertì una brutta sensazione, di freddo, di vuoto. Sapevano entrambe che era cambiato qualcosa tra loro dopo quel litigio in aeroporto. Bella si era ripromessa di non parlarne durante quella vacanza. La sua strategia era di essere così divertente e magnetica che Fen non avrebbe potuto fare a meno di amarla. Il piano era quello, eppure era lì che chiedeva: «Che succede? Va tutto bene?», con una voce sempre più debole. «Ieri sera… mi hai lasciata alla taverna».

Fen fece una smorfia. «Lo so. Scusa. Ho sbagliato». Il suo sguardo andò alla finestra. «Ho dei ricordi difficili legati a questo posto. Alla taverna… ho visto una persona che dovevo affrontare».

«Eh? Chi?», chiese Bella, raddrizzandosi, sentendosi improvvisamente protettiva.

«Un cameriere di nome Nico. Non importa. Lui non è importante».

«Che cosa ha fatto?»

«Senti…»

«Lo sapevo che c'era qualcosa di strano! Non eri più tu. Oh, piccola, mi dispiace, avrei dovuto capire che c'era qualcosa che non andava». La invase un'ondata di sollievo. Il problema non era il loro rapporto! Era questo cameriere! Un dannato cameriere! «Dimmi, che cosa ha fatto questo stronzo?»

«Scusa, ma preferisco non parlarne. Ho chiuso la questione. Volevo solo farti sapere perché sono andata via prima».

«Con Robyn». Sputò quel nome come un boccone amaro.

«Sì. Con Robyn».

«Perché non hai parlato con me? Avrei dovuto essere io a riaccompagnarti alla villa». *Che fine ha fatto la Bella magnetica e divertente?*

«È l'addio al nubilato di Lexi. Non volevo rovinarti la serata. Sei la damigella d'onore… dovevi rimanere con lei».

Fuori si sentì lo spruzzo di un tuffo in piscina. Bella sarebbe voluta scendere a divertirsi, a nuotare con Fen. «Ti sei pentita di essere venuta?».

Fen ci pensò per un momento, poi scosse la testa. «No».

Bella le prese di nuovo le mani, intrecciando le dita alle sue. Fen glielo lasciò fare, ma non reagì a quel gesto intimo.

Guardando le mani giunte, Bella disse: «Non si tratta solo del cameriere, vero? Si tratta di noi».

Fen si alzò, posò il libro sul comodino e si infilò le mani in tasca. «Perché non ci godiamo quest'ultimo giorno...».

«Ti stai allontanando. Da quando siamo arrivate riesci a stento a guardarmi».

«Non è vero».

Aveva ragione, invece. «Quando torniamo è finita, vero? Vuoi lasciarmi».

Fen tenne gli occhi bassi. «Parliamone quando torniamo a casa».

Bella lo capì dalla sua espressione tormentata. Le si strinse lo stomaco. Cominciarono a tremarle le mani. «Ti prego. Dillo e basta. Ventiquattr'ore non faranno nessuna differenza. È peggio stare qui con te, ma sentire già la distanza. Sii sincera con me, Fen, altrimenti stiamo solo recitando una parte. Io fingo di stare bene e tu che te ne importi ancora qualcosa di me».

Finalmente, Fen alzò la testa e la guardò in faccia. Le inchiodò addosso i suoi bellissimi occhi verdi.

Bella drizzò le spalle. Deglutì. «Allora. Mi stai lasciando?».

La faccia di Fen si contrasse per l'emozione, i suoi occhi si riempirono di lacrime quando annuì. «Mi dispiace... È solo che... siamo troppo diverse... e...».

Bella scosse la testa con forza. «Sono le nostre differenze che fanno funzionare il rapporto!». Avvertì una vampata alla faccia. «Dimmi cosa intendi veramente. Questo non c'entra niente con le nostre differenze. È per...». Le si strinse la gola, la voce le uscì strozzata. «Per quello che ci siamo dette all'aeroporto, vero? Per quello che ho fatto?».

Calò il silenzio. Bella sentì aumentare la tensione alle tempie.

Dalla piscina salì il suono distante di una risata.

«Non è per quello che hai fatto», rispose Fen. «È perché mi hai mentito. Mi hai fatto capire che non ti conosco davvero, Bella. Ti tieni dentro troppe cose».

Il sangue le ruggì nelle orecchie. «Scusami. Avevo... avevo paura che non mi avresti amata se te l'avessi detto...». Le si spezzò la voce. «Possiamo parlarne, va bene? Superare la cosa...».

Fen la guardò, avvilita. «Scusa, ma penso che le cose tra noi non vadano bene da un po'. È solo che... prima non l'avevo capito».

Bella si batté le mani sul petto. «Quindi è così. Mi stai lasciando?»

«Scusa», ripeté Fen, scuotendo la testa, con le mani giunte. «Non doveva succedere qui. Ma sì, è così».

Gli occhi di Bella si riempirono all'istante di lacrime. «Accidenti. Ecco, l'hai detto».

«Cerca di capire, ti voglio bene, ma...».

«Zitta!». Bella alzò le mani. Sentiva un pianto squassante che si gonfiava nel petto, le saliva in gola. Non ce la poteva fare. Doveva uscire. Si abbassò gli occhiali da sole e incespicò verso la porta, tremando.

Corse fuori, poi crollò: aveva rovinato l'unica cosa bella e gioiosa che le fosse rimasta.

56
Robyn

Robyn allungò il passo, compiacendosi della forza con cui i suoi calcagni colpivano il sentiero duro e polveroso. C'era un caldo intenso che frantumava la terra secca e portava in alto il profumo del rosmarino e del timo selvatico.

Provò a camminare muovendo le braccia a ritmo, con il mento sollevato. Un piacevole strato di sudore si andava accumulando alla vita dei suoi pantaloncini. Voleva ricavarsi il tempo per un'ultima passeggiata, trovare un po' di spazio per pensare, respirare. Camminava da sola, in silenzio, accompagnata solo dal fruscio del vento tra i cipressi slanciati e, di tanto in tanto, dal belato distante di una capra di montagna.

Trasalì sentendo squillare il cellulare. Lo estrasse dalla tasca e vide il numero dei suoi genitori.

«Pronto?».

All'inizio non sentì nulla. Poi udì la voce di sua madre che bisbigliava incoraggiante: «Su, Jack!».

«Mamma? Ciao, mamma!».

Sentì una stretta al cuore. «Oh, piccolo. Jack! Mi manchi! Ti stai divertendo con nonna e nonno?».

Altri bisbigli. «Di' alla mamma della mappa del tesoro. Quella che hai trovato in spiaggia».

«Tetoro! Tetoro!».

Robyn sorrise. «Hai trovato un tesoro, piccolo?».

Non ci fu risposta, solo uno scalpiccio.

«È andato a prenderlo», spiegò sua madre. «È lì, Jack. Vicino al cesto! Sì, eccolo lì».

Robyn si sedette su un masso scaldato dal sole accanto al sentiero. Chiuse gli occhi e se li immaginò: i suoi genitori seduti sul divano con i giornali del sabato sparsi sul tavolino, il cane accoccolato sul pavimento, in un angolo di sole, e poi Jack, forse inginocchiato accanto al suo garage giocattolo con le macchinine parcheggiate in ordine. Suo padre non si stancava mai di alzare e abbassare l'ascensore per auto, perché Jack non aveva ancora la destrezza per farlo da sé. Ah, quelle manine paffute. Avrebbe voluto premersele sulla bocca, prenderlo in braccio e stampargli un bacio sul collo.

Si interrogava spesso sul continuo mutare e riassestarsi dell'amore genitoriale; in quel momento, voleva solo stringere Jack, portarlo in braccio, riempirlo di baci e di carezze. Ma quando sarebbe stato più grande, da adolescente, quell'impulso sarebbe naturalmente scomparso o sarebbe stata una continua battaglia con sé stessa, per impedirsi di abbracciarlo? I suoi genitori provavano le stesse cose per lei?

«Ti sta mostrando il tesoro», disse sua madre. «Ma che belle monetine d'oro, vero, Jack?»

«Tetoro di cioccolato!».

«Avete trovato le…», cominciò Robyn.

«Per me? Sono per me?».

Sua madre sospirò con affetto. «Va bene. Ma solo una. Chiedi al nonno di scartarla».

Probabilmente sua madre aveva tolto il vivavoce, perché era vicina al telefono e Robyn sentì il rumore dei passi sulle piastrelle della cucina. «Scusa, cara. Penso che sia finita qui».

«Oh, mi manca tanto», disse Robyn, comprendendo di essere pronta a tornare a casa.

«Come va lì in Grecia?».

Robyn guardò il panorama immenso e vasto, il mare che luccicava in lontananza. «È bellissimo qui. La villa è fantastica, ha una spiaggia privata e non ci sono altre case per chilometri. In questo momento sono su un sentiero di montagna e, mamma, non si vede nessuno. È incredibile».

«Piacerebbe anche a me e a tuo padre fare una piccola vacanza in un posto del genere».

«L'altra sera ho dormito per dieci ore filate. Non ricordo nemmeno l'ultima volta che è successo».

«Sei fortunata. Jack era nel nostro letto già alle cinque del mattino».

«Oh, mi dispiace», si scusò istintivamente. Sua madre lo faceva sempre: farla sentire in colpa quando si stava divertendo. Sarebbe stato bello se, una volta tanto, si fosse rallegrata per la sua felicità. «Mi ha fatto davvero bene venire qui».

«Goditela finché puoi, perché sarai parecchio impegnata quando torni». Una pausa. «C'è posta per te».

«Ah, sì?»

«Dagli avvocati. Penso siano i documenti per il divorzio».

Robyn provò una sgradevole sensazione. Non voleva pensare al divorzio in quel momento. Voleva sentire la libertà dell'aria di montagna, la vastità dell'orizzonte. Voleva sentirsi come la vecchia Robyn. Il ricordo era inebriante, brillava come una gemma perduta, nascosta tra la sabbia. Doveva solo scavare, andare un po' più a fondo, riportarla alla luce e ricordare.

«Ci penserò quando torno a casa». *Non potrei semplicemente godermi questa vacanza?*

«Io e tuo padre abbiamo parlato…».

Quella telefonata non c'entrava niente con il tesoro di Jack, comprese Robyn, gettando indietro la testa.

«E abbiamo pensato che dovresti valutare seriamente se questa è la cosa giusta per Jack».

Robyn rimase a bocca aperta. «Per Jack? Ma che significa?»

«Vuoi che cresca in una famiglia monoparentale?», chiese sua madre, abbassando la voce, come se si vergognasse solo a parlarne.

«Voglio che Jack cresca con una madre felice. Ti sei dimenticata che Bill mi ha tradita?»

«Robyn, non è il primo uomo a commettere un errore».

«Non è stato un errore! Andava a letto con altre donne già prima che ci sposassimo. Per l'amor del cielo!».

«Non usare quel tono con me». La voce di sua madre era calma quando disse: «So che ti ha ferita, ma si è scusato e vuole riprovarci».

Certo, si era scusato e le aveva chiesto di tornare, ma solo perché la sua attuale relazione si stava sgretolando.

Sua madre continuò. «Voglio solo che non ti tagli il naso per far dispetto alla faccia. Bill non è perfetto, ma è un bravo ragazzo».

«Non lo amo».

Non l'ho mai amato, comprese, in un lampo di perfetta lucidità.

Quella verità rimase lì, a echeggiare nella stanza silenziosa della sua mente. Non aveva mai amato suo marito. Quando aveva scoperto che lui la tradiva, si era sentita furiosa e ingannata, ma non aveva provato quel senso di perdita straziante. Era indignata perché lui aveva infranto una promessa. L'aveva umiliata. Ma non le aveva spezzato il cuore.

Non l'ho mai amato.

Ebbe una gran voglia di dirlo ad alta voce, per vedere come suonava. «Non l'ho mai amato, mamma», mormorò.

«Che cosa hai detto?».

Prese fiato. «Non ho mai amato Bill».

«Non essere sciocca! L'hai sposato».

Sciocca.

Robyn era sempre *sciocca* se provava qualcosa che non fosse quello che si aspettava sua madre. Minimizzava le sue emozioni, le piegava e le metteva via.

«Non l'ho mai amato», ripeté, con voce più forte e decisa.

Allora perché l'ho sposato? si chiese. Perché erano stati assieme per tre anni e lei aveva l'età giusta per il matrimonio? Perché aveva tutte le qualità che riteneva necessarie: bello, gentile, con buone prospettive di carriera? Perché lui gliel'aveva chiesto? Perché non voleva affrontare le conseguenze di un rifiuto?

«Io e tuo padre volevamo solo appurare che fossi sicura di voler divorziare. Ci stai dicendo di sì, quindi ne prendiamo atto».

Sua madre non sopportava il confronto. Era la prima a pugnalarti, ma era così svelta a ritirare il coltello che ti accorgevi solo dopo un po' di sanguinare. Ecco, sentiva già le calde gocce di sangue, la rabbia che ribolliva in superficie. «Perché hai chiamato per dirmi dei documenti del divorzio? Potevi aspettare che tornassi a casa», disse, togliendosi di dosso una formica nera.

«Ho visto la busta e mi è venuto in mente. Scusa per non aver capito che eri tanto permalosa».

Robyn serrò i denti. Odiava quando sua madre mascherava un

insulto cominciando con delle scuse. Ma non le avrebbe permesso di farla sentire in colpa. «Non sono permalosa. Sono in vacanza. Voglio godermi qualche giorno con le mie amiche. Non potevi lasciarmi in pace?»

«Ma certo che vogliamo che tu ti diverta».

Allora perché volete farmi sentire in colpa? O forse non erano stati loro. Forse era lei l'esperta del senso di colpa. Si sentiva in colpa per il divorzio. Per essere tornata a vivere con i suoi genitori. Perché andava al lavoro. Perché si era concessa una vacanza. Per...

Silenziò il pensiero successivo.

La voce di sua madre era di un'ottava più alta. «Sarebbe stato carino se ci avessi chiesto come stiamo. È stancante, sai, alla nostra età, badare a Jack».

«Hai detto che ti faceva piacere. Ne abbiamo parlato! Avrei potuto lasciarlo a Bill, ma tu hai detto...».

«Voglio solo dire», la interruppe sua madre con un tono forzatamente calmo, «che potresti anche ringraziarci ogni tanto».

Robyn sentì i tendini del collo friggere per la tensione. Doveva solo dire grazie e chiudere la telefonata. L'avrebbero già dimenticata al suo ritorno. I suoi genitori erano sempre educati. Orribilmente educati. Nessuno a casa sua imprecava, urlava, faceva scenate. Mettevano in chiaro le cose con la massima cortesia e gentilezza.

«Grazie», riuscì a dire Robyn.

«Prego», rispose sua madre. «Sappiamo che gli vuoi bene. Ti vogliamo bene anche noi».

Robyn soffocò la rabbia. «Lo so». Ed era sincera. Sua madre e suo padre le dicevano sempre che le volevano bene ed erano fieri di lei. Perché allora se la prendeva? «Scusa», disse, con più convinzione. «Non volevo litigare».

«Non preoccuparti», disse sua madre, con una voce di nuovo allegra. «Mi ricordi quando eri adolescente. Diventi sempre così quando sei con Lexi e Bella».

«Così come?»

«Combattiva».

«Davvero?».

Probabilmente sua madre l'aveva intesa come una critica, ma lei aveva visto un altro luccichio nella sabbia. «Mi piace come sono quando sto con le mie amiche. Mi ricorda chi sono veramente. Forse era da troppo tempo che non ero così combattiva».

«Sei una madre adesso, Robyn».

«Sì, e mi piace essere la madre di Jack. Ma non sono soltanto questo».

«Ma certo. Hai una carriera e delle amiche. È giusto così».

«Questa pausa», continuò Robyn, alzandosi in piedi. «Ne avevo bisogno, mamma. Fare escursioni. Ridere. Tuffarmi in una piscina naturale».

«Buon per te. Sei in vacanza. Ma la vita non è così quando sei a casa».

«Perché?», chiese, andando verso il bordo del dirupo per guardare l'acqua in basso.

«Hai delle responsabilità. Piacerebbe a tutti spassarsela al sole…».

«Allora perché non lo fai? Sei in pensione. I soldi ce li hai. Cosa te lo impedisce? Potresti affittare una villa e venire in posti come questo. Puoi fare quello che vuoi, mamma».

«Tuo padre non…»

«*Tu* cosa vuoi?»

«Vogliamo le stesse cose».

Seguì una pausa lunga e ponderata.

Poi sua madre bisbigliò vicino al telefono. «Hai sbattuto la testa?».

Robyn restò di sasso.

Quelle parole. Sapeva perfettamente a cosa si riferisse sua madre. Ripensò a tanti anni prima, quando aveva diciott'anni e si era svegliata nella sua cameretta, con il corpo rannicchiato nel solco di un altro. Aveva visto la porta aperta di uno spiraglio quando era sicura di averla chiusa. *Lei sapeva.*

Si era alzata ed era scesa di sotto. Sua madre era in piedi davanti al lavandino, la sua espressione di pietra riflessa nel vetro della finestra. Robyn aveva cominciato a raccontarle dell'incidente della notte prima, delle ore passate al pronto soccorso. Aveva separato i capelli per mostrarle la ferita.

«Una botta del genere può farti fare… cose strane». Sua madre l'aveva guardata negli occhi. «Mi fa piacere che tu sia di nuovo in te stamattina».

Ricordando quell'episodio, Robyn sentì la sua voce diventare molto fredda. «Non ho battuto la testa, cazzo. Sono lucida. Più lucida di quanto sia stata da parecchio tempo».

«Modera il linguaggio».

«Sono una donna adulta e posso dire quello che cazzo mi pare».

E riattaccò.

57
Lexi

Quando Lexi e Eleanor tornarono a riva, Robyn era seduta in spiaggia, con le braccia intorno alle ginocchia, le spalle curve.

Lexi si alzò gli occhiali da sole. *Sta piangendo?*

Appena tirarono la barca a secco, Lexi andò da lei. «Robyn?», chiese, accovacciandosi sui ciottoli caldi. «Che cosa è successo?».

Eleanor le guardò e disse che andava a mettersi un po' all'ombra, prima di tornare alla villa.

«Ho appena detto a mia madre che sono una donna adulta e posso dire quello che cazzo mi pare».

«Robyn Davies, era ora!». Lexi rise.

«Non avevo mai detto parolacce davanti a mia madre». Robyn appariva mortificata, e anche un po' su di giri. «Mi rimprovera pure quando dico che sono "spompata"».

«Sai che adoro i tuoi genitori, ma sono piuttosto rigidi».

Robyn annuì. «Magari non farà male mostrargli che si possono prendere anche strade diverse dalla loro».

«Esatto!». Lexi la abbracciò.

«Dio, mi sei mancata», disse Robyn, premendo il viso contro il suo. «Voglio che ci frequentiamo di più».

«Anch'io».

Quando sciolsero l'abbraccio, Lexi si sedette accanto a lei e insieme guardarono il mare calmo.

«Sai cos'altro voglio?», disse Robyn. «Voglio che non finisca qui. Voglio partire più spesso, ricordare com'ero. Voglio avere il tempo per fare escursioni, per stare all'aria aperta, uscire con le mie amiche». Fece una pausa. «Chiedo troppo? È questo il problema?

Che le donne della nostra generazione vogliono tutto? Il lavoro, i figli, l'avventura, l'amore...».

«Il problema non è volerlo. È chiedere il permesso». Lexi sollevò una manciata di sassolini e li fece rotolare tra i palmi, sentendone il calore, la superficie liscia e levigata. «Facciamo qualcosa perché pensiamo sia nostro dovere, o perché ci sembra giusto».

«Tu non l'hai mai fatto. Sei sempre stata coraggiosa. Indomita».

Lexi lasciò cadere i sassolini. «Se per indomita intendi libera, ti sbagli. Ho solo esagerato con le feste. Non significa essere indomiti, significa nascondersi».

Robyn aggrottò la fronte.

«Tutti gli eccessi della mia giovinezza, l'alcol, le droghe, il sesso, le feste, erano solo riempitivi, dei modi per anestetizzarmi e non vedere le cose che mi facevano paura».

«Eri infelice?»

«Sì, lo sono stata per tanto tempo».

Robyn parve sorpresa. «Scusami, non avevo capito. Pensavo...».

«No, tranquilla. L'ho nascosto bene. Sono piuttosto brava in questo». Lexi sorrise per mostrarle che era tutto a posto. Aveva *voluto* che tutti credessero che fosse felice, che stesse vivendo la sua vita al meglio, perché aveva bisogno di crederci anche lei. «Mi piaceva ballare, ma quello stile di vita non andava bene per me. Ci ho messo parecchio a capirlo. Se non mi fossi fratturata la tibia, probabilmente non me ne sarei mai accorta». Aveva sempre lasciato che la vita la strattonasse da una parte all'altra, senza mai tracciare la sua rotta.

Robyn disse: «Non è strano come, a volte, le cose peggiori che ti succedono finiscano per essere le migliori?»

«Hai ragione». Era caduta in una profonda depressione dopo l'incidente, perdendo il senso della propria vita. «Sei stata tu a suggerirmi di provare yoga».

«Solo per non perdere la flessibilità mentre eri in riabilitazione. Non sapevo che saresti diventata un'insegnante!».

«Ricordo che andai alla prima lezione pensando che non mi sarebbe piaciuto per niente. Troppo lento, troppi *om*, come avrebbe detto Bella».

«Ma ti è piaciuto invece».

«L'insegnante disse una cosa che mi parve molto significativa: "Lo yoga non è una performance. È solo per te". La danza era sempre stata una performance. La mia stessa carriera si basava su come mi avrebbe vista il pubblico. Ma lo yoga è l'opposto. È solo per te. Ci vuole tempo a capirlo sul serio. Sai come sono fatta... All'inizio volevo primeggiare, essere la più snodata, quella che riusciva a tenere la posizione più a lungo».

Robyn rise.

«Poi cominciai a seguire le lezioni mattutine e gli altri erano perlopiù pensionati. Credo che mi abbia aiutato a perdere le mie inibizioni su come apparivo, a non preoccuparmi se commettevo errori. Eravamo solo io e il materassino».

«È la prima volta che te lo sento dire».

«Conosci quella posizione di chiusura, Savasana, quando resti sdraiata, immobile? È la più difficile per me. I primi mesi stavo lì distesa e pensavo che avevo fame, che mi prudeva da qualche parte, o che mi veniva da scoreggiare o a cosa avrei guardato in TV una volta tornata a casa».

Robyn rise di nuovo.

«Poi, lentamente, i miei pensieri cominciarono a calmarsi, permettendomi di seguire il respiro, di stare immobile. È stato liberatorio, Robyn. Fare qualcosa per me stessa. Non per le altre persone. Non per il pubblico, che fosse il pubblico pagante di uno spettacolo, la tua famiglia, i tuoi amici, la società o chiunque tu decida di impressionare con la tua esibizione». Fece una pausa. La scrutò attentamente. «Magari dovremmo tutti smettere di cercare di soddisfare le aspettative altrui, e concentrarci sulle nostre».

«Grazie», disse Robyn, con trasporto. «È esattamente quello che avevo bisogno di sentire. Ehi, Lex? Per la cronaca, mi fa davvero piacere che tu sia felice adesso. Che abbia scoperto lo yoga».

Lexi sorrise.

«E abbia trovato Ed».

Continuò a sorridere. Un sorriso perfetto, per Robyn.

Il sole brillava sui gradini bianchi mentre salivano alla villa. Lexi si sentì assalire da un'ondata di stanchezza. Era inquieta, aveva mille pensieri; voleva appartarsi in camera sua, da sola. Per riflettere.

«Eccovi qui!», esclamò Bella, alzando la testa dal lettino, con gli enormi occhiali da sole in equilibrio sul naso. «Venite! Sedetevi con me! Sono stata da sola tutta la mattina. Ho da bere!». Sollevò una caraffa piena di qualcosa di alcolico.

Lexi gemette. Voleva solo starsene un po' per conto suo, ma sapeva che Bella si sarebbe sentita trascurata se non le avesse fatto compagnia. «Va bene». Sorrise, poi aprì l'ombrellone sulla sdraio accanto a lei. Robyn scomparve nella villa dicendo che andava a prendere altro da bere.

Bella si riempì di nuovo il bicchiere, ridacchiando quando traboccò. Lexi capì che era ubriaca. Il sorriso era un po' troppo ampio e smagliante, i movimenti allentati, era più espansiva.

Tutte quelle sere passate a prepararsi in una delle loro camere, con la musica accesa, i trucchi caduti sul tappeto, strati di eyeliner sulle palpebre, la puzza di capelli bruciati dalla piastra mista all'odore di lacca. Le sembrava quasi di sentire il gusto scadente di rossetto e vodka. C'erano stati momenti preziosi e non erano pochi. Non li rimpiangeva, eppure non poteva fare a meno di chiedersi perché, in tutte quelle sere fuori, non si fosse mai voltata verso Bella per dirle: *Sai, non è questo che voglio. Sono sempre triste. Sento che qualcosa non va dentro di me.*

Perché non l'aveva fatto? Perché immaginava che Bella avrebbe risposto: *Ho io la soluzione*, tirando fuori una bottiglia di liquore o una scatolina di pillole colorate. Ma mentre guardava Bella, lì sul lettino, pensò: *Forse nemmeno tu sei felice. Forse non sai come dirmelo.*

Le strinse le mani e disse: «Piccola, va tutto bene?»

«Va alla grandissima, cazzo! Io e Fen ci siamo appena lasciate!».

Robyn, di ritorno con le bibite, si fermò di colpo. «Oh, Bella».

Lei rise. «Sto bene! Rilassati! L'abbiamo presa con filosofia».

Lexi disse: «Mi dispiace tanto…».

«No. Non voglio compassione. Né una sessione di psicoterapia. È l'ultimo giorno dell'addio al nubilato. Voglio solo spassarmela!». Alzò il bicchiere. «Siamo intese?».

Robyn e Lexi si scambiarono un'occhiata. «Sì».

Bevvero in silenzio.

«Eleanor!», gridò Bella, vedendola arrivare per raccogliere i bicchieri vuoti. «Che cosa c'è sul menu più tardi?»

«Bella!», sibilò Lexi. «Eleanor, ti va di bere qualcosa con noi?»

«No, grazie», rispose, lanciando a Bella un'occhiata gelida, prima di tornare nella villa.

Lexi ricordò quello che le aveva raccontato in barca. «Hai detto a Eleanor che l'ho invitata solo perché mi faceva pena».

Bella fece spallucce. «Be', è così o sbaglio?»

«Volevo conoscerla meglio. Stiamo per diventare cognate. Dovresti sforzarti un po' di più con lei. Ha passato un brutto periodo».

«Sì, lo so, me l'hai detto. Il suo ragazzo è morto». L'alito le puzzava d'alcol quando si sporse per bisbigliare: «Sei sicura che non l'abbia fatto fuori lei?»

«Bella!», la redarguì Robyn.

«Che c'è? Ha qualcosa di inquietante, dovete ammetterlo».

Lexi si alzò. Sapeva che Bella era ferita per essere stata lasciata, ma questo non giustificava la crudeltà.

«Sto solo scherzando», disse Bella, alzandosi per andare con tutta calma verso la piscina. Scese la scaletta, rabbrividendo per il contatto con l'acqua fredda.

«Non era solo il suo ragazzo», disse Lexi, passandole accanto. «Era il suo fidanzato. Tra qualche settimana avrebbero festeggiato il loro primo anniversario di matrimonio, quindi cerca di essere gentile».

Ma Bella si era già immersa, il suo corpo era una sagoma luccicante sotto la superficie.

Volevamo che l'ultima sera della vacanza fosse memorabile.

Ci eravamo immaginate a far festa in riva al mare, sotto una trapunta di stelle, con il fumo del falò nei capelli e l'alcol caldo in gola. Ripensandoci, anche sapendo quello che è successo, quella sera passammo momenti molto belli, felici, tutte e sei insieme.

Ma sono stati dimenticati, sepolti sotto i ricordi più cupi: lo schiocco di uno schiaffo su una guancia, rapido e violento; un pezzo di stoffa rosso sangue che cadeva nel buio; l'ululato delle sirene che echeggiava contro il fianco della montagna. E nel frattempo, il falò continuava a bruciare sulla spiaggia.

58
Fen

Quella sera, Fen si inginocchiò sulla spiaggia, premendo le ginocchia nude sui sassi. Azionò con il pollice l'accendino, tenendolo vicino a un foglio di giornale accartocciato e messo sotto un cumulo di legna. Dopo qualche secondo, la carta prese fuoco, le fiamme lambirono i rami più sottili. Fen si avvicinò per soffiare sul fuoco, alimentando il calore con l'ossigeno, e guardò le fiamme crescere e allungarsi.

«L'accensione», disse Eleanor, sedendosi lì vicino, con una bottiglia di birra tra le ginocchia.

Fen prese la sua birra, svitò il tappo e la tese per brindare con Eleanor. «Salute».

Scendeva la notte, nell'aria un profumo di sale e legna bruciata.

Avevano ammassato un bel mucchio di rami secchi, sufficiente ad alimentare un falò per tutta la notte. Eleanor aveva sparso delle lanterne per la spiaggia e disteso coperte e cuscini intorno al fuoco, mentre Fen aveva portato giù una borsa termica piena di bottiglie, con una cassa in cima. Una playlist di musica rilassante suonava nella baia.

Fen si era divertita durante i preparativi con Eleanor. Inoltre, le aveva dato qualcosa da fare: era tutto il pomeriggio che cercava di mantenere un profilo basso, evitando Bella. Aveva fatto una lunga passeggiata nella solitudine della montagna e si era seduta all'ombra, a guardare una lucertola che si crogiolava al sole, mentre gli uccelli infilavano il becco nella terra secca in cerca di insetti.

Quando era ritornata alla villa, aveva trovato Bella accanto a una caraffa da cocktail vuota, foderata di menta ossidata, e una bottiglia di Prosecco finita che galleggiava nel ghiaccio sciolto in un secchiello. Aveva sentito l'impulso di andare da lei per controllare se stesse bene, ma Bella si era messa gli occhiali da sole e aveva bruscamente girato la testa dall'altra parte.

Comprensibile. Era a pezzi e doveva resistere fino alla fine della vacanza. Le discussioni, le analisi andavano rimandate. Una sola goccia di gentilezza poteva far traboccare tutto quello che cercava disperatamente di tenere dentro.

«L'ultima notte dell'addio al nubilato», disse Eleanor, prendendo un sassolino e rigirandolo tra le dita. «Sei contenta di tornare a casa?».

Fen pensò alla risposta. Il ritorno a Aegos era stato più difficile del previsto e, unito alla rottura con Bella, l'aveva emotivamente distrutta. «Sì. Forse ti sembrerà strano, ma non vedo l'ora di tornare al lavoro». Le mancava il suo piccolo studio con le adorate piante da interno. Era uno spazio che aveva creato lei e che curava con amore. L'affitto era più alto di quanto potesse permettersi, ma le piaceva poter raggiungere la spiaggia a piedi in pausa pranzo, o bere un caffè al sole, ai tavolini all'aperto del bar di fronte. «E tu? Contenta di tornare a casa?».

Eleanor rispose in tono piatto. «Casa?». Lanciò il sassolino nel mare. «A volte mi piace immaginare cosa farei adesso in un universo parallelo, se le cose fossero andate diversamente».

Fen annuì. «Racconta. Mi interessa. Cosa faresti oggi se Sam fosse ancora vivo?».

Eleanor si girò per guardarla in faccia. «Grazie. Per esserti ricordata il suo nome. Per averlo detto. *Sam.* La gente non lo nomina mai». Sorrise. «Il sabato Sam giocava sempre a ping pong».

«A ping pong?»

«Pensa alla passione che altri hanno per il calcio. Per Sam era il ping pong. Sembrava un'altra persona quando giocava. A casa era sedentario, ma quando giocava diventava agile e saltellava da una parte all'altra. Lo chiamavo "il ninja del ping pong"».

Fen sorrise. «Mi piace».

«Sam teneva lezioni di ping pong in una casa di riposo in fondo alla strada. Ogni sabato. Non si faceva pagare. Era volontariato. A volte andavo con lui e, cavoli, i residenti lo adoravano. Lui si ricordava tutto di loro, a uno chiedeva come andasse la ristrutturazione della casa in Spagna di sua figlia, a un altro se il nipotino venisse ancora preso in giro a scuola, o se il gatto Marley fosse tornato dal veterinario. Ricordava tutto perché per lui le persone erano importanti».

«Sembra fosse davvero un uomo meraviglioso», disse Fen, felice per come si era illuminato lo sguardo di Eleanor mentre parlava di Sam. «Sei mai tornata alla casa di riposo?».

Lei scosse la testa. «So che dovrei andarci. Dovrei sedermi con loro, parlare, giocare a ping pong, ma… è troppo difficile. Non sarebbe lo stesso senza di lui». Guardò le fiamme del falò. «Ormai mi sento sempre così, niente sarà mai più lo stesso senza di lui».

In cima alla scogliera, alla villa, uno scroscio di risate penetrò la notte: Bella. Fu un suono irritante, che echeggiò tra le rocce.

Eleanor trasalì.

«Mi dispiace», disse Fen, non sapendo se fosse dispiaciuta per l'interruzione della risata, per la perdita di Eleanor o perché non la poteva aiutare.

«Quando ero più giovane, non pensavo che mi sarei sposata», disse Eleanor, abbassando la voce. «Non riuscivo nemmeno a immaginarlo. Non mi vedevo con l'abito bianco, a percorrere la navata davanti a una folla di persone. Poi ho conosciuto Sam e ho stupidamente creduto che tutto ciò stesse per avverarsi. Un matrimonio. Una casa. Forse anche dei figli». Scosse la testa. «Ma non ho mai percorso la navata della chiesa. La favola è rimasta tale, alla fine».

Fen si accorse che le altre avevano cominciato a scendere la scalinata del terrazzo, con le lanterne in mano, le voci eccitate e squillanti. Ancora pochi istanti e le avrebbero raggiunte.

Anche Eleanor si era girata verso la villa. Guardò in silenzio la processione di donne, condotta da Lexi, con una corona di fiori sulla testa.

«Per Ed e Lexi andrà diversamente», disse, con un'espressione enigmatica. «La loro favola si avvererà».

59
Ana

Lexi, in testa, scendeva i gradini di pietra, a piedi nudi, con una lanterna in mano. Dietro di lei Bella e Robyn, con le voci che si alzavano e si abbassavano, inframmezzate da risate. Zaffate di profumo permeavano la notte salmastra.

La baia era illuminata dal bagliore del falò, le scintille arancioni tremolavano al vento. Gli scogli circostanti incombevano su di loro, proiettando ombre inquietanti.

Ana sentiva i ciottoli ancora tiepidi sotto i piedi. L'intensità del caldo di quella giornata non si era placata e appesantiva l'aria. Si diresse verso il falò dove si erano raccolte le altre, che cominciavano a estrarre le bottiglie dal frigo portatile e a passarsele. Fen le porse una birra. Ana svitò il tappo e bevve avidamente, sentendo le bollicine fredde scenderle in gola.

«Ci siamo, ragazze!», gridò Bella, appropriandosi della playlist e alzando il volume, mentre Fen guardava in silenzio. Ana sentì i bassi rimbombarle nel petto.

Robyn stappò una bottiglia di Prosecco, facendo scorrere al chiaro di luna un ruscello di bollicine d'argento. Le fiamme presero vigore mentre la serata si faceva più coinvolgente e rilassata.

Sotto gli scoppi di risate e la musica martellante, Ana ebbe la pressante sensazione che quei festeggiamenti fossero stonati, insidiati da scintille di tensione che scoppiettavano nella notte di luna piena. Eleanor era in piedi sulla battigia, con lo sguardo perso nel mare. Bella ballava da sola, i capelli che ondeggiavano sulla schiena. Lexi osservava le altre, carezzandosi la clavicola. Robyn e Fen stavano vicine, davanti al fuoco, tra fiocchi di cenere svolazzanti.

Qualcuno le puntò addosso un cellulare. Ana alzò una mano per nascondersi il viso, ma non prima che il bianco brillante del flash la accecasse. Immagini distorte si stamparono dietro le palpebre. Quando riguadagnò la vista, vide Bella che la fissava, con gli occhi socchiusi, prima di girarsi di scatto e dirigersi verso Lexi.

Ana sentì il fumo in gola e si allontanò dal fuoco. Avrebbe voluto trovarsi ovunque tranne che lì. A casa sua, a Londra. A guardare la strada che le era tanto familiare. Con Luca. Era stata una stupida a farsi coinvolgere, ad abbassare la guardia, ad assaporare la gioia di far parte di un gruppo che però non era il suo. Non lo era mai stato.

Si girò e alzò lo sguardo verso la villa deserta. Vigilava al buio, sul ciglio del dirupo. Non sarebbe tornata lassù da sola, ad aspettare in un silenzio greve. Si riavvicinò al falò e si sedette su una coperta. Ancora una notte e sarebbe finita.

Lexi la raggiunse, si accomodò accanto a lei, a gambe incrociate. La corona di fiori bianchi, intrecciata da Robyn, aveva un bagliore etereo. Le fiamme si ravvivarono, gettando ombre cangianti sulla sua faccia. Mentre Ana studiava il suo profilo, un insetto nero emerse da dietro un petalo. Zampettò lentamente sulla scriminatura dei suoi capelli. Istintivamente, Ana alzò una mano per scacciarlo. Un'unghia si impigliò nella corolla di un fiore, squarciandola.

Lexi trasalì mentre i petali cadevano a terra come fiocchi di cenere.

«C'era un insetto», si giustificò Ana.

Lexi toccò la corona sbilenca.

«Non c'è più».

Lexi guardò per terra, dubbiosa, ma non c'erano segni dell'insetto.

Il fuoco sibilò.

«La nostra ultima notte», disse alla fine.

Sì, pensò Ana. *È davvero l'ultima.*

Perché tutto stava per cambiare.

60
Robyn

Robyn, instabile sulle gambe, si piegò verso l'altoparlante e alzò il volume.

Dall'altra parte del falò, Bella lanciò un grido di approvazione.

Mentre muoveva i fianchi al ritmo della musica, l'orlo del vestitino estivo le sfiorava le cosce. Dio, che bella sensazione ballare. Gettò indietro la testa, guardando il cielo stellato.

Sì, era decisamente ubriaca. Ridacchiò. Tutto nella norma per una festa di addio al nubilato. Senza figli al seguito. Non doveva svegliarsi alle sei di mattina perché Jack le aveva parcheggiato una macchinina sulla fronte. Si portò la birra alle labbra e rise, perché la bottiglia era già vuota. Ebbe l'impulso di lanciarla nel mare solo per il gusto di farlo. Ma si trattenne.

Chiaramente non era abbastanza sbronza.

Andò alla borsa frigo, con i sassolini che le si incollavano sotto le piante dei piedi. Prese un'altra birra, la stappò e si scolò una bella sorsata. Era fredda, con un retrogusto di lievito, le fece ricordare il suo ex marito che, quando si erano appena conosciuti, le diceva che era sexy quando beveva dalla bottiglia. Ma poi, quando si erano sposati, le ricordava educatamente di usare un bicchiere.

Deglutì, lasciando sbattere il vetro sui denti.

Iniziò un'altra canzone. *Rehab*! Una delle sue preferite. Era a Glastonbury quando Amy Winehouse aveva suonato sul palco della Piramide. L'aveva ballata in mezzo alla folla, muovendosi e dondolando come se fossero tutti parte di qualche gigantesco animale. La musica poteva fare quell'effetto, no? Ti faceva sentire viva, connessa con la natura. Doveva ascoltarla più spesso.

Le altre erano sedute attorno al caldo bagliore del fuoco, Fen stava aggiungendo legna alle fiamme. Lexi aveva una stola di cashmere rossa sulle spalle, le lunghe gambe distese verso il falò. Bella le andò incontro ballando, sensuale, con i capelli sciolti sulle spalle. Ancheggiando, tese una mano per invitarla, ma Lexi sorrise e disse qualcosa come "più tardi", poi continuò a parlare con Ana. Bella mise il broncio e riprese a ballare, agitando le mani in alto, con movimenti sinuosi.

Robyn si girò: voleva solo la musica e il calore della notte sulla pelle. Il cielo era trapuntato di stelle. Riccioli di fumo salivano nell'aria.

Sentì uno strillo e vide Bella che andava verso la battigia, togliendosi il vestito e lanciandolo sulla spiaggia. Naturale che fosse lei a inaugurare il bagno nude! Si slacciò il reggiseno e lo fece roteare su un dito, poi lo gettò sulla sabbia. I suoi seni erano alti e turgidi, pallidi al chiaro di luna per i segni del costume. Sembrava un miracolo che fossero tanto perfetti, senza i segni della gravidanza e dell'allattamento.

Ebbe nostalgia per gli anni dell'adolescenza, per le notti selvagge con Lexi e Bella, in cui aveva sempre cercato di trattenersi, perché qualcuno doveva pur farlo, altrimenti la situazione rischiava di degenerare.

«Robyn!», gridò Bella per sovrastare la musica. «Vieni a nuotare!».

«Preferisco guardare!», rispose.

«Ci avrei giurato».

Quel commento acido la colse alla sprovvista. Si voltò per vedere se qualcuno se ne fosse accorto, ma le altre stavano ancora chiacchierando attorno al fuoco.

Bella si sfilò il tanga ed entrò in acqua, squittendo per il freddo. Si immerse brevemente, poi riemerse, con i capelli scuri appesantiti dall'acqua. Mandò un grido di piacere e si distese sulla schiena, allargando le braccia.

Bella Rossi. Una volta erano molto amiche.

Lexi le aveva chiesto perché si fossero allontanate. Avrebbe potuto elencare parecchi motivi: il dolore che aveva provato quando Bella non l'aveva invitata a Ibiza; le lacrime versate quando l'aveva dimenticata al Circle Club; il fatto che non le avesse mandato nemmeno una cartolina quando era nato Jack e che fosse andata a trovarla solo sei mesi dopo. C'erano stati tanti piccoli momenti che avevano ferito e incrinato la loro amicizia, ma la radice era molto più profonda.

Ricordava quella sera. Non l'avrebbe mai dimenticata.

Stavano festeggiando la maturità e un loro amico, Andy Chrisler, aveva organizzato una festa a casa sua. Era l'unico a scuola che avesse una piscina. Sembrava di stare in California: il caldo estivo, l'acqua, i genitori fuori casa. I ragazzi in costume nuotavano e facevano gare di tuffi, mentre le ragazze chiacchieravano sedute sul bordo della vasca, pance in dentro e petto in fuori. Dopo un po' erano finiti tutti in acqua, un mucchio di diciassettenni che avevano appena finito la scuola e sapevano di avere solo il vasto mondo davanti a loro.

Lei non partecipava all'euforia generale. Quella lunga estate le appariva vuota, una distesa di tempo senza una struttura, da riempire solo con il silenzio e il dolore che impregnava casa loro. Suo fratello era morto da quattro mesi. La stupiva che non contassero più il tempo in giorni o settimane, ma in mesi. Lui non era più nelle loro vite da mesi. Non le sembrava possibile. Faceva ancora docce brevi, aspettandosi di sentirlo bussare alla porta del bagno per dirle di sbrigarsi, o restava in ascolto per sentire i suoi tipici passi sulle scale, perché faceva i gradini due alla volta. Le mancava il modo in cui indugiava sulla soglia di camera sua, quando andavano a trovarla le amiche, fissando in particolar modo Lexi. E la disinvoltura con cui a cena sfotteva i genitori, con battute sagaci che mettevano tutti di buonumore.

Quindi Robyn era rimasta su un lato della piscina a guardare gli altri ragazzi, che erano ancora vivi e avevano cuori palpitanti dietro i petti glabri, e le ragazze a cavalcioni sulle loro spalle.

Thomas, un suo compagno di classe, molto carino, aveva invitato Lexi: «Salta su!». Si era tuffato, abbassando la testa sotto le gambe di Lexi, poi era riemerso portandola come un premio sulle spalle. La sua pelle dorata piena di goccioline d'acqua, le gambe lunghe e lisce. Thomas la teneva per le caviglie e Robyn l'aveva guardato sognando che fosse suo fratello a godersi quel momento in piscina.

«Robyn! Monta su!», l'aveva chiamata Bella. «Andiamo a far cadere Lexi».

«Non puoi trasportarmi!», aveva protestato lei.

«Sono piccola, ma letale. Dai, monta».

Robyn si era avvicinata al bordo della piscina ed era salita cautamente sulle sue spalle. Era contenta di non essere a cavalcioni su uno dei ragazzi, perché non si era depilata e la pelle d'oca l'avrebbe fatta sembrare un porcospino.

Bella le aveva stretto le caviglie e si era piazzata di fronte a Lexi e Thomas. Lei e Lexi, sorridendo e guardandosi negli occhi, avevano lottato con scarsa convinzione, ma nessuna delle due aveva lo spirito combattivo per buttare giù l'altra.

Bella aveva altri piani. Aveva lasciato le sue caviglie per spingere Thomas con entrambe le braccia. Lui aveva barcollato all'indietro, ma era stata Robyn a perdere l'equilibrio. Le cosce, scivolose per l'acqua e la crema solare, avevano perso la presa. Non c'era niente a cui aggrapparsi, così aveva urlato mentre cadeva all'indietro. Aveva visto il bordo di cemento della piscina correrle incontro, inarrestabile. Aveva sentito lo schiocco delle ossa del cranio che si rompevano per l'impatto, seguito dal buio completo.

Guardò il mare, cercando Bella.

Ne perlustrò la superficie da una parte all'altra della baia.

I riflessi argentei della luna danzavano sulle onde, ma nulla si muoveva sulla distesa d'acqua.

61
Bella

Bella pensò che avrebbe dovuto provare un senso di liberazione a galleggiare nuda sulla schiena. Perdersi nel piacere di fondersi con l'acqua vellutata. Invece aveva freddo e temeva che qualche pesciolino le entrasse nel corpo.

Si girò, decidendo che era meglio nuotare. Una bazzecola, con tutto l'alcol che aveva bevuto. Scivolava praticamente sull'acqua. Sentiva le voci distanti e la musica dalla spiaggia. Immaginò le altre che parlavano di lei, analizzando la sua rottura con Fen.

Be', che spettegolassero pure!

Dall'inizio di quella vacanza aveva avuto la sensazione che ci fosse qualcosa di storto, come di una tensione che scorresse sotto la superficie del gruppo. Ma nuotando nell'acqua scura e silenziosa, cominciò a capire che quella sbagliata era lei.

La disperazione la colpì come un pugno in pieno petto al pensiero di aver perso Fen. Avrebbe voluto accoccolarsi in posizione fetale e scomparire sul fondo dell'oceano. Senza Fen, non aveva niente a cui tornare. Lei era tutta la sua vita. Aveva sempre saputo di non meritarsela e che un giorno l'avrebbe capito anche lei.

Bella spinse la faccia sotto la superficie scura del mare, l'acqua le riempì le narici e le orecchie. Gridò. Uscì un suono gorgogliante e terribile. Il suo dolore distorto in un sentimento ancora più miserabile e disperato.

Rialzò la testa di scatto, ansimando, spaventata. L'acqua salata le impastava la bocca. Che diavolo stava facendo? Non voleva stare lì da sola, nuda. All'improvviso ebbe paura. Si sentì stanca e infreddolita.

Abbassò i piedi e scomparve sotto la superficie, l'acqua nera si chiuse sopra la sua testa.

Non toccava il fondo! Non aveva più aria nei polmoni!

Mosse furiosamente le gambe e riemerse boccheggiando. Il battito del cuore le ruggì nelle orecchie. Si girò da una parte all'altra, agitando le braccia per aggrapparsi a qualcosa, ma c'era solo acqua.

Il suo sguardo cadde sul falò, un bagliore distante sulla spiaggia. Molto, molto distante.

62
Robyn

Robyn fissava la buia insenatura, cercando Bella.

Immobile come una macchia d'inchiostro, il mare si teneva stretti i suoi segreti.

Quella situazione le ricordava come si sentiva sempre da adolescente, responsabile per l'amica: toccava a lei andarci piano con l'alcol, perché qualcuno doveva restare sobrio per riportarle a casa sane e salve, o tenere un po' di soldi da parte per pagare il taxi, così Bella non sarebbe dovuta tornare a piedi alle tre del mattino, ubriaca e tutta sola con un vestitino luccicante.

Ma quella sera no.

Era stufa di tenere gli occhi aperti per Bella Rossi.

Alle sue spalle, le casse pompavano i bassi e le voci delle altre salivano e calavano. Qualcuno gettò un altro ramo nel fuoco, un nuovo vortice di scintille si alzò nella notte.

Un'altra birra, decise Robyn. Ecco cosa doveva fare: bere, ballare e divertirsi. Camminò scalza sulla battigia, i piedi le affondavano nel letto di sassolini. Uno scoppio di risate eruppe vicino al falò.

Più avanti, sulla riva, scorse una massa scura. Si chinò e toccò la stoffa: il vestito di Bella.

Si voltò verso il mare. Non c'era un alito di vento e l'acqua era immobile e senza onde. Non avrebbe dovuto avvertire gli schizzi di Bella che nuotava?

C'era qualcosa di strano. Sentendo accelerare il cuore, entrò nell'acqua bassa. Bella aveva iniziato a bere già dal pomeriggio. Non era una brava nuotatrice. No, non le piaceva affatto. Doveva avvisare le altre della sua scomparsa. Si girò…

«Bù!».

Lanciò un urlo.

Bella era davanti a lei, nuda e sorridente.

«Cristo!», esclamò Robyn, con una mano premuta sul petto. «Pensavo che fossi ancora in acqua!».

«Quelle stronze non se ne sono nemmeno accorte. È un miracolo che sia riuscita a tornare». Con i capelli bagnati lungo la schiena, era bellissima al chiaro di luna.

«Non dovevi farti il bagno da sola!».

Bella le mise un braccio intorno alla vita. «La mia complicata, piccola Robyn. Ti preoccupi ancora per me, vero?»

«Sei bagnata», disse Robyn, scostandosi con fastidio. «Tieni», aggiunse, ficcandole il vestito in mano.

Lei se lo mise, obbediente come una bambina. «È da un po' che non ci frequentiamo noi due».

Robyn non voleva toccare l'argomento. Non quella sera.

«Non ne abbiamo mai parlato», insisté Bella.

«Di cosa?»

«Di ciò che accadde quella notte». Bella allungò una mano e le mise le dita umide alla base del cranio, sulla cicatrice che zigzagava all'attaccatura dei capelli. «Te lo ricordi?».

Certamente.

Si era rotta la testa sul bordo della piscina.

Poi il buio.

Seguito da Bella che ripeteva il suo nome, guardandola dall'alto, pallida di paura.

Era stata lei a portarla al pronto soccorso, scusandosi mille volte mentre guidava, con l'acchiappasogni che dondolava dallo specchietto retrovisore.

Avevano aspettato due ore in sala d'attesa, Robyn che tremava in un asciugamano umido, con un leggero odore di cloro sulla pelle. Finalmente un dottore l'aveva visitata, le aveva messo i punti e le aveva lasciato un foglietto di istruzioni per la commozione cerebrale. «C'è qualcuno che può farti compagnia?»

«Ci penso io», si era offerta Bella.

Quando erano andate a casa di Robyn, i suoi genitori erano già a letto. Avevano mangiato pane e marmellata in cucina e bevuto succo di frutta, e Robyn si era sentita un'adulta e una bambina nello stesso corpo.

Più tardi erano salite in punta di piedi in camera sua. Di solito preparava il futon per le sue amiche, ma non aveva lenzuola pulite e non voleva svegliare i suoi genitori. «È un problema?», aveva chiesto, indicando il letto singolo.

«Niente affatto».

Le aveva prestato una delle sue magliette e Bella si era seduta ai piedi del letto. Si era tolta il trucco con una salvietta, rivelando due occhi tersi e lucidi.

«Mi dispiace che ti stai perdendo la festa», aveva detto Robyn quando si erano infilate sotto le lenzuola, con un rimbalzo del materasso.

Bella aveva fatto spallucce. «Ci siamo appena diplomate. Abbiamo almeno dieci anni per sfasciarci alle feste». Aveva mostrato un gran sorriso. Sapeva di dentifricio.

Robyn si era allungata verso il comodino per spegnere la luce. La stanza si era fatta buia e silenziosa. Si era sdraiata sulla schiena, attenta alla ferita, che pulsava, caldissima.

«Come va la testa?», aveva bisbigliato Bella.

Robyn si era sistemata il cuscino, voltandosi su un fianco. «Meglio in questa posizione».

Era di fronte a Bella. Aveva aperto gli occhi e distingueva il suo profilo a pochi centimetri dalla sua faccia. Anche lei aveva gli occhi aperti.

«Mi dispiace tantissimo. Avrei dovuto tenerti». Bella allungò un braccio sotto le lenzuola, trovò la sua mano, intrecciò le dita.

Robyn sentiva il suo calore, la pressione della pelle contro la sua. L'atmosfera si fece tesa. Non sapeva se fosse solo lei o se lo percepisse anche Bella. Avvertì un sorprendente calore all'inguine, pulsante. Era stordita, faceva quasi fatica a respirare.

Bella le accarezzò dolcemente il dorso della mano con il pollice. Le loro facce sembravano più vicine. Percepì l'odore di menta del suo alito, sulla sua guancia. Sentì che le sfiorava le labbra con le sue, all'inizio titubante, in esplorazione, poi premendole con forza, come se volesse fonderle insieme.

Le labbra di Bella erano meravigliosamente morbide e turgide.

Robyn aveva baciato un sacco di ragazzi. Ma l'avevano sempre delusa, perché i loro baci erano più duri e impazienti. La bocca di Bella era dolce e soffice come un cuscino, avrebbe voluto affondarci dentro.

Sentì la sua mano guidata, sotto le lenzuola, lungo il fianco di Bella, poi sulla pelle morbida della pancia e ancora più in basso.

Tornando al presente, Robyn sbatté le palpebre. Cercò di sbarazzarsi del ricordo, ma bruciava ancora.

«Ce lo ricordiamo entrambe», disse Bella.

63
Bella

Ogni particolare era ancora vivido nella sua mente: le dita intrecciate mentre si baciavano; le cosce lisce e calde di Robyn che si strusciavano alle sue; il leggero odore di cloro che indugiava sulla pelle; le ginocchia premute nell'incavo di quelle di Robyn quando si erano addormentate.

Ricordava anche di essersi svegliata, la mattina seguente, sola nel letto. Si era tirata il lenzuolo fin sotto il mento, aspettando che Robyn tornasse con una tazza di tè e un pacco di biscotti, la colazione tipica di quando restava a dormire da lei, ma la porta della stanza da letto era rimasta chiusa.

Alla fine, Bella era scesa di sotto, scalza, con il vestito dorato della sera prima, che alla luce impietosa del mattino appariva dozzinale e troppo vistoso.

Robyn era seduta a tavola, in cucina, con i suoi genitori. Si era lavata la faccia e spazzolata i capelli, ma teneva gli occhi bassi. «Ehi», le aveva detto, senza guardarla in faccia.

«Buongiorno, Bella», l'aveva salutata il padre di Robyn. «Abbiamo saputo che hai portato nostra figlia al pronto soccorso ieri sera. Ti siamo molto grati».

«Si figuri», aveva risposto lei, cercando di tirare un po' su la profonda scollatura del vestito. Aveva chiuso le mani per nascondere lo smalto rosso, troppo sgargiante nel silenzio di quella casa adombrata dal lutto. Si sentiva a disagio, come se si fosse presentata a un funerale con un vestito appariscente. Aveva guardato Robyn per essere rassicurata, ma lei teneva gli occhi bassi, fissi sul tavolo.

«Robyn ha preso proprio una bella botta in testa», aveva detto sua madre, con un tono penetrante.

«Eh, sì», aveva concordato Bella. «Come ti senti stamattina?». Aveva attraversato la cucina per sedersi al tavolo, ma Robyn si era alzata.

«Esausta. Penso che andrò a dormire un altro po'. Riesci a tornare a casa da sola?»

«Oh, certo. Devo tornare, in effetti. Ma ho la macchina, quindi...». Non aveva portato niente con sé, perciò era andata solo a prendere le scarpe e le chiavi dell'auto.

Robyn aveva aperto la porta d'ingresso, tenendo ancora gli occhi bassi.

Scalza, coi tacchi di ecopelle appesi a un dito, Bella le aveva chiesto: «Tutto okay?».

Robyn si era toccata la testa. «A quanto pare, una concussione e l'alcol non fanno una bella accoppiata. Non ricordo quasi nulla».

Bella era arrossita violentemente. «Già...».

Era seguito un silenzio lungo e imbarazzato.

«Meglio che vada, allora».

«Certo, ci vediamo», le aveva risposto Robyn, fissando il pavimento.

Bella si era affrettata verso la macchina, con il suo vestitino scintillante, le guance rosse di vergogna. Aveva gettato le scarpe sul sedile e infilato la chiave nel blocchetto di accensione, ma aveva fatto cilecca due volte. Finalmente, era riuscita a partire con un rombo e uno stridio di gomme, il motore su di giri per aver dato troppo gas cambiando marcia. Con il volume dello stereo al massimo, il muggito della musica aveva coperto le manate che dava al volante.

Guardò Robyn, di fronte a lei sulla spiaggia. «Io ricordo tutto di quella notte e so che te ne ricordi anche tu».

Robyn sostenne il suo sguardo.

Che cosa voleva? Delle scuse? Un'ammissione? O il semplice riconoscimento di quello che era successo?

«Perdonami», disse alla fine, prima di abbassare il capo, scansarla e scomparire nel buio.

64
Eleanor

Le risate e il fumo salivano nel cielo notturno quando Eleanor si allontanò dal fuoco.

Ci avevano provato, le altre. Fen ascoltandola quando aveva parlato di Sam. Robyn controllando sempre se aveva un bicchiere e chiedendole la sua opinione sulla playlist. Lexi facendole spazio accanto al fuoco, per parlare un po'. Ma non ce la faceva più a fingere. Era esausta di tutto: i sorrisi, le chiacchiere, pensare una cosa e dirne un'altra.

Avvolse la bottiglia di vodka in una coperta e la mise ai piedi della barca. Col favore del buio, trascinò la barca verso la riva, tenendosi lontana dal fuoco. Sperava che non se ne accorgesse nessuno, che non le chiedessero dove se ne andasse da sola, di notte. Che cosa avrebbe risposto? Che non sopportava più di essere nei propri panni? Che era sopravvissuta a tre giorni di festeggiamenti, guardando una donna radiosa, circondata di attenzioni, ed era stufa?

Non sapeva nemmeno perché lo stesse facendo, prendere il largo in barca con una bottiglia di vodka. O forse lo sapeva. Dopotutto, mesi prima si era svegliata sul pavimento del bagno, con la guancia premuta sul linoleum, la vista offuscata. Ci era già passata. La spaventosa verità era che poteva farlo in qualsiasi momento, bastava aprire una boccetta di pillole, muovere un passo nel burrone; un tuffo nel buio.

Avanzò nell'acqua bassa, i rumori della festa nascosero la sua fuga, poi si issò sulla barca. Afferrò i remi e cominciò a vogare. All'inizio si muoveva a scatti, dando colpi brevi e irregolari, ma presto prese un ritmo piacevole. Era rilassata, l'acqua argentea gocciolava dai remi. Guardò il bagliore del falò e le silhouette delle altre sbiadire sulla scia della barca.

Continuò a remare per un po', la luna illuminava un sentiero che la portava lontano dalla baia.

Quando cominciarono a farle male le braccia, posò i remi. Si lasciò trasportare dalla corrente.

Si portò la bottiglia di vodka alle labbra e bevve un lungo sorso, sentendo l'alcol bruciare in gola. Poi posò la coperta ai piedi della barca e si sdraiò sopra, con le braccia come cuscino.

Le stelle. Quante stelle.

A casa, se si svegliava nel cuore della notte e non riusciva a riaddormentarsi, andava sul balconcino e alzava lo sguardo al cielo per cercare le poche stelle che le luci della città non avevano soffocato. Allora i suoi problemi le sembravano più piccoli. La vita e l'universo erano immensi, talmente grandi da far paura, mentre lei, con quella pietra nera di tristezza alloggiata nel petto, era così piccola.

La stanchezza la vinse. Era faticoso fingere. A volte, quando era al supermercato o imbottigliata nel traffico, si guardava attorno e pensava: *Quanti di voi stanno fingendo di essere felici, di sentirsi normali? O sono solo io?* Andava a passeggio, parlava, cucinava, mangiava, mostrava agli altri di stare bene, in mille modi diversi. Ma non stava bene.

Ed le aveva detto che era depressa. La sua soluzione era un abbonamento in palestra, come se fosse possibile scacciare la tristezza con la forza fisica. Dopo l'incidente delle pillole per l'insonnia, Ed aveva insistito che vedesse un dottore. Lei l'aveva accontentato e aveva portato la prescrizione per gli antidepressivi in farmacia, pur sapendo che non li avrebbe presi.

Un farmaco non poteva renderla felice.

Solo Sam.

Nella barca, in mezzo al mare, era libera di pensare a lui. Le piaceva mettere da parte i ricordi durante il giorno, conservarli, come faceva da bambina con la cioccolata, per gustarne il sapore dolce e cremoso da sola.

Lasciò vagare i pensieri verso di lui. Pensò a quando si fermava per strada per parlare con i cani delle altre personc. Si accovacciava e li massaggiava dietro le orecchie, dicendo: «Tutto a posto, bello?

Tutto bene?». Pensò a quanto gli piacesse tenere i calzini a letto, anche in estate. *I miei piedi amano il caldo.* Pensò al suo amore per i giochi da tavolo. Non solo Monopoly o Scarabeo, ma anche giochi più vecchi, che lei ricordava vagamente dalla sua infanzia, come Mouse Trap e l'Allegro Chirurgo.

Sorrise rivedendo Sam che sistemava i giochi sul tavolo basso, con uno sgabello vicino per ospitare gli spuntini: stuzzicadenti con formaggio e ananas, patatine puff e Bombay mix. Non era tipo da olive e hummus, eppure anche lei, nonostante il piacere che le dava il cibo sano, apprezzava il gusto sintetico di un puff al formaggio, quando si scioglieva e restava attaccato alla lingua. Altre coppie amavano andare fuori a cena o a teatro, invitare gli amici, invece loro preferivano gli snack e i giochi da tavolo. Ed era proprio questo che più le mancava di Sam: la capacità di far sembrare straordinaria una cosa banale.

Era sdraiata nella barca, cullata dalle onde, con una bottiglia di vodka da finire e un migliaio di ricordi in cui perdersi. Il caldo bagliore del falò era scomparso, quindi adesso erano solo lei e il mare.

65
Bella

Bella infilò la mano nella borsa frigo. Il vestito si incollò alla pelle umida e incrostata di salsedine. Tirò su la prima cosa che trovò: una bottiglia di ouzo. Svitò il tappo e se la portò alle labbra. Il liquido al sapore di menta e anice le scese caldo in gola. Sì, molto meglio.

Si mise la bottiglia sottobraccio e si avvicinò al fuoco, dove Lexi era seduta con Ana. Sempre lei. Era la sua maledetta ombra. Indossava uno stupendo vestito rosso, con le treccine sciolte sulle spalle. Aveva un bel coraggio a starsene lì quando lei conosceva il suo sordido segreto.

Bella si buttò a sedere accanto a Lexi, dall'altro lato, e infilò la base della bottiglia tra i sassolini. I capelli bagnati avevano impregnato d'acqua il vestito. Rabbrividì.

«Stai congelando», disse Lexi, togliendosi la stola rossa dalle spalle per metterla sulle sue.

«Grazie», rispose, stringendo la stoffa morbida, pregna del profumo di Lexi. Perlustrò con lo sguardo la spiaggia buia, illuminata dalle fiamme e dalla luna. «Dov'è Fen?»

«Non saprei. Forse è tornata alla villa?», suggerì Lexi.

Bella alzò gli occhi verso la scogliera frastagliata, con la villa accucciata in cima, nell'oscurità. Sul terrazzo tremolava la fiamma di qualche lanterna, ma tra i freddi muri di pietra le luci erano tutte spente. Fen era già andata a dormire? Avrebbero dormito nella stessa stanza quella notte, rannicchiate ai lati opposti del letto? La invase un pesante senso di sconforto.

«Che cosa è successo prima con Robyn?», chiese Lexi, gettandosi un'occhiata alle spalle, dove l'amica se n'era appena andata.

Bella fece spallucce. «Niente. È la solita bacchettona permalosa».

«Non parlare così».

Ah, è sobria, si ricordò. Normalmente Lexi avrebbe riso, no? «Ma è la verità».

Lexi sospirò, come se Bella fosse una bambina pestifera e lei fosse troppo stanca per ammonirla.

«Non dirmi che anche tu ce l'hai con me?»

«Non ce l'ho con nessuno. Voglio solo mantenere una bella atmosfera».

«Perché, io cosa faccio? La rovino?». Ma da quand'era che Lexi parlava così?

Ana prese un pezzo di legno e lo gettò tra le fiamme avide. Bella la fulminò con lo sguardo. Che faccia tosta a stare seduta accanto a Lexi, fingendo di essere sua amica, quando lei sapeva la verità. Scosse la testa, disgustata. Prese l'ouzo.

«Forse dovresti darti una calmata».

Bella inarcò un sopracciglio. «La Lexi che conoscevo sarebbe andata a prendere altre bottiglie».

«Sono stanca di sentirti parlare di questa Lexi. Mi sento continuamente sotto esame. Pare che tu accetti solo una versione di me».

«Preferivo la precedente, infatti». Bella non sapeva perché si stesse comportando così. Si accorse che Ana stava fissando deliberatamente il fuoco.

«Be', scusa se sono cresciuta», disse Lexi, abbracciandosi le ginocchia al petto. «Non sono più la ragazza che ero a vent'anni. E probabilmente tra un anno sarò cambiata di nuovo, forse già il mese prossimo. Non sono costretta a essere sempre la stessa persona. In questo momento, sono una donna fidanzata, incinta e sobria. E mi piaccio così». Guardò Bella. «Voglio che tu sia felice per me».

«Lo sono! Sono la tua migliore amica, è ovvio che sono felice per te! Ci tengo a te, più di chiunque altro».

Ana alzò gli occhi al cielo.

Bella si sporse in avanti: il gesto l'aveva scottata. «Che cazzo hai da dire tu?». Fremeva in tutto il corpo, i pensieri sfarfallavano per la tensione. Sentì il cuore prendere velocità: doveva scaricare quell'energia e la rabbia da qualche parte.

Ana rispose con voce tranquilla. «Anche altre persone ci tengono a Lexi».

«Chi, tu?». Bella sbottò in una risata tagliente come un coltello. «Cos'è, una battuta?».

Lexi si voltò di scatto. «Bella!». Fece un respiro, come se stesse cercando di restare calma di fronte al suo comportamento infantile. «So che sei ferita per quello che è successo con Fen, ma ti chiedo di non sfogarti con gli altri».

«Con Ana? Non la conosci veramente!».

«In questo momento, sei tu quella che non riconosco».

Fu come un colpo in pieno petto. Bella volse lo sguardo verso Ana, pesante come un martello. Era seduta lì, tranquilla, regale, fingendo di avere chissà quale influenza nella vita di Lexi, quando non aveva fatto che mentire!

«Ana non è chi credi che sia», disse, in tono tagliente.

Lexi non rispose. Le rivolse solo un'altra occhiata esasperata.

Bella guardò Ana, che si irrigidì. «Lexi non sospetta nemmeno chi sei veramente».

Ana sgranò gli occhi, ma solo per un attimo. Scosse la testa in una supplica silenziosa. *Non farlo!*

«So che Ed voleva dirtelo di persona», sibilò.

Lexi parve preoccupata. «Dirmi cosa?».

Un ramo scoppiettò, scintille ambrate atterrarono tra di loro. Bella ne seguì la traiettoria e le vide raffreddarsi in cenere grigia.

Alzò la testa e guardò Lexi negli occhi. «Ed e Ana si sono già conosciuti».

66
Lexi

Malgrado il calore del falò, Lexi sentì freddo. Guardò Ana. «Tu non hai mai conosciuto Ed». Aggrottò la fronte. «Vero?».

Ana giunse le mani in preghiera. «Scusami».

Perché?, pensò Lexi, sentendo accelerare il battito.

Un ceppo si sgretolò nel fuoco, le scintille danzarono nella notte.

Ana abbassò le braccia lungo i fianchi, come per ritrovare l'equilibrio. «Ci siamo conosciuti tanto tempo fa. All'università».

«Come?», disse Lexi, scuotendo la testa. «Perché non me l'hai detto?»

«Ti ho detto di aver mollato l'università perché ero rimasta incinta di Luca». Ana trasse un respiro. La guardò dritto in faccia. «Ed è suo padre».

Lexi avrebbe voluto ridere, perché era assurdo! *No! Non è vero!* Aspettò che Bella ritrattasse quell'affermazione ridicola, ma lei restò in silenzio, e le parole di Ana divennero roventi nel calore del fuoco.

Si voltò verso Bella, confusa. «È vero? Il mio Ed?».

La sua espressione era severa, torva. «Sì».

Lexi si alzò, malferma. «Oddio!».

«Scusa», disse Ana, alzandosi anche lei. «Non volevo che lo venissi a sapere così. Te ne avrei parlato nel modo giusto. So che è una scoperta terribile».

«Ed sa di Luca?», domandò Lexi, con una voce sottile. «Non è possibile che lo sappia, vero?»

«Gliel'ho detto subito quando ho scoperto di essere incinta. Se n'è tirato fuori. Versa gli alimenti, ma non ha mai incontrato Luca».

Ed sa di Luca? I ciottoli sotto i suoi piedi scalzi sembrarono muoversi, scivolare. Le girava la testa, troppi pensieri. Era tutto insensato. «Ma gli ho parlato di te. Sa che ti chiami Ana. Sa che saresti venuta in Grecia. Mi avrebbe detto qualcosa! Me l'avrebbe detto!».

«Tu mi chiami Ana, ma Ed mi conosce solo con il mio nome intero, Juliana. Non l'avrà capito che ero io».

«Ma tu lo sapevi!», intervenne Bella, sporgendo il mento, con la stola rossa sulle spalle. Puntò il dito e disse: «Sapevi benissimo chi era Lexi. Hai cercato di fartela amica. Sei entrata nella sua vita. Sapevi chi era e chi stava per sposare quando hai accettato di venire qui!».

Lexi cominciò a tremare. Stava in piedi sulla spiaggia, al buio, e fissava Ana, una donna che aveva ammirato, che si era guadagnata il suo rispetto e la sua fiducia.

Ana cercò di difendersi. «Sei mia amica. Questa parte è vera».

Allora le chiese, confusa: «Quando sei venuta al mio corso di yoga, sapevi chi fossi?».

Ana sostenne il suo sguardo. «Sì».

Lexi emise uno sbuffo, come se le avesse dato un pugno nello stomaco. Si strinse le braccia al petto. Il vento spinse il fumo del falò su di loro, facendole pizzicare gli occhi.

Accanto a lei, Bella sibilò: «Non mi sono mai fidata di te».

«Tu non c'entri proprio niente», ribatté Ana.

«C'entro eccome. Lexi è la mia migliore amica». Bella fece un passo verso di lei. «E adesso vai a fare la valigia e sparisci».

«Lexi, ti prego!», disse Ana, implorandola. «Saliamo alla villa. Parliamone».

Lexi si sentì stranamente disconnessa dal suo corpo, come se si stesse osservando dall'esterno, guardando la scena illuminata dal fuoco. I suoi pensieri erano troppo veloci, non riusciva ad afferrarli. Aveva bisogno di spazio, distanza, silenzio. Guardò Ana. Scosse la testa. «No».

«Ti prego, dammi solo la possibilità di...».

«L'hai sentita!», l'interruppe Bella.

Ana si volse di scatto. La sua espressione era cambiata, lo sguardo duro, gli occhi socchiusi. «Stanne fuori! Non sei la sua guardia del corpo!».

«La sto proteggendo!», gridò Bella, con gli occhi lucidi, biascicando un po'.

Lexi si portò le mani alla testa, si premette le tempie. Il volume era troppo alto. C'era troppo rumore. Troppo di tutto.

«Credi davvero di proteggerla in questo modo?», ribatté Ana. «Sbattendole in faccia la notizia, qui e ora?»

«Vuoi darmi una lezione sull'amicizia, adesso?», strillò Bella, incredula.

Lexi parlò con voce fioca e tremante. «Non ce la faccio».

«Visto?», disse Bella, trionfante. Corse al suo fianco, inciampando quando le strinse un braccio attorno alla vita. Lexi sentì il tanfo d'alcol nel suo alito. Si allontanò.

«Lascia che ti aiuti, piccola».

Lexi la fissò, con gli occhi lucidi di lacrime. «Hai già fatto abbastanza».

67
Robyn

Robyn avanzava con cautela sullo stretto sentiero della scogliera. Non aveva la torcia, ma la luna, alta e luminosa, posava sulle montagne il suo velo d'argento. Sentiva la terra e i sassi sotto i piedi scalzi.

Cominciava a smaltire l'effetto dell'alcol, che stava lentamente svanendo dal suo corpo. Si chiese se sarebbe stata in grado di fare lo stesso con i pensieri... Spegnere il rumore nella sua testa, ingoiarlo, lasciarlo assorbire dal corpo.

O magari era proprio quello che aveva sempre fatto per anni.

Come quella notte con Bella.

Deglutì. Come aveva potuto umiliarla così? Fingere di non ricordare nulla. Chiuderle la porta in faccia e tornare dentro dai suoi genitori. Essere una brava ragazza, per non deludere mamma e papà. Rigare dritto. Studiare sodo. Andare all'università. Poi il tirocinio. L'assunzione presso un valido studio legale. Conoscere un ragazzo. Sposarlo. Fare un figlio.

Aveva spuntato tutte le voci della lista.

Ma era proprio quello il problema: si era chiusa in una scatola con le sue mani. Conteneva i suoi sogni, i suoi sentimenti in piccole caselle quadrate, disegnate da qualcun altro.

Dunque si chiese: *Che succede se apro il coperchio?*

«Robyn?».

Si era seduta su un masso a qualche metro dal dirupo e non aveva sentito arrivare Fen.

Alla luce della luna, la sua pelle pareva di porcellana.

«Che cosa ci fai qui?», le chiese Robyn.
«Ti ho vista andar via dalla baia. Sembravi sconvolta. Va tutto bene?»
«Io e Bella ci siamo dette un paio di cose. Non abbiamo proprio litigato. Ma riconosco che ha ragione, mi ha fatto bene alla fine».
Fen rimase in silenzio per un po'. «Bella sta avendo una giornata difficile».
«Lo so. Mi ha detto che vi siete lasciate. Mi dispiace».
«Non volevo che succedesse qui. All'addio al nubilato di Lexi. È un tale casino».
Robyn disse: «A volte non c'è il posto o il momento giusto».
Fen si avvicinò al masso e si accovacciò accanto a lei. «Posso farti una domanda?», chiese, voltandosi a guardarla. «Perché tu e tuo marito vi siete separati?».
La domanda la stupì. «Mi tradiva». Una risposta semplice e netta. L'aveva data innumerevoli volte: *Mio marito mi tradiva.* E la gente le stringeva un braccio con compassione o lo chiamava bastardo, perché capiva la rabbia e l'offesa di un tradimento.
Quello che non avrebbe capito altrettanto facilmente era il sollievo che aveva provato quando aveva scoperto che lui la tradiva con altre donne. Le aveva dato una via d'uscita. Chiara, ovvia, comprensibile. Così le erano sempre piaciute le emozioni.
Precise.
Si sorprese ad ammettere: «Ero *contenta* che mi tradisse. Mi sono sentita sollevata». Fece un respiro. «Non lo amavo. Credo di non averlo mai amato».
«No», disse Fen con tranquillità. Quella parola conteneva una verità che chissà come aveva già capito.
«Se non mi avesse tradita, penso che saremmo ancora sposati. Anche se non lo amo. Dio, è una cosa terribile da ammettere. Sono una persona debole», disse, scuotendo la testa. «Sarei ancora sposata con un uomo che non amo veramente perché non sono abbastanza coraggiosa da fare un'altra scelta».
Intorno a loro, cantavano le cicale. Fen si sedette al suo fianco, in silenzio. Le stava dando spazio. E in quello spazio Robyn finì per aprirsi. Le raccontò di aver perso suo fratello quando era un'adolescente. Di aver visto i suoi genitori andare in pezzi, come se i

loro cuori fossero fatti di vetro. «Voglio solo che la vita per loro sia semplice, buona e gentile, perché non sono in grado di sopportare altri colpi. E stasera… stasera ho insultato mia madre, e lei è a casa a badare a mio figlio, dovrei esserle grata, invece sono stata crudele, piena di risentimento, e so che non dorme bene la notte e si starà preoccupando per il nostro litigio e…».

Fen mise una mano sulla sua. «Respira».

Una sola parola.

Si riempì d'aria i polmoni, lasciando espandere il diaframma. Poi esalò lentamente, rilassando le spalle.

Ne fece un altro, per sicurezza.

Era acutamente consapevole della mano di Fen sopra la sua. Qualcosa era cambiato nell'aria, che si era fatta immobile. Il cuore le accelerò in petto.

Nessuna delle due parlò.

Robyn non osava muoversi, né aprire bocca, per non alterare la sensazione che stava illuminando il suo corpo dall'interno.

Fen continuò a tenere la mano sulla sua quando le chiese: «Hai detto qualcosa a tua madre che non fosse la verità?».

Robyn ci pensò per un momento. Scosse la testa.

«Allora forse le ha fatto bene?». Pose la questione in modo così diretto che Robyn si ritrovò a pensare che forse aveva ragione.

Dopo un lungo silenzio, Fen chiese: «Tu cosa vuoi?».

Era una questione semplice. Gliela facevano sempre, al bar, a casa, al lavoro… ma in quel momento, con Fen che la guardava fisso negli occhi, sembrava la domanda più grande e difficile a cui avesse mai dovuto rispondere.

La logica e la razionalità, che erano sempre state il suo linguaggio, sembrarono dissolversi, e sentì solo, nel profondo del suo essere, un calore bruciante.

Le bisbigliò una possibile risposta. Ma era ridicola. Non poteva dirla. Non osava nemmeno pensarci. Era assurda.

Eppure, la prima volta che aveva visto Fen in cima a quella scogliera, aveva sentito qualcosa aprirsi dentro di sé, un'espansione, una necessità, un desiderio. Ed era sicura che lei avesse provato la stessa cosa, che la stesse provando anche in quell'esatto momento.

La sua mano era ancora sotto quella di Fen. Avrebbe voluto guardarla, per memorizzare il punto esatto in cui la loro pelle si era toccata, ma non osava abbassare gli occhi. I loro sguardi sembravano incatenati l'uno all'altro.

Girò la mano dentro la sua, e si trovarono palmo a palmo. Le loro dita scivolarono come radici che si cercavano, si intrecciavano, unite. Si strinsero. La risposta fu chiara e trasparente.

Voglio te.

Robyn non sapeva se fosse etero, lesbica, o qualcosa che non rientrava nelle solite caselle e classificazioni. Sapeva solo, come un profondo ruggito che risaliva dal suo interno, che voleva lei.

Si chinò verso Fen, con gli occhi aperti, senza mai distoglierli dai suoi.

Le loro labbra si toccarono. Sentì cedere la sua bocca morbida. Sapeva di stelle, pino e cielo notturno. Le labbra, le lingue, le bocche si mossero in una danza lenta, il suo corpo si accese di desiderio. Quel bacio fu il piacere più caldo e profondo che avesse mai provato.

Alzò una mano verso la sua nuca, sentendo la consistenza ispida dei suoi capelli rasati, poi la abbassò sulla liscia distesa della pelle.

Tutto vibrava intorno e dentro di lei. Baciare Fen fu come un tuffo in mare, solo che non c'era il fondale freddo e buio, ma un tripudio di luci, e Robyn seppe che, dopo quell'esperienza, non avrebbe più visto il mondo nello stesso modo.

68
Eleanor

Eleanor era distesa sul fondo della barca, la bottiglia di vodka mezza vuota, e ascoltava lo sciabordio dell'acqua sullo scafo.

I ricordi su Sam andavano e venivano, come le onde, l'avvolgevano come una coperta, poi la lasciavano di nuovo esposta. Voleva solo i ricordi caldi, ma una corrente di altre immagini la stava trascinando verso un luogo più cupo: una telefonata dall'ospedale; le mani strette ai bordi della sedia di plastica mentre aspettava; un chirurgo che si toglieva gli occhiali, pizzicandosi il naso.

Due parole continuavano a emergere nella sua testa: *Errore umano.*

Qualcuno aveva commesso un errore.

Tutti sbagliamo! Oh, be', lascia perdere!

Ma lui era morto. Un solo errore umano, ed era morto.

La vita di Sam era finita. E anche la sua.

Aveva letto con estrema attenzione il rapporto dell'udienza disciplinare. Aveva letto che a Sam era stato dato il farmaco sbagliato, uno che conteneva penicillina, a cui era allergico. Amoxocillina-acido clavulanico invece del cotrimossazolo. Diversi principi attivi. Era bastato quello a indebolire i suoi vasi sanguigni, a stringergli la gola, a mandarlo in anafilassi.

Eleanor lo sapeva perfettamente. Aveva letto il rapporto così tante volte che la graffetta all'angolo si era allentata. Sapeva che era stato un incidente. Aveva memorizzato il nome dell'infermiera che aveva commesso l'errore. Un martedì pomeriggio, dopo la terza notte di fila passata in bianco, era andata al Royal Bournemouth Hospital, con le mani tremanti sul volante, la vista offuscata. Voleva guardare l'infermiera dritto negli occhi e chiederle: *Hai la minima idea di quello che hai fatto?*

Ma lei non lavorava più lì. *Ha trovato un altro lavoro*, le aveva spiegato allegramente la receptionist. Eleanor aveva ficcato i pugni nelle tasche. Non le aveva detto dove lavorasse e cosa facesse. Aveva chiuso lì la faccenda, nel padiglione dell'ospedale. Non voleva rintracciarla. A che scopo? Sam non c'era più.

E poi, mesi e mesi dopo, era seduta nel suo appartamento, a mangiare la sua monoporzione di *shepherd's pie*, sforzandosi di non rimuginare sempre sulle stesse cose, di pensare ad altro, quando il nome dell'infermiera era spuntato nella sua casella di posta.

Un invito a un addio al nubilato.

Quattro notti in Grecia.

La futura sposa e cinque amiche scelte.

Firmato:

Baci e abbracci dalla damigella d'onore,
Bella Rossi.

69
Bella

Bella avanzava barcollando sul sentiero, la terra dura e polverosa sotto i suoi piedi nudi, la bottiglia di ouzo che dondolava da una mano. Si aiutava con la torcia del cellulare, tra massi e arbusti che sbucavano all'improvviso dal buio.

Perse l'equilibrio, vacillando pericolosamente verso il dirupo. Il fascio della torcia scivolò oltre il bordo, brillando nel buio, giù, giù fino alla bocca scura del mare.

«Attenta», disse ad alta voce, pronunciando bene le tre sillabe, come per dimostrare a sé stessa che era perfettamente sobria. Tirò indietro le spalle. Alzò il mento. Si riempì d'aria i polmoni. Stava bene. Era lucida e vigile.

Proseguì, con il vestito che le si alzava sulle cosce, i capelli che si seccavano in grovigli salati. La stola rossa di Lexi le pendeva da una spalla, un'estremità spazzava per terra.

Era certa di aver fatto la cosa giusta a rivelarle il segreto di Ana. Quasi certa. Qualcuno doveva dirglielo. Non potevano permettere ad Ana di farla franca. Poi ricordò il modo in cui Lexi aveva contratto il viso, come se non potesse sopportare fisicamente il peso di quello shock.

Forse non avrebbe dovuto spiattellarglielo così. Era sempre stata impulsiva. Avrebbe dovuto fermarsi a riflettere. A pensare all'impatto delle sue parole. Non aveva fatto quel grande annuncio per il bene di Lexi, comprese, arrestandosi di colpo. Ma per dimostrare ad Ana di avere ragione.

C'era qualcosa di sbagliato in lei. Qualcosa di rotto. Continuava a ferire le persone che amava.

Svitò il tappo dell'ouzo. Si portò il collo della bottiglia alle labbra. Il vetro sbatté sui denti, del liquore le si versò sulla guancia. Si pulì con il dorso della mano, facendo una smorfia.

La faccia del paziente si stagliò all'improvviso nei suoi pensieri. Gli occhi spalancati, pieni di terrore, le labbra chiazzate, gli sforzi disperati per respirare. Prima aveva scherzato con lui, sentendo dell'incidente al suo addio al celibato che l'aveva fatto finire in ospedale.

Sam Maine.

Un tipo simpatico. L'aveva preso in giro.

E poi…

L'aveva ucciso.

Bella si strinse la stola sulle spalle, la torcia del telefono deviò a casaccio quando inciampò.

Non aveva raccontato a nessuna delle sue amiche il vero motivo per cui aveva smesso di fare l'infermiera. L'aveva presentato come un cambiamento di stile di vita: «Meglio i diamanti delle padelle», aveva detto sorridendo. Che stronzata! Amava fare l'infermiera. Era più di un lavoro, era una parte della sua personalità, dell'immagine che aveva di sé stessa.

Colse delle voci in lontananza. Scrutò il sentiero che si arrampicava sul punto più elevato della scogliera. Salì ancora, una pietra aguzza le si conficcò nel tallone.

Quando arrivò in cima, vide Robyn seduta su un masso vicino al bordo del dirupo.

La piccola Robyn.

Ancora adesso, quando la vedeva, il suo cuore faceva una capriola, palpitava per l'emozione e al tempo stesso si adombrava.

Robyn era girata dall'altra parte e, quando si mosse, Bella vide che non era sola.

Fen.

Al buio, non l'avevano vista avvicinarsi. Bella spense la torcia del cellulare e rimase a guardare in silenzio.

Erano sedute vicine, con le teste accostate, come se fossero immerse in una conversazione importante e intima.

Si chiese se stessero parlando di lei. Odiava quando entrava in un posto e tutti abbassavano la voce, gettando uno sguardo nella sua direzione. Pensò di andarsi a sedere con loro e scusarsi. Se c'era una cosa in cui eccelleva, era chiedere scusa. Si adirava in fretta, ma altrettanto rapidamente si calmava. Era la sua salvezza. Avrebbe iniziato con Fen, per cercare almeno di preservare l'amicizia.

Si diresse verso di loro, cominciando a sentirsi un po' più ottimista, quando notò un particolare. Si tenevano per mano.

Perché si tengono per mano?

Alzò lo sguardo sul profilo di Robyn. Il mento era alzato, gli occhi fissi in quelli di Fen.

Un brivido di terrore le corse tra le scapole.

No...

Restò raggelata a guardare. In attesa.

Si avvicinarono l'una all'altra e si baciarono.

70
Robyn

Robyn era così profondamente immersa nel suo corpo che era solo carne, tendini, sangue, calore e movimento.

Nessun pensiero.

Solo sensazioni.

Pura esistenza.

Un lento sospiro di piacere le sfuggì dalle labbra. Si staccò per un istante, solo per guardare Fen.

Sorrideva, nei suoi occhi riflessi di luna. «Wow».

Sorrise anche lei e il suo cuore spiccò il volo.

In quell'attimo prolungato e teso, in cui solo la notte le conteneva, Robyn sentì aprirsi qualcosa di immenso nel suo petto.

Non riusciva a smettere di sorridere.

Alle sue spalle, la terra scivolò sotto un piede. Robyn era così presa da quel momento che non se ne accorse. Non notò la figura che le osservava dalle rocce.

«Come osi?».

Robyn si volse di colpo, il sorriso si spense.

Bella era lì, scalza, con una stola rosso sangue sulle spalle. Era pallida in viso, con le labbra scure, aperte. Le gambe sporche di sabbia e terra.

Robyn scattò in piedi e lo stesso fece Fen. «Bella!», esclamarono entrambe, all'unisono.

Poi il silenzio.

Il mare lambiva i piedi della scogliera, indifferente. Le stelle trapassavano il cielo come spilli d'argento.

Tre donne in cima a un dirupo, nel cuore della notte.

«Come hai potuto?». La tranquilla incredulità nella domanda di Bella la fece rabbrividire.

Il suo sguardo scioccato si spostò su Fen. «Stamattina... Ci siamo lasciate solo stamattina!».

Fen disse: «Lo so, accidenti. Mi dispiace».

«Io ti amo! Come puoi farmi questo?»

«Bella... ti chiedo scusa. Ti ho ferita».

Bella sembrava instabile, come se le gambe non la reggessero. *Il dirupo*, pensò Robyn. *È troppo vicino*. «Bella...», cominciò.

Lei si volse di scatto a guardarla. «Tu!». Tirò indietro le labbra, con disprezzo. «Stupida stronza!».

Se lo meritava. Non avrebbe dovuto baciare Fen, eppure ogni cellula del suo corpo l'aveva condotta fin lì. Aprì la bocca per dire qualcosa, per scusarsi, cercare di spiegare, ma Bella la interruppe. «Piccola Robyn, tu sei etero. È quello che hai sempre voluto far credere alla gente, vero? Ma io lo sapevo! Lo sapevo!».

«Non...», cercò di ribattere.

Ma Bella aveva già finito con lei e, rivolta a Fen, disse: «La piccola Robyn ti ha fatto credere di non aver mai baciato una donna finora? Credi che abbia perso la testa per te? Perché non è la prima volta, non è vero, Robyn?».

Lei avvampò. Percepì che ora l'attenzione di Fen era rivolta a lei.

«Io e Robyn abbiamo dei trascorsi. Non te l'ha detto?», domandò Bella.

Nel silenzio, Fen rispose: «No».

Bella guardò Robyn dritto in faccia quando disse: «È la prima donna con cui sono andata a letto».

Robyn spalancò gli occhi. *La prima? No, non poteva crederci.* Bella era sempre stata aperta e sfacciata sulla sua sessualità. Aveva creduto che ci fossero state molte altre prima di lei. «Non lo sapevo...», mormorò, con voce tremante.

Bella continuò a fissarla e le si spezzò la voce quando disse: «Ero innamorata di te, Robyn».

Lei rimase completamente immobile.

«Mi avevi detto che la sera prima eri ubriaca, che avevi preso una botta in testa. Che non ricordavi nulla».

Il senso di colpa attanagliò Robyn. All'epoca non aveva saputo come gestire la cosa. Non aveva compreso quello che era successo e i suoi sentimenti l'avevano turbata, così li aveva soffocati.

«Con quelle parole mi hai fatto sentire come… come se mi fossi approfittata di te. La cosa bellissima che era successa… era diventata sporca, sbagliata».

Inorridita, Robyn guardò le lacrime bagnarle le guance. Non aveva idea di come si fosse sentita Bella. Quando l'aveva vista, pochi giorni dopo, le era parsa sempre la solita: sorrideva, scherzava, era vivace e spigliata.

Ero innamorata di te.

«Bella», cominciò, facendo un passo verso di lei. «Non sai quanto sono dispiaciuta…».

«No», rispose lei, barcollando pericolosamente verso il precipizio.

«Attenta», l'avvertì Fen.

Bella si girò di scatto, la stola rossa si alzò nella notte.

Robyn avvertì il pericolo, una sensazione inquietante. Parlò a bassa voce, per non farla agitare. «Sei troppo vicina al dirupo».

Dando loro le spalle, Bella rispose: «Che ve ne importa?». Il suo tono era cambiato, era triste, disperato.

«Ti prego, Bella, allontanati da lì», insisté Robyn.

«A nessuno importa di quello che mi succede».

Robyn sapeva che l'attenzione per lei era ossigeno, ma stavolta… non sembrava quello il caso. Aveva qualcosa di diverso, c'era un senso di sconfitta nel modo in cui teneva le spalle curve, nella stanchezza della voce.

«Non è vero», disse dolcemente Robyn. «Io ci tengo a te».

«Bugiarda!». Bella emise una sorta di ringhio, un suono animalesco di dolore e frustrazione, quando lanciò la bottiglia di ouzo dallo strapiombo.

Il chiaro di luna si rifletté sul vetro che roteava nella notte, un luccichio liquido come mercurio.

Forse anche Bella si era distratta a guardarla, perché quando fece un passo indietro, perse l'equilibrio.

Robyn lo vide succedere al rallentatore: la pietra smossa sotto il calcagno, l'instabilità del piede per la puntura di scorpione, il suo corpo inclinato verso il precipizio, la stola rossa che si gonfiava.

Si lanciò verso di lei, tendendo le braccia, cercando di afferrarla.

Ma strinse solo l'aria.

Nessuna di noi pensava che sarebbe finita in questo modo. Il mare... prima così invitante nella sua luminosa bellezza, poi scuro, senza fondo, letale. Era come se avesse atteso in silenzio, acquattato nel buio. Ci avesse osservate, studiate, indifferente alle nostre urla.

71
Fen

Fen si avvicinò al bordo del dirupo, cadendo in ginocchio. Affondò le dita nel terreno mentre guardava giù.

Un drappo nero di oscurità ininterrotta.

Scrutò in quello spazio vuoto, che precipitava verso la riva scura del mare.

Non c'era niente, solo aria e acqua.

Il sangue le ruggì nelle orecchie, insieme al rumore aspro del proprio respiro.

Dietro di lei, Robyn era mortalmente immobile. Le sue gambe erano di un bianco spettrale al chiaro di luna. La sua faccia non mostrava nessuna emozione riconoscibile. La fissò anche lei, sconvolta, con gli occhi pieni di terrore.

E poi cominciò a urlare.

«Bella!», strillò Robyn con voce possente, come per tirarla su con una corda immaginaria.

Il nome echeggiò sulla scogliera, triste e desolato, senza una risposta.

«Bella! Bella!», continuò a chiamare, con grida rotte, senza pause. «Non riesco a vederla! Non la vedo, accidenti! Bella!».

Gesticolava, camminando in tondo, sparando pensieri uno dopo l'altro. «Dobbiamo andare a prenderla! Quanto sarà alto? Venticinque metri? Di più? L'acqua è profonda? Oddio. Dobbiamo chiedere aiuto. Chiamare i soccorsi! La polizia! La guardia costiera! Il mio telefono… è alla villa».

Fen non riusciva a seguire quel fiume di parole. Continuava a fissare l'acqua scura in basso, sperando di vedere qualcosa. Di sentire qualcosa. Si sforzò di prendere fiato. «Corri alla villa. Chiama la polizia. Poi prendi la barca a remi. C'è una torcia nella credenza in salone».

Robyn annuì.

«Io andrò a cercarla a nuoto».

«Come?»

«Il sentiero per la spiaggia nascosta. È a un paio di minuti da qui».

«È troppo pericoloso! Anche alla luce del sole abbiamo...».

«Sbrigati, Robyn! Va'!», gridò Fen, poi si girò e corse sul ciglio del dirupo.

72
Eleanor

Le onde sciabordavano contro lo scafo. Era un suono soporifero, il vento caldo la accarezzava, mentre la barca andava alla deriva…

In lontananza, udì una voce.

Scorri via anche tu, pensò, concentrandosi sul lento dondolio della barca, sulla sensazione di essere cullata verso il sonno.

Ma la voce era insistente. Urlava.

Mentre riacquistava un po' di lucidità, riconobbe la forma di una parola. «Bella!».

Aprì gli occhi e guardò verso il cielo nero punteggiato di stelle.

Un sogno?

«Bella!». Il nome fu urlato di nuovo.

Si alzò a sedere, ebbe un capogiro. In cima alla scogliera, vide la sagoma lontana di una persona. No, di due persone. Si strofinò gli occhi, sentendo il sale incrostato ai bordi. Le due sagome si separarono, correndo in direzioni opposte.

Stordita dalla stranezza della notte, si guardò intorno, perplessa. La luna ammantava d'argento il mare, ma le onde avevano portato la barca vicino alla scogliera, invisibile e scura.

Riconobbe il suono lontano di uno spruzzo.

Perlustrò l'acqua con lo sguardo. C'era qualcuno lì?

Afferrò i remi e cominciò a vogare, con la testa voltata verso la scogliera.

Sentì altri spruzzi, come se qualcuno si stesse agitando nell'acqua. Poi una voce. Decisamente una voce. «Aiuto!».

Laggiù! Vide qualcosa emergere dall'acqua. Una mano! Un bracciale d'argento illuminato dalla luna.

«Arrivo!», gridò, dandoci dentro coi remi.

Qualcuno si dibatteva per restare a galla. Capelli scuri incollati alla testa, appena sopra il livello dell'acqua, occhi colmi di terrore.

Bella Rossi.

«Aiutami!».

Eleanor ebbe un attimo di incertezza: sogno o realtà? Era una delle sue fantasticherie, quando nelle notti insonni pianificava tutti i modi possibili in cui avrebbe potuto farla soffrire?

Rinserrò la presa sui remi di legno, mentre intorno a lei il mare e la notte ondeggiavano, distorti.

Sentì di nuovo la voce di Bella, gorgogliante, che invocava aiuto.

Sam ha supplicato di salvargli la vita? si chiese.

Annaspava, gli mancava l'aria?

Rimase immobile a guardare l'infermiera Rossi che scivolava sotto la superficie.

Chiuse gli occhi. Nel dolce rollio della barca, i suoi pensieri erano ovattati dall'alcol.

Udì la voce di Sam. Era calda, familiare, come se fosse con lei nella barca. Non mosse un muscolo, per non rischiare di perdersi qualche parola. Si aspettava di sentire il suo tono scanzonato, come se la vita fosse solo uno scherzo, una partita divertente a cui lui partecipava, e se gli fosse rimasta vicino, ci avrebbe giocato anche lei.

«Aiuto», disse.

Sì, ti aiuterò, pensò Eleanor. *Farò quello che vuoi...*

«Aiuto!».

Aprì gli occhi di scatto perché non era Sam, ma Bella.

Graffiava l'acqua con le dita mentre scivolava sotto, scomparendo.

Come era scomparso Sam.

No, era sbagliato!

Eleanor afferrò un remo per lo scalmo e lo spinse verso di lei. «Afferralo!».

Bella si allungò verso il remo, boccheggiando, e lo toccò con le dita. Eleanor si preparò a trascinare il peso di Bella verso la barca.

Quando fu abbastanza vicina, si sporse dal bordo, la afferrò per le spalle e la tirò su. La barca rollò violentemente. Eleanor sentì il fiato caldo di Bella sulla faccia, le sue dita bagnate che si afferravano al vestito. Perse l'equilibrio, sporgendosi troppo vicino all'acqua. Non poteva cadere! Non sapeva nuotare!

Si strappò di dosso le mani di Bella, gettandosi sulla fiancata opposta della barca e sentì lo spruzzo del suo corpo che piombava di nuovo in mare. Bella gridò, con voce disperata, graffiando lo scafo.

Eleanor sapeva che avrebbe dovuto aiutarla.

L'aveva odiata a lungo. Aveva desiderato che soffrisse, come aveva sofferto Sam, eppure, in quel momento, di fronte alla scelta se salvarla o no, sapeva che non poteva lasciarla morire.

Si riavvicinò al bordo, tenendo le ginocchia piegate e lottando contro il rollio della barca. Poi si abbassò e afferrò Bella saldamente per le spalle. Mettendoci tutta la forza, la sollevò oltre il bordo.

Crollarono entrambe nella barca, in un intrico di membra, Bella zuppa d'acqua e boccheggiante, con una stola rossa fradicia annodata al collo.

Eleanor si liberò, raccolse la coperta asciutta e gliela mise sulle spalle.

Bella tremava forte, singhiozzando, incapace di riprendere fiato. La faccia gonfia, quasi brutta, i capelli incollati alla fronte, le labbra contratte. «Sarei potuta affogare».

Eleanor la fissò. «Sì», disse. «Per un pelo non sei annegata».

73
Bella

Bella si strinse nella coperta. Era scossa da violenti tremiti. Continuava a rivivere il momento in cui era caduta dal dirupo: la discesa in picchiata verso il mare, poi il pugno dell'acqua, come qualcosa di solido. Doveva essere svenuta per qualche secondo, perché ricordava solo di essersi trovata a galleggiare in superficie, senza fiato, sola, certa di stare per morire…

Ma Eleanor l'aveva salvata.

Fece un respiro. Aria, bellissima aria nei polmoni! Premette i piedi sul legno solido della barca. Trasse un altro respiro. Il mare le cullava dolcemente, come una madre.

«Grazie», disse dopo un po', guardando Eleanor. «Mi hai salvato la vita».

«E tu», rispose lei con voce bassa, ponderata, «hai posto fine a un'altra».

Bella sbatté le palpebre, senza capire.

«Sam Maine», disse Eleanor.

Solo due parole. Un nome che echeggiava nell'angolo più buio della sua mente. Aspettò, dubitando che fosse successo davvero… che Eleanor avesse pronunciato quel nome… forse era stato lo shock della caduta… Scosse la testa. Cercò di parlare, ma non ci riuscì.

Eleanor disse: «Sam Maine era il mio fidanzato. Tu sei l'infermiera che l'ha ucciso».

Bella sgranò gli occhi. «Eri… la sua fidanzata?».

Lei annuì.

«Mio Dio… Non ne avevo idea…». Si portò una mano alla gola. «Da quando lo sai?»

«Da quando hai mandato l'email su questa vacanza. Ho riconosciuto il tuo nome, era nel rapporto disciplinare».

Ebbe un capogiro. «Per questo sei venuta?»

«Sì. Avevo bisogno di vederti. Di guardarti negli occhi. Sapere chi fossi».

Bella sentì i capelli bagnati inzuppare la coperta. «Eleanor… Non so cosa dire».

Lei strinse i bordi della panca di legno. «Raccontami quello che è successo».

Bella si passò una mano sulla bocca. Cercò di concentrarsi. Tremava ancora violentemente, perciò si strinse nella coperta. «Avevo il turno di notte in ospedale», cominciò, con voce rauca. Deglutì. «La sera prima ero uscita con Lexi. Sarei dovuta rimanere a letto il giorno dopo, a dormire, ma c'era il sole, così passai il pomeriggio in una birreria all'aperto. Non toccai un goccio d'alcol», aggiunse, guardandola dritto in faccia. «Non ho mai bevuto prima di un turno».

Bella ricordò di essere andata al lavoro con la sensazione del sole sulle spalle, il trambusto e il vocio del pub ancora sulla pelle. Disse a Eleanor: «Conobbi Sam quando cominciai il turno. Mi sembrò subito simpatico. Era divertente. Mi raccontò che era venuto a Bournemouth per il suo addio al celibato. La sua fidanzata era appena andata a trovarlo, per portargli un fumetto Marvel e una scatola di bomboniere. Gli dissi: "C'è il 1985 al telefono! Dice che devi restituirgli il suo stile di vita". Lui rise. "Questo è niente. Dovresti vedere la nostra collezione di VHS"».

L'espressione di Eleanor si addolcì leggermente.

«Erano circa le due di notte quando cominciai a sentire la stanchezza». Una sensazione di malessere, un eccessivo calore, gli occhi che pizzicavano, troppo secchi. «Ero nella sala delle terapie, a preparare la sua dose di antibiotici. Ricordo di aver allestito il vassoio e ricostituito una fiala di cotrimossazolo. Almeno, pensavo di aver preso quello. Ne ero convinta. Sapevo che Sam era allergico alla penicillina, era nella sua cartella clinica e sul braccialetto rosso che portava al polso. Lo sapevo. Ma accanto al suo antibiotico c'era la boccetta di amoxicillina. E ho preso quella». Le lacrime le pizzicarono gli occhi. «Non ho ricontrollato».

In mano, aveva tenuto il farmaco che l'avrebbe ucciso. Che

avrebbe agito come un veleno per il suo corpo, facendo indebolire i vasi sanguigni, abbassando la pressione e mandandolo in shock anafilattico.

«Anche quando sono arrivata al suo letto, quando gli ho chiesto il nome, la data di nascita, se avesse allergie, nemmeno allora mi sono resa conto che stavo per dargli l'antibiotico sbagliato. L'ho attaccato alla flebo. Ho firmato la cartella clinica. Gli ho detto di fare il bravo e ho continuato il giro».

Eleanor era completamente immobile, continuava a stringere la panca, con le nocche sbiancate. «Vai avanti».

«Dieci minuti dopo, suonò l'allarme del reparto». Ricordò lo squittio delle suole di gomma mentre correva in corsia, il clangore metallico del carrello delle emergenze spinto nella sua stanza. «I rianimatori stavano arrivando. Presi i defibrillatori, somministrai adrenalina, misi un deflussore più grande per i liquidi. Un dottore mi chiese quali farmaci stesse assumendo e io risposi: "Cotrimossazolo". Appena lo dissi, capii di aver sbagliato. Corsi in sala terapie. Il vassoio era ancora lì, la boccetta in bella vista. Riconobbi il mio errore. E, oddio…». Le si spezzò la voce. Aveva il viso inondato di lacrime. «Girava tutto, i muri, gli scaffali. Non riuscivo a respirare. Tornai di corsa da Sam, gridando ai dottori che gli avevo somministrato il farmaco sbagliato. Che conteneva penicillina! Volevo fare qualcosa, rendermi utile, ma lo stavano già portando in terapia intensiva».

Era rimasta lì, nella sua stanza vuota, immersa in un torpore mentale e fisico. «Dissi alla caposala che era colpa mia, e lei rispose di scriverlo sul rapporto. Per informare la famiglia. Poi mi disse di andare a casa. E così feci. Me ne andai».

Le strade erano vuote, la notte calda; in giro c'erano solo quelli che avevano tirato mattina e se ne tornavano a casa. In testa aveva sempre le stesse immagini, vivide, incessanti: gli occhi rovesciati di Sam, le sue gambe nude sotto il lenzuolo, l'orribile rantolo nella sua gola.

Ventiquattr'ore dopo, l'unità di terapia intensiva aveva preso la decisione, insieme alla famiglia, di staccare la spina. Sam Maine, appassionato di fumetti, con un debole per le bomboniere, possessore di VHS, era morto.

Per colpa sua.

«Fui sospesa dal lavoro», disse a Eleanor. «In seguito ci fu un'udienza disciplinare. L'avrai letto nel rapporto. Non cercai di giustificarmi. L'NMC stabilì che potevo riprendere il mio posto con un ruolo minore, ma io non me la sentivo di tornare a fare l'infermiera. Era bastata una momentanea mancanza di concentrazione e un uomo, il tuo Sam, era morto».

Bella si passò una mano sulla faccia bagnata. «Non raccontai a nessuno fuori dall'ospedale quello che era successo. Non ci riuscii. Nemmeno a Lexi. Nemmeno alla mia famiglia. Trovai lavoro in una gioielleria e dissi in giro che avevo voluto cambiar vita. Certi giorni mi sembra quasi possibile poterci convivere, come se fosse davvero una scelta. Ma non mi abbandona mai. La consapevolezza di quello che ho fatto. Di aver ucciso Sam». Alzò lo sguardo verso Eleanor. «E adesso, eccoti qui».

Le onde lambivano la barca.

Sentendo accelerare il battito, Bella si sforzò di mantener ferma la voce. «Ti ho pensata. La fidanzata di Sam Maine. Penso a te ogni singolo giorno. Cerco di immaginare chi sei. Come è cambiata la tua vita. Penso al matrimonio che non hai mai avuto. Al tuo abito nuziale. E mi domando se l'avevi già scelto, se l'hai tenuto, se qualche volta lo tiri fuori dall'armadio e lo indossi».

«È nella stanza degli ospiti. L'ho tenuto. Lo terrò per sempre. Ma non l'ho mai messo».

Bella annuì lentamente. «Sai cosa mi disse Sam quando lo presi in giro per il fumetto che gli avevi portato? Mi disse: "Sono l'uomo più fortunato del mondo"».

Eleanor gettò indietro la testa. Guardò le stelle, come se vi scorgesse qualcosa che lei non riusciva a vedere.

Bella si strinse nelle braccia, affondò le unghie nella carne, aspettò. Qualunque cosa stesse per arrivare, sapeva di meritarsela.

Ma fra tutte le parole con cui avrebbe potuto rispondere, Eleanor ne scelse solo una: «Grazie».

74
Lexi

Lexi corse sugli scalini di pietra verso la villa. Respirava affannosamente, aveva pensieri sconnessi, febbrili. Non voleva crederci: Ed era il padre di Luca.

Lui le aveva mentito.

Ana le aveva mentito.

Bella lo sapeva.

Alle sue spalle, in alto sulla scogliera, pensò di aver udito un grido. Si fermò e rimase in ascolto.

Dietro al coro di cicale non sentì altro che il proprio battito tumultuoso.

Si affrettò verso la villa buia. Non c'era vento lontano dal mare e cominciò a sudare. Un'ondata di nausea le risalì dallo stomaco. Fece un respiro profondo e si concentrò nel mettere un piede davanti all'altro. Pian piano la sensazione si placò.

Quando arrivò in terrazzo, esitò. Le luci erano spente per non far entrare le zanzare, ma al buio la villa appariva inquietante, severa e inflessibile come la scogliera da cui era stata intagliata.

La luce di un veicolo passò sulla montagna come il fascio di un faro di ricerca. Proseguì verso la porta d'ingresso, pensando che era strano vedere gli abbaglianti di una macchina sulla strada che portava solo lì, alla villa.

Udì il rombo basso di un motore farsi più forte. All'improvviso un'automobile arrivò in cima alla collina, piantandole addosso i fari mentre svoltava sul vialetto. Alzò istintivamente le mani, per ripararsi gli occhi dalla luce accecante.

Un taxi.

Si aprì la portiera e uscì una persona.
Confusa, Lexi socchiuse gli occhi per distinguerla nel bagliore dei fari.
Un uomo attraversò il vialetto e le andò incontro.
Lei fece un passo indietro.
Il profilo, la larghezza delle spalle, la falcata… le erano familiari. «Ed?».
Se lo ritrovò davanti. Proprio lì, in Grecia.
Lo fissò, disorientata. Fuori contesto, quasi non lo riconobbe. Le sembrò un estraneo.
Il taxi ripartì schizzando ghiaia e immergendo Ed nell'inquietante bagliore rossastro delle luci posteriori. Investito dalla polvere del vialetto, parve perdersi per un istante, il suo sorriso vacillò.
Deglutì. «Ciao, Lexi».

Rimasero per un po' a guardarsi, al buio. L'odore persistente di benzina e polvere aleggiava nell'aria immobile.
«Che cosa ci fai qui?», gli chiese Lexi, con una voce tesa, acuta.
Ed non si avvicinò. Indossava una camicia bianca con il colletto sbottonato che al chiaro di luna gli dava un'aria spettrale. «Dobbiamo parlare».
Lei lo fissò: il suo fidanzato; il padre di Luca; l'ex amante di Ana.
«Vogliamo entrare?».
Lexi guardò verso la villa, con i suoi muri spessi. Per qualche ragione non lo voleva lì, come se quello spazio dovesse essergli precluso. «Andiamo in terrazzo».
Si girò; lui la seguì.
Nessuno dei due notò la sagoma all'ombra dell'albero di limoni, con la schiena premuta contro il tronco, che li osservava.

75
Robyn

Robyn correva, con i muscoli delle gambe in fiamme, il fiato corto. I sassolini le trafissero i piedi scalzi quando arrivò alla spiaggia, dove qualcuno stava trascinando a secco la barca a remi. Era apparsa da pochi minuti e, scrutando nel buio, Robyn riuscì a distinguere la sagoma di una… no, due persone a bordo.

Si inoltrò nell'acqua bassa e, mentre la barca si avvicinava, vide Eleanor ai remi. Dietro di lei, c'era Bella, avvolta in una coperta, con i capelli bagnati incollati alla testa.

«Bella! Oh, Bella!», strillò Robyn. L'acqua le schizzò sulle gambe quando afferrò il muso della barca. «Sei viva! Mio Dio! Sei salva!».

Curva sotto una coperta, Bella alzò la faccia, pallida al chiaro di luna.

«Sei ferita?»

«No», rispose lei, anche se a Robyn non sfuggì la smorfia che fece appena si mosse.

«Quando sei caduta… Pensavo di non rivederti mai più». La voce di Robyn era rotta dall'emozione. «Perdonami… È stata colpa mia… Mi dispiace tanto, Bella! Di tutto!».

Eleanor la interruppe dicendo: «Riportiamola a terra. Così può scaldarsi, va bene?».

Robyn annuì. «Scusa. Certo. Andiamo». Guidò la barca verso la spiaggia, trascinando lo scafo sul fondale di ciottoli.

Poi aiutò a scendere Bella. Era scossa da violenti tremiti mentre zoppicava nell'acqua bassa. Arrivata a riva, Bella cadde in ginocchio e affondò le dita nella ghiaia. Chinò il capo, la curva della spina dorsale sporse dalla stoffa del vestito.

Dopo qualche istante, fece un respiro profondo e si alzò, lasciando i sassolini. Si voltò e guardò in faccia Eleanor.

Le due donne si fissarono per un lungo momento, trasmettendosi un messaggio silenzioso che Robyn non comprese. «Non dimenticherò», disse Bella, con un'intensità che le diede la pelle d'oca.

Eleanor rispose con un cenno del capo. Dopo un istante, si volse verso di lei e le ordinò: «Aiutami con la barca».

Insieme, la sollevarono dall'acqua, trascinandola a riva. Eleanor recuperò la stola rossa inzuppata. La strizzò e se l'appese a un braccio, mentre con l'altro cingeva la vita di Bella. «Forza, andiamo a scaldarci un po'».

Robyn guardò in alto, verso la scogliera. Fen era ancora lì, a cercare Bella. Non avrebbero dovuto separarsi. Fen era da sola, al buio. Avrebbe aiutato Bella a tornare alla villa, poi avrebbe preso una torcia e sarebbe andata a cercarla.

Un filo di fumo si alzava dal falò quando attraversarono la spiaggia in silenzio. Eleanor si fermò. Robyn la guardò e vide che stava fissando la villa. «Che c'è?».

Rimasero in silenzio, in attesa.

«Voci», rispose Eleanor.

Anche Robyn le udì. Una voce di donna, agitata, in crescendo, subito interrotta da un possente grido maschile.

76
Lexi

Sul terrazzo c'era ancora qualche lanterna accesa. Dalla piscina saliva un odore chimico e pungente di cloro.

Lexi si fermò sotto il pergolato e posò le mani sul tavolo, ancora ingombro di bicchieri vuoti e bottiglie di vino da sparecchiare. Al centro c'era la scultura di Eleanor e per qualche ragione sentì il bisogno di toccarla, rassicurata dal peso freddo del bronzo, dal contatto con il metallo ruvido.

Ed seguì il suo sguardo. «Sei tu?».

Annuì, girando la statua verso la luce di una candela. La fiamma rivelò le curve e l'espressione rapita del volto.

Una volta era una ballerina.

E adesso, cos'era?

Posò la scultura, sentendo un'improvvisa e devastante stanchezza. Non aveva l'energia per affrontare quella situazione. Avrebbe voluto dimenticare tutto quello che aveva sentito su Ana e Luca.

Voleva che Ed fosse ancora l'uomo che aveva creduto di conoscere, non quella versione nuova e piena di ombre.

Ed tirò indietro una sedia per lei.

Quando si sedette, un petalo cadde dalla sua corona di fiori e le si posò in grembo. Rimase a fissarlo per un momento, poi lo prese delicatamente fra le dita. Premette un'unghia nella pelle vellutata del petalo, finché lo sentì strapparsi. Poi si passò una mano tra i capelli e tirò via il resto dei fiori, spargendoli per terra.

«Lex», disse lui, sedendosi vicino, con i gomiti sulle ginocchia. Le maniche della camicia arrotolate lasciavano esposti gli avambracci muscolosi e abbronzati. «Avevo bisogno di vederti. Speravo di essere io a dirtelo. Ma già lo sai, vero?».

Lei resse il suo sguardo. «Hai un figlio».

Lui chinò il capo. «Sì».

Lexi incassò il colpo della sua ammissione.

«Mi dispiace da morire», disse Ed e lei sentì l'emozione che gli incrinava la voce. Quando alzò lo sguardo, fu sorpresa di vedere che aveva gli occhi lucidi di lacrime. «Avrei dovuto dirtelo prima. Mi devasta che tu l'abbia scoperto così. Lex, avrei dovuto dirtelo mesi fa, lo so».

«Perché non l'hai fatto?».

Lui scacciò le lacrime. «Mi vergognavo. Non di avere un figlio, ma di non avere contatti con lui. Ricordo come parlasti di tuo padre. Non potevi perdonarlo per aver abbandonato l'altra figlia. Hai quasi tagliato i rapporti con lui dopo averlo scoperto».

Era vero.

«Volevo essere sincero, raccontarti di Luca, credimi, ma mi sembrava impossibile. Non volevo rischiare di perderti. Io ti amo, Lexi Lowe».

Sentì l'odore del suo dopobarba, più intenso per il caldo della Grecia. Si intenerì. Era il suo Ed. L'uomo che le portava la colazione a letto; che amava lavarle i capelli quando facevano il bagno; che la chiamava in pausa pranzo perché sentiva la sua mancanza. Quando era con lui, si sentiva valorizzata. Avrebbe voluto appoggiarsi a lui e sentire il calore delle sue braccia.

«Sono incinta». La frase le uscì così inattesa, così disinvolta, che il suo stupore rispecchiò quello di Ed.

«Cosa?». Lui sgranò gli occhi.

«L'ho scoperto poco prima di partire. Tu eri in Irlanda. Volevo dirtelo di persona. Sono di undici settimane».

Lui si passò una mano sulla mascella. «Gesù… Incinta. Sei incinta». Le osservò il viso, poi le guardò la pancia. «Un bambino», mormorò. «Come ti senti?».

Se pensava solo al bambino, al mucchietto di cellule che si moltiplicava dentro di lei, facendo del suo corpo una casa, condividendo il suo ossigeno, il suo sangue, i suoi nutrienti, la sua energia… si sentiva soddisfatta, felice. «Voglio questo bambino. Sono contenta».

Lui allargò la bocca in un sorriso spontaneo. «È… meraviglioso!».

«Avevamo detto di non volere figli».

«L'ho detto solo perché credevo non li volessi tu». Si alzò, le prese le mani e se le portò al petto, poi la strinse tra le braccia. Il suo corpo era solido e caldo. Le premette le labbra sulla testa. «Dio, ti amo. E amerò il nostro bambino».

Erano le parole giuste. I gesti giusti. Avrebbe voluto provare un moto di sollievo, di desiderio, o di felicità… ma non emerse nessuna di queste emozioni. Lui la stringeva troppo forte, si sentiva soffocare. Lo stomaco era compresso. Sentì la consistenza morbida dei petali schiacciati sotto i piedi.

Si divincolò dall'abbraccio.

Lui la guardò, perplesso. «Che ti prende?»

«Luca». Solo a pronunciare quel nome ad alta voce, aumentò il brusio nel suo petto. «Tuo figlio, Luca. Perché non vuoi vederlo?»

«Cristo, ero molto giovane. Juliana, Ana, e io non stavamo nemmeno insieme. Fu solo, sai, un episodio».

«Una botta e via». Era importante essere chiari, chiamare le cose con il loro nome.

Lui annuì. «Qualche settimana dopo, lei si presentò da me dicendo di essere incinta. Fui subito sincero con lei. Le dissi che non volevo diventare padre. Ero troppo giovane. Ancora un ragazzo. Mi ero appena laureato. Avevo progetti importanti per la mia vita… E poi arriva questa ragazza che avevo visto una volta sola e mi dice di aspettare un figlio mio. Ero terrorizzato».

«E lei?».

Lui parve confuso. «Scusa?»

«Ana. Come credi che si sentisse? Non hai pensato che fosse terrorizzata anche lei?».

Il suo tono cambiò, si fece più pungente. «Non era costretta a tenere il bambino. Aveva un'alternativa».

Una falena volò verso la candela, danzando erratica sulla fiamma, finché un'ala prese fuoco. Lexi sentì odore di bruciato quando precipitò sul tavolo. Faceva pena mentre trascinava in cerchio il suo corpo. Ed sollevò la scultura e schiacciò la falena sotto la base di bronzo.

Lexi sapeva che era stato un gesto di compassione, eppure si trovò a guardarlo negli occhi, in cerca di una traccia di qualcos'altro. Qualcosa che aveva percepito nel modo in cui Eleanor parlava del fratello. Qualcosa che spiegasse le riserve di Bella nei suoi confronti. Qualcosa che desse un senso all'ansia che aveva sentito crescere da quando era arrivata in Grecia. Cercò di decifrare la sua espressione, di capire chi fosse veramente.

Era stato facile per lui voltare le spalle a Luca. Proprio come aveva fatto suo padre con Sadie. Entrambi celavano una spaventosa capacità di distacco.

Nella baia in basso vide il debole bagliore del falò. Si premette le dita sulle tempie. «Perché Ana non ha parlato con te in tutti questi anni? Perché ha cercato la mia amicizia?»

«Ovviamente ha dei problemi: mi ha rintracciato, ha finto di essere tua amica, è venuta persino al tuo addio al nubilato, per l'amor del cielo! Mi dispiace solo che ti abbia trascinata in questa storia. Ci ha ingannati tutti».

È così che stanno le cose?, pensò Lexi, confusa, come se non riuscisse a far combaciare le due versioni di Ana: l'amica a cui si era molto legata negli ultimi mesi, ammirando la sua forza d'animo, e quella donna che mentiva e nascondeva segreti.

«Consulterò un avvocato. Forse dovremo prendere in considerazione un ordine restrittivo».

«Sul serio?»

«Per quanto ne sappiamo, potrebbe essere pericolosa».

Si udì un movimento in terrazzo, dei passi così leggeri e morbidi che Lexi non la vide arrivare finché non fu alle spalle di Ed.

«Pericolosa», disse Ana, fermandosi. Il suo volto era in ombra, ma Lexi notò la durezza dello sguardo, fisso su Ed. Il vestito rosso la ammantava come un allarme. «Parola interessante».

77
Ana

Eccolo lì, di fronte a lei. Edward Tollock, con la camicia bianca, le maniche arrotolate.

Il padre di Luca.

Erano passati quasi sedici anni dall'ultima volta che erano stati così vicini, ma il suo corpo ricordava: un brivido le corse lungo la schiena; le si rizzarono i peli sulla nuca; sentì una stretta allo stomaco.

«Che cosa ci fai qui? Te ne devi andare», le ordinò lui con una voce bassa e minacciosa.

«Io non vado da nessuna parte», rispose lei, mentre il sangue le ruggiva nelle orecchie. «Ci sono cose che Lexi deve sapere».

«Non siamo interessati a quello che hai da dire», disse Ed, con freddezza.

Sentendo dei passi alle sue spalle, Ana si voltò. Eleanor e Robyn aiutavano Bella, che era scossa dai brividi, a salire in terrazzo. Aveva il vestito inzuppato d'acqua e la faccia striata di mascara.

«Mio Dio, che cosa è successo?», chiese Lexi.

«Niente, sto bene», rispose Bella, con voce tremante. Guardò Ed. «Che cosa ci fa lui qui?».

Anche Eleanor lo fissava, con la fronte aggrottata.

«Sono venuto a parlare con la mia fidanzata».

Ana notò il modo in cui Lexi irrigidì le spalle quando lui le mise una mano dietro la schiena.

Lexi la guardò in faccia. «Che cosa devo sapere?».

Sono sicura di farcela? Proprio qui, davanti a tutti? Osservò Ed, che la fissava con insofferenza. Il cuore le batteva forte, ma si fece forza con un bel respiro. «Un anno fa, Luca ha espresso il desiderio di incontrare suo padre», disse a Lexi. «Non avrebbe dovuto sorprendermi. Sapevo che un giorno me l'avrebbe chiesto. Gli ho risposto che avrebbe dovuto aspettare fino ai sedici anni. Se avesse ancora voluto incontrare suo padre, l'avrei aiutato».

«Ho messo in chiaro che non voglio essere coinvolto», protestò Ed, con un tono volutamente piatto.

Rivolta a lui, Ana disse: «Luca è un ragazzo testardo e intelligente. Se gli avessi detto che non intendevo aiutarlo, ti avrebbe cercato per conto suo. Se fosse riuscito a rintracciarti, volevo sapere chi avrebbe trovato. Così ti ho cercato. Ho scoperto dove lavoravi. Sono venuta al tuo ufficio. Ho aspettato fuori per parlarti. Ma quando ti ho visto... Non ce l'ho fatta...». Cominciò a tremare, travolta da una paura gelida. Le si strinse la gola, ingoiò il fiato finché non riuscì più a respirare.

«Perché non sei riuscita a parlargli?», domandò Lexi, stringendo i pugni lungo i fianchi.

Ana continuò a fissare Ed, che stava in piedi a gambe larghe, una posizione associata all'autorità, al controllo. Eppure, non le sfuggì il nodo di tensione nella mascella, gli occhi socchiusi, il gesto rivelatore di sfiorarsi velocemente la nuca con una mano.

«Vuoi raccontare a Lexi della sera in cui sono rimasta incinta?»

«Ti aspetti che parli alla mia fidanzata di una sveltina di sedici anni fa, che nemmeno ricordo più?»

«Io me la ricordo», disse Ana, raddrizzando le spalle. «Ti eri appena laureato e avevi dato una festa a casa tua. La mia coinquilina conosceva uno dei tuoi amici, così venimmo anche noi. Era il mio compleanno». Di solito ci andava piano con l'alcol, non poteva permetterselo, ma aveva compiuto diciannove anni e le sue amiche l'avevano portata a un happy hour. Era arrivata alla festa già brilla, con la testa leggera, pervasa da un'ingannevole sensazione di fiducia in sé stessa. Ricordava di aver ballato in salotto, felice del modo in cui quel bel ragazzo la guardava dalla soglia.

«Ti avvicinasti a me e mi domandasti se volessi bere qualcosa in un posticino più tranquillo. Avevi in mano una bottiglia di vodka. Ti seguii al piano di sopra». L'aveva lusingata che quel ragazzo con eleganti scarpe di pelle si fosse preso una cotta per lei. «Quando entrammo nella tua stanza, chiudesti la porta a chiave». Deglutì, ricordando il primo sentore di disagio. «Stappasti la vodka e mi passasti la bottiglia, senza offrirmi un bicchiere». Aveva scorto qualcosa nella sua espressione, sembrava divertito, come se la stesse sottoponendo a un test. Aveva bevuto dalla bottiglia, l'alcol le aveva bruciato la gola. «Allora ti abbassasti i pantaloni e dicesti: "Metti la bocca qui"».

«Santo cielo!», sbottò Ed. «Non intendo stare ad ascoltare questa roba».

Ana sentì il cuore batterle selvaggiamente. La vergogna la fece avvampare fino alla punta delle orecchie. Avrebbe voluto scappare, andarsene, allontanarsi il più possibile da Ed. Stare a casa con Luca, guardare un film mangiando popcorn. Strinse i denti. Si obbligò a proseguire.

«Era tutto sbagliato. La porta chiusa a chiave. Il modo in cui mi parlavi, come se non fossi al tuo livello. Ti risposi: "No, grazie". Tu scoppiasti a ridere. Mi facesti il verso, ripetendo: "No, grazie", come se il mio rifiuto fosse una battuta, per te. Allora mi guardasti con un sorriso famelico. Mi dicesti: "Sappiamo entrambi cosa succede in questa stanza". Mi trascinasti sul letto. Mi salisti addosso. Mi infilasti le mani sotto i vestiti». Pronunciò ogni frase lentamente, con tono piatto, come se stesse leggendo un documento ad alta voce.

Si sentiva addosso gli occhi di Lexi e delle altre. La stavano ascoltando.

La capivano.

«Facesti sesso con me. Non dissi no, perché avevo paura. Avevo il terrore di quello che sarebbe successo se avessi pronunciato quella parola. Delle conseguenze, se tu l'avessi ignorata». Perché se l'avesse detto ad alta voce, chiaro e tondo, com'era stato insegnato a tutte le donne prima di lei, lui avrebbe potuto scegliere se rispettarla, o no. «Così sono rimasta immobile nel tuo letto, e tu hai fatto quello che hai fatto».

Sentì ribollire il calore delle sue emozioni. Le aveva sempre tenute sotto controllo, contenute, soffocate… ma stavano salendo pericolosamente in superficie. «Ricordi», continuò, alzando la voce, «quello che dicevi mentre mi scopavi?».

Ed sgranò brevemente gli occhi e lei comprese che ricordava. Sapeva benissimo cosa aveva detto, premendole la bocca sull'orecchio, ferendola profondamente.

«Mi chiamavi "sporca troia". E "lurida puttana"».

Sentì trasalire le altre.

Le pulsavano le tempie; sentiva degli spasmi ai muscoli del collo. Quelle parole erano state peggio di quello che aveva fatto al suo corpo. Avevano lasciato delle cicatrici. L'avevano indotta a vedersi così quando si guardava allo specchio.

«Dopo aver finito, ti alzasti, ti tirasti su i pantaloni e uscisti. Senza dire una sola parola. Tornasti alla festa, come se niente fosse». Prese fiato. «Non ho mai pronunciato la parola "no". Non ti ho mai chiesto di smetterla. Ero terrorizzata, così sono rimasta zitta e buona. Ero la ragazza nera a una festa di bianchi. Ma tu sapevi che non volevo. Sapevi che stavi facendo qualcosa di sbagliato, ma non ti sei fermato».

Ci fu un silenzio.

Ed disse a denti stretti: «Abbiamo avuto un rapporto occasionale. Non ti permetterò di insinuare che sia stato qualcosa di peggio. Quando ti presentasti da me, due mesi dopo, incinta, chissà perché non dicesti niente di tutto questo. Sembravi piuttosto felice di prendere i miei assegni».

«Felice?». Fitte di tensione le pugnalarono la fronte. «Non hai la minima idea, vero? Ero una studentessa diciannovenne di Brixton. Famiglie come la mia... non mandano i figli all'università. Quella borsa di studio era tutto per noi. Non volevo rinunciare. Non volevo spezzare il cuore ai miei genitori gettando tutto alle ortiche. Diventare un'altra statistica. Ma sapevo anche di non voler abortire, a prescindere dagli incentivi finanziari promessi da te e tuo padre». Scosse la testa, disgustata. «Hai persino insistito che facessi il test del DNA per garantire che Luca fosse tuo figlio!».

«Come facevo a sapere con chi andavi a letto?»

«Tu fosti l'unico», rispose lei, con una calma innaturale.

Quella frase rimase sospesa nel terrazzo buio, densa e pesante.

«Oddio», mormorò Lexi, con una mano sulla bocca.

«Mi pagasti. Mi facesti firmare un contratto che garantiva una rata di mantenimento più alta purché non rivelassi mai la tua identità a mio figlio. Acconsentii».

Aveva accettato tutto. Era al verde, aveva un affitto da pagare, genitori che non riuscivano più a guardarla negli occhi e un figlio in grembo.

Quando le era arrivata la prima rata nel conto, aveva pensato solo: *Aveva ragione. Sono una puttana.*

78
Lexi

Lexi sapeva che Ana era un'abile bugiarda. Dopotutto, le aveva mentito da quando si era presentata alla prima lezione di yoga, quindi come faceva a crederle adesso?

Spostò lo sguardo su Ed. Un nodo di tensione gli pulsava nella mascella mentre digrignava i denti. Ma anche lui le aveva mentito, omettendo Luca nella sua storia.

Eleanor, Bella e Robyn stavano vicine tra loro, una giuria che raccoglieva informazioni prima di emettere il verdetto.

In quel silenzio, Ed cominciò a ridere. «È ridicolo!». Si voltò verso Lexi. «Siamo andati a letto una sola volta e adesso cerca di dipingermi come un mostro per distruggere la mia relazione con te! Sì, probabilmente ero un ventunenne un po' coglione che ci andava giù pesante, nemmeno me lo ricordo, è successo tanto tempo fa, ma so per certo che fu consensuale!».

Lexi pensò a com'era nell'intimità: tenero, attento, innamorato. La guardava con adorazione, dicendole che era bellissima, dolce, intelligente. Poteva essere la stessa persona che aveva sibilato "sporca troia" e "lurida puttana"?

«Lexi», disse, avvicinandosi. «Mi conosci. Sai che sono tutte sciocchezze, vero? Se Ana è la grande amica che dice di essere, se questa storia è vera e io sono davvero un mostro, perché non ti ha mai messa in guardia su di me? Perché è venuta in Grecia a festeggiare il tuo addio al nubilato senza dire niente?».

Era una buona domanda.

Lexi guardò Ana. «Sì, perché?».

79
Ana

Ana aveva deluso Lexi, era chiaro.

«Non sapevo come gestire quello che mi era successo. Era più semplice ingannare me stessa e ripetermi che si era trattato di un rapporto occasionale. Era meglio credere a quella versione, per il bene del bambino».

Ogni volta che un'emozione le suggeriva un'altra storia – la stretta al petto quando era sola con un uomo, il lampo di paura se una porta era chiusa a chiave, o se sentiva un alito puzzolente di vodka – la soffocava e cercava di temprarsi.

«Quando rividi Ed dopo tutti quegli anni, da donna adulta, lo sentii nel corpo. Capii che ciò che c'era stato tra noi era sbagliato. I miei ricordi non erano fallaci. Li avevo rimossi». Mantenne lo sguardo su Lexi. «La memoria mi tornò all'improvviso, con un'intensità spaventosa, portandosi dietro tutte le sensazioni. Ero fuori dal suo ufficio, tremavo. E poi… sei arrivata tu. Gli sei andata incontro. Sembravi così felice, contenta di vederlo. Lo guardavi raggiante. Lo hai baciato». Ana scosse la testa. «Ero confusa. Pensavo: Ed non può essere la persona che ricordo, se sta con una donna come te».

Lexi la ascoltava attentamente.

«Avevi una borsa per lo yoga con il nome di una scuola. Era vicino a dove abitavo, quindi ci andai il giorno dopo. Non avevo chissà quale grande piano. Volevo solo… vedere chi fossi. Capire perché stessi con Ed. Comprendere chi fosse veramente, cosa mi fosse successo. Non mi aspettavo che diventassimo amiche». Non aveva mai avuto un gruppo di amiche strette. Aveva le colleghe, aveva sua sorella, conosceva altre mamme della scuola, ma non aveva mai avuto una persona come Lexi nella sua vita, e la sua amicizia le era parsa un dono.

«Sarei dovuta sparire. Lo so. Ma mi piaceva passare del tempo con te. Sai cosa speravo? Che rompessi con Ed, e poi avremmo potuto continuare a essere amiche».

«Ci credo che ti sarebbe piaciuto», commentò Ed.

«Non avrei dovuto accettare di venire in Grecia. Ma tu eri eccitata e hai insistito così tanto perché partecipassi che mi hai convinta. Da una parte speravo ancora di sbagliarmi su Ed. Com'era possibile che fosse una persona completamente diversa con te? Ma poi, qui, ho cominciato a sentire delle cose. C'erano dei campanelli di allarme nel modo in cui Eleanor parlava di suo fratello, inoltre ho origliato una conversazione fra Bella e Robyn su una spogliarellista che l'aveva conosciuto… e ho capito che non era tutto nella mia testa. Ed è semplicemente molto bravo a nascondere quel lato di sé».

«Le cose che dici sono sempre più assurde», dichiarò Ed, con una studiata nota di innocenza nella voce. Si volse verso la sorella: «Tu mi conosci meglio di chiunque altro. Sai che non avrei mai fatto la cosa orrenda che dice Ana».

Eleanor lo osservò in viso.

Ana notò le somiglianze tra loro nella struttura del naso, nella mascella squadrata, nelle spalle larghe.

La fissavano tutti, in attesa.

Ed le rivolse un cenno del capo, invitandola a parlare.

Il silenzio si fece più profondo e pressante: aspettavano tutti la sua risposta.

80
Eleanor

Era una notte afosa, pervasa dal basso ronzio degli insetti. Eleanor sentiva pizzicare le gambe per la salsedine, sotto i piedi il calore del pavimento di pietra che si andava smorzando.

Guardò suo fratello. Che strano vederlo lì, in quel contesto. Era insolito, fuori luogo con le sue lucide scarpe di pelle e la camicia stirata, mentre loro erano tutte scalze, con le spalle abbronzate. Era la prima volta che provava quella sensazione: *Era Ed, non lei, il disadattato.*

«Diglielo, Eleanor. Tu mi conosci».

Tu mi conosci.

Oh, sì, conosceva Ed.

Il primo giorno di superiori, quando l'aveva salutato in corridoio, lui aveva fatto finta di non conoscerla. «Chi era quella?», gli aveva chiesto un ragazzo con i capelli rossi, e lui aveva alzato le spalle dicendo: «Una ritardata».

Aveva quindici anni, Ed era di malumore per un dissidio con i genitori e lei gli aveva preparato una cioccolata calda, come piaceva a lui, con la panna montata e le scaglie di fondente in cima. Gliel'aveva portato nella sua stanza e lui le aveva lanciato un cuscino, facendole versare addosso il latte bollente. «Non sono un bambino! Una cioccolata calda non sistemerà niente!».

Ma quando le avevano accettato la prima serie di sculture in una galleria, si era congratulato con lei presentandosi alla sua porta con una bottiglia di champagne. «Sono fiero di te, sorellina».

Quando aveva perso Sam, si era liberato di tutti gli impegni ed era rimasto al suo fianco per quarantott'ore.

Eppure, quattro mesi dopo, l'aveva guardata, ancora in pigiama a mezzogiorno, e aveva storto la bocca dicendo: «Sinceramente, credo che adesso tu ti stia crogiolando».

Ed poteva essere affascinante, amorevole e generoso, ma poteva anche essere crudele, irascibile, geloso.

Aveva molti difetti.

Ma era suo fratello.

E la stava fissando, con occhi lucidi di lacrime. «Avanti, Eleanor».

Era un processo e lei era stata chiamata come testimone chiave. La notte creava un'atmosfera di intimità. Sentiva la stoffa umida della stola di Lexi ancora appesa al braccio. Le altre vicino a lei, che la guardavano, in attesa.

Ed disse: «Non avrei mai potuto fare una cosa del genere ad Ana».

Più di ogni altra cosa, Eleanor avrebbe voluto che fosse vero.

81
Bella

Bella notò che Eleanor aveva abbassato lo sguardo, curvando leggermente le spalle. Sembrava *intimidita*. Ecco la parola giusta. Davanti al fratello, la schietta e scontrosa Eleanor Tollock era intimidita.

Ana serrava le labbra, con l'espressione immobile di una maschera. Il racconto che aveva fatto, la festa a casa di Ed, la porta chiusa a chiave, la descrizione del suo comportamento freddo e brutale, le ricordava qualcosa. Le aveva fatto tornare in mente Cynthia, che l'aveva riconosciuto dal locale a luci rosse.

Ed aveva di nuovo la sua espressione controllata, ma c'era una punta di compiacimento nella piega della bocca. Pensava di farla franca. Bella si fece avanti. «Ana sta dicendo la verità».

Ed la guardò dall'alto in basso. «Ti piacerebbe».

«Mi piacerebbe vedere le mie amiche felici. Ma guarda Lexi: non mi sembra affatto felice in questo momento. E Ana? Trema come una foglia. Vogliamo parlare di Eleanor? Credo proprio che abbia paura di te».

Lui rise. «Conosci mia sorella? Ha paura della sua stessa ombra». Si avvicinò, abbassando la voce per non farsi sentire dalle altre. «Faresti meglio a farti gli affari tuoi, infermiera Rossi».

«Non c'è bisogno di bisbigliare», rispose lei, «perché Eleanor sa che sono stata io a dare il farmaco sbagliato a Sam. Ho commesso un errore. Un errore con conseguenze terribili. Dovrò trovare un modo per conviverci senza lasciarmi mangiare viva dal rimorso. E non l'ho ancora trovato. Ma non ti permetterò di usare quell'errore per minacciarmi».

Sul terrazzo calò il silenzio.

Bella si sentì tutti gli occhi addosso. Il suo petto si sollevò, con il peso soffocante del lutto e della colpa. Ma c'era anche un'altra sensazione, il leggerissimo sollievo di poter essere finalmente onesta.

«Un attimo…», disse Eleanor, aggrottando la fronte. Guardò il fratello e con voce sottile chiese: «Sapevi che Bella era l'infermiera?».

L'espressione di Ed vacillò. «Be', ho firmato tutte le carte, mi sono interfacciato con l'ospedale al posto tuo. Quindi sì, ho riconosciuto il suo nome».

«Mi hai incoraggiata a venire in Grecia, dicendo che mi avrebbe fatto bene, quando sapevi fin dall'inizio che ci sarebbe stata anche lei?»

«Pensavo che ti servisse una vacanza». Il suo tono era calmo e pacato, il tono di un fratello premuroso. «Avevi bisogno di cambiare aria dopo aver perso Sam. Ero preoccupato per te. Sai che ti voglio bene».

Bella inarcò un sopracciglio. «Se non fosse stato per te e i tuoi stupidi scherzi, Sam non sarebbe mai finito in ospedale».

Eleanor si immobilizzò. «Cosa vuoi dire?»

«Se Sam non si fosse fatto male alla spalla quella notte, al suo addio al celibato, non l'avrebbero ricoverato», spiegò Bella.

Eleanor la fissò senza capire. «Sam si è fatto male *dopo* la festa. È caduto dalle scale dell'albergo la mattina dopo».

Quindi non lo sa?

Bella guardò Ed. Lo capì dalla sua espressione, da come socchiuse gli occhi e strinse le labbra.

Non glielo'aveva detto.

82
Lexi

Lexi se ne stava in piedi con le braccia strette intorno al corpo. Invisibile al buio, cantava un coro di cicale. Migliaia di richiami, un suono stordente che non lasciava nessuno spazio nella sua testa.

Voleva andarsene. Uscire di scena, come se fosse solo uno spettacolo, tornare nel camerino e finirla lì. Lasciarsi tutto alle spalle.

Ma non poteva, perché stava accadendo qualcosa di troppo importante.

Eleanor guardava Ed. «Sam mi disse che, dopo la festa, stava lasciando l'albergo. Era ancora sbronzo, perciò era inciampato sul bagaglio. Era caduto sui gradini di cemento all'ingresso, atterrando sulla spalla. È andata così, non è vero?».

Ed prese la scultura di bronzo. La teneva con una mano sola, sembrava che da un momento all'altro potesse cadergli e schiantarsi sul lastricato del terrazzo. Lexi notò il rapido movimento degli occhi, pensando: sta prendendo tempo, per decidere cosa dire. La sua voce interruppe il silenzio. «Rispondi a tua sorella».

Ed sgranò gli occhi per il tono che aveva usato. «Sentite, Sam è veramente inciampato», spiegò, «ma poche ore prima. Tutto qui. Stavamo tornando dal locale. Non conoscevamo bene Bournemouth. Ricordavamo a malapena dove fosse l'albergo. Sam era completamente sbronzo. È inciampato, è caduto. È stato un incidente. Sam ha deciso di dirti che era successo dopo la festa. Suppongo fosse in imbarazzo per essersi ridotto in quello stato. Che potevo fare io? Ho seguito il suo esempio».

L'ha detto come se fosse stato un gesto magnanimo, pensò Lexi.

Eleanor chiese, muovendo appena le labbra: «Come è caduto?».

Ed mise in tasca la mano libera, poi la tirò di nuovo fuori, aprendo il palmo. «Sono cose che succedono a un addio al celibato. Eravamo tutti ubriachi, capisci? Gli altri suoi amici se n'erano già andati, così stavamo tornando a piedi. C'era un sottopassaggio che pensavamo ci avrebbe condotti direttamente all'albergo. Sam non vide uno scalino. Inciampò. Mi sentivo in colpa perché avrei dovuto chiamare un taxi. Per garantire che non gli succedesse niente». Alzò le mani in segno di resa, tenendo in alto la scultura di Lexi. «Mi assumo la piena responsabilità».

«L'avevi bendato», disse Bella, con voce mortalmente fredda. «L'avevi fatto camminare bendato, assicurandogli che l'avresti guidato tu».

Eleanor sbatté le palpebre.

«Lo hai chiamato "la fiducia del cieco", ma invece di stare attento che non si facesse male, lo hai spinto verso un sottopassaggio. Non lo hai avvisato che si stava avvicinando a una gradinata di cemento. Lo hai portato lì e hai aspettato che cadesse».

Lexi si sentì invadere da un'ondata di gelido orrore.

«No!», urlò Ed.

«Sam mi raccontò tutto quando iniziai il turno. Disse che suo cognato l'aveva imbottito di alcolici. Gli altri amici se n'erano andati presto a causa del suo atteggiamento dominante. Aveva un lato pericoloso il cognato, mi disse, che non gli piaceva. Ricordo di avergli chiesto: "Sei sicuro di voler entrare in una famiglia del genere?". E lui mi sorrise e rispose: "Ah, ma sua sorella. Ne vale la pena"».

Eleanor fissava Ed con i pugni stretti lungo i fianchi, pallida in volto.

«Fu un incidente», disse Ed, facendo un passo verso di lei. «È vero, Sam era bendato e avrei dovuto stare più attento a dove metteva i piedi, ma stavo proprio per avvisarlo dei gradini quando è inciampato. Non volevo che si facesse male! Era mio cognato. Mi piaceva. Eravamo amici».

Eleanor scosse lentamente la testa. «No, non eravate amici». Continuò, alzando la voce. «Sam non ha mai detto una cattiva parola su nessuno. Ma tu... oh, tu non gli piacevi. Non gli ho mai raccontato com'è stato crescere con te, che mi lanciavi le cose dagli ultimi posti dell'autobus, incoraggiando i tuoi amici a fare lo stesso, o che alla mensa della scuola, in fila dietro di me, bisbigliavi: "Freak. Datti una mossa. Mi fai passare l'appetito!". Ma Sam l'aveva capito che eri un bullo».

Lexi si sentì sbiancare quando ricordò un commento di Eleanor sui bulli che la tormentavano a scuola. Aveva immaginato che stesse parlando dei suoi compagni di classe, invece si trattava di Ed. Istintivamente, fece un passo verso di lei.

«Sam diceva che mi parlavi con arroganza. Mi sminuivi. E aveva ragione. Vedeva com'eri fatto veramente. Ero io quella cieca, che si fidava di te». Guardò tristemente la scultura che Ed teneva ancora in mano. «Ci siamo sbagliati tutti a fidarci di te. Non meriti una come Lexi. Non meriti nessuna di noi».

Lexi lo vide cambiare davanti ai suoi occhi: i suoi lineamenti si tesero, gli occhi divennero due fessure che mandavano lampi di collera. Fu come se gli fosse caduta una maschera, rivelando il vero Ed.

«Tu!», gridò con disprezzo a Eleanor. Sua sorella l'aveva criticato e umiliato davanti a lei e alle sue amiche. Ed puntò la statua contro la sua faccia. «Come cazzo ti permetti!». Il tono calmo e controllato era scomparso, rimpiazzato da una voce tonante e piena di rabbia.

Lexi vide sorgere una paura istintiva nell'espressione di Eleanor, che retrocedette verso il muretto di pietra.

«No...», mormorò, pensando al precipizio letale alle sue spalle.

Ed brandiva la statua contro la sorella, stringendola con le nocche sbiancate. Eleanor retrocedeva impaurita. In quel momento, Lexi immaginò le dinamiche della loro infanzia. Il fascino di Ed che mascherava i suoi lati oscuri davanti ai genitori, agli insegnanti, agli amici, costringendo Eleanor a sopportare la sua crudeltà in silenzio.

Ed tirò indietro il braccio.

Eleanor alzò le mani per proteggersi la faccia.

Lexi fece per gridare "Basta! Non farlo!", ma lui aveva già lanciato il braccio in avanti.

Era troppo tardi.

83
Fen

Quando Fen tornò alla spiaggia, la trovò deserta. Le braci del loro falò emanavano un debole bagliore, un sottile filo di fumo si alzava nell'aria immobile. Un inquietante pulsare di bassi dall'altoparlante ancora acceso si diffondeva nella notte.

Si piazzò le mani sui fianchi e prese fiato, guardandosi attorno. La barca era stata abbandonata sulla riva, con i remi che sporgevano come gomiti ai suoi fianchi. *Ce l'hanno fatta*, pensò, sollevata.

Dopo la terribile caduta di Bella, Fen era corsa sulla scogliera, con il fiato corto, l'adrenalina nelle vene. Era scesa dal sentiero ripido per raggiungere la caletta nascosta dove aveva fatto il bagno con Robyn. Si era spogliata velocemente ed era entrata nell'acqua nera come l'inchiostro, chiamando Bella.

Mentre nuotava, tenendosi vicina alla scogliera, aveva scorto l'ombra di una barca a remi. Al buio, era riuscita a distinguere Eleanor che si sporgeva per tirare su Bella dall'acqua. Inondata dal sollievo, le aveva chiamate, ma erano troppo lontane per sentirla.

Dove sono finiti tutti? stava pensando. Alzò lo sguardo verso la villa, simile a un castello in cima al dirupo. Alla luce della luna, cercò di distinguere Bella tra le sagome in movimento. Vide avvicinarsi due persone al muro del terrazzo.

Troppo vicine.

Socchiuse gli occhi, cercando di capire chi fossero.

Conosceva bene quel terrazzo: il muro era troppo basso, c'era il pericolo di precipitare su un fatale letto di rocce. «Attenzione...», bisbigliò.

Ci fu un movimento brusco, un braccio alzato con forza. Le si rizzarono i peli sulla nuca.

All'improvviso, il braccio lanciò qualcosa dal terrazzo.

Vide un oggetto roteare nel cielo buio.

Ma che...?

Qualcosa di pesante si schiantò sulle rocce.

Fen cominciò a correre.

84
Eleanor

La scultura l'aveva mancata per pochi centimetri. Eleanor si girò e la guardò roteare in tutta la sua magnificenza, illuminata dalla luna.

Pensò alle lunghe ore che aveva dedicato a crearla, seguendo le forme del corpo di Lexi, desiderando che fosse perfetta.

Atterrò con un tonfo distante, simile al suono denso delle ossa sulla roccia.

«Non posso credere che tu l'abbia fatto!», strillò Robyn, indignata.

Per Eleanor non era una sorpresa, invece.

Sapeva che Ed, quando si arrabbiava, era pericoloso. Aveva delle cicatrici che lo dimostravano: punti sotto il mento di quando lui l'aveva spinta contro un muro, dopo che lo aveva battuto a una gara di corsa; una cicatrice sotto il ginocchio per quella volta che l'aveva buttata giù dalla casa sull'albero; un'altra cicatrice su una spalla perché lui aveva rovesciato lo sgabello su cui era seduta, facendola cadere su un piatto rotto.

La rattristava essersi illusa che la fidanzata lo avesse cambiato. Ma in quel momento comprese che si era messo d'impegno solo perché considerava Lexi sua pari: essendo bella e di successo, la riteneva alla sua altezza. Aveva nascosto i suoi lati peggiori con tale convinzione che li aveva ingannati tutti.

Eleanor abbassò le mani con cui si era protetta la faccia. Si accorse che le altre si stavano avvicinando, come per proteggerla. Riconosceva il dolore di Ana, quando aveva descritto ciò che Ed le aveva fatto dietro una porta chiusa. Condivideva il disgusto di Bella perché Ed aveva bendato Sam, e l'incredulità di Robyn perché aveva distrutto la scultura. Comprendeva lo shock di Lexi di fronte al vero Ed.

Le donne formarono un semicerchio attorno a lei. Trasse forza dalla loro vicinanza, tirò indietro le spalle e alzò il mento. Malgrado il ruggito del sangue nelle orecchie, decise che non avrebbe più avuto paura. «La scultura non era tua, non avevi il diritto di romperla».

Ed la fissava con occhi lucidi di rabbia. «Lexi nemmeno la voleva! È strana, Eleanor. Una scultura di sé stessa! Loro non sono tue amiche. Tu non hai mai avuto delle amiche. Ti prendono solo in giro!».

Quelle parole non avrebbero dovuto ferirla: dopotutto, ne aveva sentite parecchie varianti nel corso degli anni. Eppure, una parte di lei ne soffrì e pensò: *Forse ha ragione.*

Le donne si avvicinarono. Come un branco.

Ma magari si sbaglia.

«Tu e Sam eravate proprio fatti l'uno per l'altra», continuò Ed. Non gli era mai piaciuto quando non riusciva a farla piangere. Allora insisteva e colpiva ancora, conoscendo i suoi punti deboli. «Perché anche lui era ridicolo!».

Sam. Il mio Sam. La persona più bella che avesse mai conosciuto. L'uomo che aveva amato con tutto il suo essere. Un uomo gentile, tranquillo, che non giudicava mai gli altri. Ed lo aveva bendato e lo aveva guidato verso una scalinata di cemento.

«Che coppia patetica eravate!».

Ana si fece avanti, fiera e bellissima; il vestito rosso si alzò e si riassestò intorno alle ginocchia. «Bada alle cazzate che dici!».

Accadde così in fretta che Eleanor non ebbe neanche il tempo di avvisarla. Ed alzò la mano sinistra, quella dominante, e le sferrò un violento schiaffo sulla guancia.

La testa di Ana scattò all'indietro.

Lexi spalancò la bocca, scioccata.

Bella trasalì.

Furono tutte testimoni. Videro tutte Ana barcollare verso il muro basso.

E cadere.

85
Fen

Fen corse sulla scalinata di pietra, con i gomiti che pompavano. Una voce maschile, bassa e sprezzante, zittì le altre. Poi udì Ana gridare: «Bada alle cazzate che dici!».

Si fermò di colpo, alzò la testa verso la villa.

Accadde tutto molto in fretta. Stavano troppo vicini al terrazzo. A quel muro basso, troppo basso. Ricordò la paura che aveva provato quando era stata bloccata lì da Nico, la tremenda consapevolezza di non avere altro che il buio alle sue spalle.

Dalla sua posizione, non riuscì a vedere chiaramente chi fosse. Scorse solo una figura che si abbassò, come se stesse per riposarsi sul muretto, ma invece di sedersi, si piegò all'indietro, troppo, spalancando le braccia come ali, staccando le gambe da terra.

Ammutolita dall'orrore, la vide ribaltarsi dal muro del terrazzo e precipitare nel buio.

Mulinando le braccia.

Un grido gutturale.

Una caduta a piombo.

Una svolazzante stoffa rossa.

Giù, sempre più giù.

Poi il tonfo duro e sordo di un corpo sulla roccia.

Silenzio.

Il mare immobile.

Il cielo trapunto di stelle.

Fen rimase raggelata, con un grumo di nausea in gola.

Poi, dal terrazzo, udì qualcuno urlare.

86
Lexi

Il grido, atroce e penetrante, trapassò la notte. Echeggiò sui muri della villa e sulla scogliera irta e solitaria.

Lexi si affondò le unghie nel collo, soffocando un urlo.

No... no... no...

Robyn corse verso il muro e guardò in basso, verso le rocce. «Oh, mio Dio...», mormorò, cominciando a tremare.

Nessuno si mosse. Nessuno fece niente.

«Chiamate un'ambulanza», disse Lexi, con una voce strana, rauca.

Ma lo sapeva.

Lo sapevano tutte.

Era un volo di oltre trenta metri su un letto di rocce.

Nessuno poteva sopravvivere a una caduta del genere.

87
Ana

Ana rimase immobile. Si sentì come se tutto il sangue fosse stato drenato dal suo corpo, mentre una sensazione di freddo e di vuoto si diffondeva dentro di lei.

Sbatté le palpebre.

Fissò lo spazio vuoto davanti al muro.

Un attimo prima era sul terrazzo, ad ascoltare le cose orribili che Ed stava dicendo su Sam. Non poteva restare a guardare in silenzio, mentre Ed massacrava un'altra persona. Così si era fatta avanti e gli aveva detto: «Bada alle cazzate che dici!».

Lui l'aveva colpita, senza avvertimento. Uno schiaffo violento che l'aveva fatta sbattere al muro, cadere a terra. Sulla guancia era esploso subito un dolore bruciante. Si era toccata, sorpresa di non trovare sangue.

Si era voltata verso Ed, ma lui già non la guardava più. Fissava Eleanor, sporgendo il mento, con gli occhi socchiusi. Ana aveva capito che non era la prima volta che picchiava una donna. Era evidente, pulsava nello spazio tra fratello e sorella.

Alla luce della luna, Eleanor appariva mortalmente pallida, con gli occhi brucianti. Tremava tutta, fremente di rabbia.

«Tu!», aveva ringhiato.

Una sola parola. Piena di fuoco, odio e disprezzo.

Era successo allora. Quando Eleanor aveva snudato i denti e aveva caricato.

88
Eleanor

Non avrebbe dovuto dire quelle cose su Sam.

Che era un uomo ridicolo.

Aveva sempre creduto di essere l'unica che Ed trattasse con crudeltà. E che se lo meritasse, perché era strana, non si comportava come le altre persone, lo metteva in imbarazzo. Aveva interiorizzato quella credenza perché considerarsi bizzarra era meno doloroso dell'ammissione che suo fratello maggiore, colui che avrebbe dovuto amarla e proteggerla, era un insensibile.

Bada alle cazzate che dici! lo aveva ammonito Ana.

Ed l'aveva degnata a malapena di uno sguardo mentre la schiaffeggiava con forza, come se niente fosse.

«Tu!», aveva ringhiato Eleanor, sentendo un formicolio elettrico nelle dita, un afflusso di sangue alle orecchie.

Ed l'aveva guardata con sufficienza. Sprezzante. Era stato quello, la riprova che per lui non significava nulla, quello che aveva fatto a lei, a Sam, ad Ana, perché si considerava migliore di loro. Un rumore bianco le riempì la testa e qualcosa che troppo a lungo aveva covato dentro di lei finalmente esplose.

Si gettò in avanti, a testa bassa, come un toro in carica. Fu un gesto alimentato dall'istinto, dalla rabbia e da una vita di crudeltà e insulti. Da un amore troppo vicino all'odio.

Udì il grugnito dell'aria espulsa dai polmoni di Ed quando gli colpì il petto con la spalla. Lui indietreggiò barcollando verso il muro basso, che invece di bloccarlo e impedirgli di cadere come era successo con Ana, gli fece perdere l'equilibrio.

Eleanor lo vide allontanarsi da lei, dal terrazzo, dalla salvezza. La sua espressione mutò dallo stupore alla paura quando allungò le braccia per cercare di aggrapparsi a lei.

Tutto rallentò: sentì la pressione umida della stola rossa, ancora intorno al braccio, stretta dal fratello; sentì i piedi scalzi scivolare sul lastricato, in cerca di un appiglio; sentì il proprio corpo, destabilizzato, barcollare in avanti insieme a quello di Ed.

E all'improvviso altre mani – mani piccole, calde e forti – la afferrarono, tenendola stretta.

Ed perse la presa quando la stola annodata si allentò, scivolando via.

Lo vide mulinare le braccia, la stola vorticò sopra di lui come una coccarda rosso sangue.

Lo vide precipitare. Suo fratello.

Lo vide cercare i loro sguardi, disperato – gli sguardi di quelle donne che si stringevano attorno a lei – implorandole di aiutarlo.

Ma non potevano fare nulla per lui.

Se avesse potuto, Eleanor avrebbe allungato le braccia, per afferrarlo.

Se non lei, un'altra.

Lo avrebbero fatto, vero?

89
Lexi

Lexi si premette le mani sulla bocca. Sentiva il calore del proprio respiro sui palmi. I suoi pensieri erano frammentati, come schegge di un vetro rotto che riflettevano immagini distorte.

Ana era ancora accasciata a terra, con le dita premute sulla guancia che si stava gonfiando. Eleanor si dondolava, con le braccia strette al torace.

Fen arrivò trafelata. «Era Ed?».

Robyn annuì, scossa. Si muoveva avanti e indietro lungo il muro, guardando giù dal dirupo.

Lexi si passò una mano tra i capelli, affondando le unghie nello scalpo. Solo un attimo prima, Ed era sul terrazzo.

Aveva parlato con lui.

Era lì.

E adesso…

Non c'era più.

Le gambe la portarono davanti al muro di pietra e lì si fermarono. Da un vaso di terracotta si alzò un profumo di origano, strano e terroso. Mise i polpastrelli sulla superficie gessosa del muro e si sporse in avanti. Un vertiginoso afflusso di sangue alla testa la fece vacillare.

Una mano le si posò sulla spalla, raddrizzandola.

Qualcuno la stava chiamando.

Guardò.

«Non lo vedo». Era stata lei a parlare? O qualcun altro?

Sbatté le palpebre. Un ruggito nelle orecchie.

Inclinò la testa di lato. Un'ondata di nausea la travolse, le fece piegare le ginocchia, le riempì la bocca di saliva.

«Respira», disse qualcuno, stringendole più forte la spalla.

Si riempì d'aria i polmoni.

Continuò a guardare in basso.

Eccolo. La macchia pallida della sua camicia bianca. Gli scogli che si scurivano. Un raggio di luna riflesso da un oggetto argentato. Un orologio?

Ed.

Immobile.

Lo capì. Lo sentì nel suo corpo.

Era morto.

90
Bella

Bella la teneva saldamente per le spalle. Lexi sembrava uno spettro, come se fosse sul punto di volare via e dissolversi nella notte.

«Allontanati da lì», la esortò.

Lexi si lasciò guidare attraverso il terrazzo, arrendevole, molle come un pupazzo. Crollò sulla sedia, curvando le spalle. La sua espressione era vacua, distante.

Bella si accovacciò ai suoi piedi, sentendo il vestito bagnato incollarsi alla schiena. Le posò le mani sulle ginocchia. «Ci sono qua io».

Lexi aveva gli occhi sgranati, ma pareva non vedesse nessuno.

«Va tutto bene, Lex», continuò. «Sono qui con te. Ti ho presa».

«È un sogno?»

«Ed è caduto dal muro del terrazzo. Nessuno sarebbe potuto sopravvivere da quell'altezza. È morto, Lexi. Mi dispiace, ma è morto».

Lexi scosse la testa con veemenza, rifiutando quelle parole. Batté rapidamente le palpebre, respirando con affanno.

Bella prese le sue mani tremanti. Le strinse, se le premette sulle labbra. Sentì i bordi freddi dell'anello di fidanzamento. Non poteva fare nient'altro per farla stare meglio, solo tenerla stretta.

Dietro di loro, Robyn parlava a macchinetta, sconvolta. «Dobbiamo chiamare la polizia! Un'ambulanza!».

Ana era accanto a Eleanor, le carezzava la schiena con movimenti lenti e circolari, come una madre per far calmare una figlia. Parlava con voce rassicurante, mormorando parole gentili, ma Eleanor emise solo un lamento basso e profondo.

Prima, nella barca a remi, quando Eleanor aveva scelto di salvarla sollevandola dall'acqua nera del mare, Bella aveva visto la sua capacità di amare e perdonare.

Non dimenticherò, le aveva promesso.

«Dobbiamo chiamare la polizia!», ripeté Robyn con voce più stridula, portandosi le mani al volto.

«Sì», assentì Bella. Con fermezza aggiunse: «Dobbiamo informarla che è stato un terribile incidente».

91
Robyn

Robyn fissò Bella.

No, non può dire sul serio.

Bella era accovacciata accanto a Lexi, con il vestito zuppo d'acqua e spiegazzato. La sua espressione era calma e concentrata quando rispose al suo sguardo interrogativo. «È morto», disse lentamente. «Come è caduto non cambia niente».

Silenzio.

Persino le cicale avevano interrotto la loro sinfonia. Robyn sentiva solo il rombo del sangue nelle orecchie.

«Concordo», disse Ana, guardando Bella negli occhi. «Diremo alla polizia che è stato un incidente. Se diciamo che Eleanor l'ha spinto… se pensano che l'abbia fatto di proposito…». Non era necessario che finisse la frase. Avevano capito tutte: sarebbe andata in prigione.

Robyn scosse la testa. «Dobbiamo dire la verità! Raccontare cosa è successo alla polizia!». Lei diceva sempre la verità. Così l'avevano educata. Guardò Fen, che scrutava in basso, affacciata al muro, con un'espressione indecifrabile al buio. Ma era pure vero che le avevano fatto credere tante cose discutibili. Le girava la testa. «Ci sarà un'indagine. Ci sottoporranno a interrogatori!».

«Sì», disse Bella.

«Come fai a essere così tranquilla? Mio Dio, Ed è morto! Adesso! Laggiù! È morto, Bella! E abbiamo visto tutte cosa è successo!». Eleanor lo aveva aggredito, spingendolo verso il muro. Sarebbe caduta anche lei se non l'avessero afferrata.

Non poteva mentire.

È una follia.

«Vado a prendere il telefono», disse, liberandosi dallo sguardo di Bella e correndo nella villa.

Sentì un immediato sollievo separandosi dalle altre. Accese la luce e rimase al centro della cucina, con il cuore in tumulto, cercando di abituarsi al forte bagliore della lampada.

Trovò il telefono, lo schermo si illuminò al tocco.

Guardando verso il terrazzo, vide le sue amiche ancora incorniciate dalla tremolante luce della lanterna. Avevano accompagnato Eleanor nella zona con tutti i cuscini. Stava seduta, curva in avanti, con i pugni stretti sulle braccia, come se avesse bisogno di qualcosa a cui aggrapparsi.

Quando aveva caricato Ed, aveva voluto spingerlo giù dal precipizio?

Pensava di no, ma come poteva esserne sicura?

Sapeva solo che lui giaceva in fondo al dirupo, morto.

Quelli erano i fatti.

Doveva attenervisi.

Dire la verità.

Con le dita tremanti, compose il numero.

92
Lexi

Lexi cercò di deglutire, ma aveva la bocca troppo secca. Sentiva una pressione pulsante alle tempie. Ritrasse le mani da quelle di Bella e le premette ai lati della testa.

Ed era morto. Il suo fidanzato era morto.

Continuava a ripeterlo, eppure si sentiva distaccata, come se non riuscisse a *sentirlo.*

Alzò lo sguardo e vide Robyn che usciva dalla villa, con il telefono in mano. «Chiamo la polizia. Qui non prende, salgo sulla scogliera».

Nessuno fiatò.

Nessuno le disse di non farlo.

O di farlo.

Robyn la guardò negli occhi. C'era una domanda nel modo in cui inarcò un sopracciglio, in quell'istante di esitazione? Le stava chiedendo in silenzio: *Tu che cosa vuoi?*

Presto il terrazzo, la villa, le rocce in basso, sarebbero stati invasi da torce, lampeggianti blu, poliziotti in divisa. Per pochi minuti ancora, erano soltanto loro.

Che cosa voglio?

Si alzò, passò davanti a Robyn, attraversò il terrazzo, diretta al muro di pietra. Con il batticuore, piantò i palmi e guardò in basso.

Voleva che Ed si alzasse! Voleva che si scrollasse via la polvere, salisse la scalinata della villa, la guardasse negli occhi e cominciasse a parlare! Voleva che la abbracciasse, le dicesse che la amava, che adorava il loro bambino… e che tutto quello che aveva sentito era un errore!

Si aggrappò al muro, pensando a quella volta che Ed le aveva detto, tenendole le mani: "Un giorno di questi ti chiederò di sposarmi". Si era sentita come se una luce le si fosse accesa al centro del petto. Si era sentita felice. Perché con Ed lei era felice, no?

Eppure aveva visto la freddezza del suo sguardo quando aveva schiaffeggiato Ana. Si era trasformato davanti ai suoi occhi, come se ci fosse un altro Ed nascosto sotto la sua personalità affascinante. Forse l'aveva già intravisto in passato. Solo per qualche istante, come un'energia statica che, di colpo, manda qualche scintilla.

Fu colta da un violento tremito, come per un gelo improvviso dentro di lei.

Si volse lentamente. Bella la stava guardando, con gli occhi sgranati, preoccupata. Robyn stava alle spalle di Fen, con il telefono in mano, pronta a comporre il numero di emergenza. Dietro di loro, Ana era inginocchiata accanto a Eleanor, seduta con le ginocchia strette al petto.

Pensò a com'era stato avere Ed come fratello maggiore. Il bullismo implacabile e inevitabile che la seguiva da casa a scuola e viceversa. Poi Eleanor aveva conosciuto Sam, un ragazzo gentile e genuino, che l'aveva amata con tutto il suo essere, che stava per sposarla e passare con lei tutta la vita. Ma Ed lo aveva bendato, gli aveva chiesto di fidarsi di lui.

Lexi immaginò Eleanor in un'aula di tribunale, seduta davanti a una giuria senza volto che non la conosceva. Che non si era trovata su quel terrazzo a guardare come anni di insidioso bullismo l'avessero portata a un unico scoppio di furia cieca.

Ma lei sì, l'aveva visto.

Erano state tutte testimoni.

Guardò di nuovo Eleanor, pallida per lo shock. Si dondolava in silenzio, le lacrime le rigavano le guance. «Ecco cosa faremo», disse in tono autoritario, sapendo cosa voleva.

Le puntarono tutte gli occhi addosso. L'aria era immobile, il caldo soffocante, appiccicoso. Dalla baia vide il filo di fumo che si alzava dalla brace del falò.

«Chiamerò la polizia. Dirò...». Le scrutò una per una: Fen, poi Ana, Bella, Eleanor, fermandosi infine su Robyn.

Le due donne si guardarono negli occhi per un lungo momento, anni di storia, di amicizia, di comprensione reciproca pesarono in quell'occhiata.

«Diremo che è stato un incidente. Nessuno ha toccato Ed. È caduto».

Nessuno voleva che finisse in quel modo, con il corpo di Ed sfracellato sulle rocce. Con noi che ci aggiravamo inquiete sul terrazzo, affrante, aspettando che arrivasse la polizia. Ripensando a quando avevamo scelto di salvare Eleanor, non Ed.

Avevamo avuto tutte una parte.

Una di noi chiese: «Ma cosa diremo? Come lo spiegheremo?»

«Diremo che Ed era venuto qui per fare una sorpresa a Lexi».

«Che sapevamo della sorpresa. Eravamo felici di vederlo».

«Molto felici».

«Era seduto sul muro del terrazzo, stavamo chiacchierando».

«Sì. Stavamo solo chiacchierando».

«Dei regali che ci eravamo scambiate la prima sera. Parlavamo di quelli e glieli abbiamo fatti vedere».

«Sì! La scultura. Stava ammirando la scultura di sua sorella».

«L'ha posata sul muretto, continuando a parlare, ma poi l'ha urtata per sbaglio con il gomito».

«Si è girato per afferrarla...».

«Ha cercato di prenderla...».

«Ma... il movimento l'ha sbilanciato».

«Ha fatto per raddrizzarsi...».

«Ma non ci è riuscito».

«È successo in fretta».

«Già. Troppo in fretta».

«È caduto».

«Sì».

«Ed è precipitato».

«È quello che ho visto».

«Anch'io».

«Anch'io».

«Pure io».

«Confermo».

«Anch'io».

Quando alzammo lo sguardo, i lampeggianti blu stavano già attraversando il fianco buio della montagna. La polizia stava arrivando. La guardammo avvicinarsi in silenzio.

Nessuno lo disse. Non serviva, perché lo ricordavamo tutte. Stavamo proprio sul terrazzo dove avevamo stretto il patto. La terza regola. La regola definitiva. La promessa che ci eravamo fatte all'inizio.

"Quello che succede all'addio al nubilato deve rimanere tra noi".

Il matrimonio

(Sedici mesi dopo)

93
Lexi

Lexi era seduta accanto al corridoio tra le file di sedie, con le caviglie incrociate. Il sole di settembre inondava il campo di luce dorata, donando riflessi ambrati all'erba mossa dal vento. Nell'odore del grano, colse la nota salmastra del mare. Le mucche brucavano l'erba sotto le nuvole bianche che si stavano addensando. Più tardi le sarebbe servita la giacca che aveva appeso allo schienale, ma per il momento stava bene.

Era un posto bellissimo per celebrare un matrimonio: una verde collina nel West Dorset che discendeva pigramente verso il mare, trenta sedie di legno ai lati di un corridoio di erba falciata. Un arco fiorito al posto dell'altare. Niente chiese né preti; niente bibbie impolverate.

Se avesse dovuto progettare il matrimonio perfetto, sarebbe stato così. Una cerimonia discreta, intima, solo per pochi amici e familiari. Molto diversa da quella che aveva organizzato con Ed.

Se la sua vita fosse andata in un altro modo, se l'addio al nubilato fosse finito un giorno prima, adesso sarebbero sposati e Ed sarebbe seduto al suo fianco, con una fede nuziale sulla mano abbronzata che un tempo aveva stretto teneramente la sua, a dirle che l'amava. La stessa mano che aveva squarciato la notte odorosa di origano, per schiaffeggiare Ana. La stessa mano che aveva fatto cadere Eleanor da uno sgabello. La stessa mano che aveva guidato Sam, bendato, verso una scalinata di cemento.

Quando si era accorta per la prima volta di quelle crepe? Perché le aveva notate. Aveva già percepito una sensazione pulsante che diceva: *Aspetta! Non sono sicura*. Ma invece di ascoltare il suo istinto, aveva pensato di essere lei il problema. Strano che le donne facciano spesso così, cerchino dentro di sé la colpa.

I mesi successivi alla morte di Ed l'avevano trascinata in un posto buio e asfittico. Lo scenario cangiante del suo lutto era intrecciato così strettamente al senso di colpa che per un po' non aveva visto nessuna luce, solo dubbi. *Avrei potuto afferrarlo? Avrebbe cambiato le cose? Avremmo dovuto dire la verità?*

Era dura affrontare il lutto da sola, a Londra, così era tornata a Bournemouth, per stare vicina a Bella, a Robyn e, sorprendentemente, a sua madre. Nei giorni più difficili, il mare le offriva consolazione, quando l'unica cosa che riusciva a fare era vagare sulle sue rive in balia dell'inverno. Ma poco alla volta, man mano che il suo pancione cresceva, aveva cominciato a intravedere i primi raggi di luce.

Anche se non sapeva se stava piangendo Ed o un'immagine di lui che non era mai esistita, si concesse finalmente di ricordare anche i momenti felici. Ed era l'uomo con cui aveva ballato in pigiama sulle note di Prince; l'uomo che le portava la colazione a letto; l'uomo che le aveva dato il regalo più bello e sorprendente della sua vita...

Guardò la loro bambina, Wren. Aveva compiuto dieci mesi. Si aggrappava al suo colletto con i piccoli pugni per alzarsi in piedi, spingendo con i piedini sulle sue cosce. Lexi chinò la testa per darle un bacio sulla punta del naso. Wren ridacchiò beata.

Come faceva spesso, cercò tracce di Ed sul suo viso, trovandole negli occhi a mandorla, nelle sopracciglia accentuate. Wren le afferrò la collana e se la mise in bocca.

Guardando sua figlia, Lexi capì di essere davanti a una scelta. Poteva rimpiangere il passato, le cose che sarebbero potute andare diversamente, le idee sbagliate che si era fatta su Ed... o scegliere di vivere nel presente.

E decise che il presente, con quella bambina sana e felice, era abbastanza.

94
Ana

Ana rubò uno sguardo a suo figlio. Diciassette anni ed era già più alto di lei. Era così bello con la camicia a scollo aperto, gli occhi curiosi rivolti al cielo, dove volava una poiana.

Da quando aveva iniziato il college, aveva smesso di frequentare le brutte compagnie. C'era una ragazza, Zelda. Non le aveva ancora concesso il privilegio di incontrarla, ma vedendolo ridere spesso e volentieri, ne era contenta.

L'ultimo anno era stato difficile per entrambi. Aveva deciso di raccontare a Luca di suo padre, descrivendo a grandi linee la sua morte. Non gli aveva parlato dell'addio al nubilato. Né della stanza chiusa a chiave.

Luca si era arrabbiato per non aver mai avuto l'opportunità di conoscere Ed. Aveva dato la colpa a lei. La sua furia, il suo dolore, il suo risentimento erano un vasto oceano, e Ana aveva dovuto aspettare che passasse la tempesta, tenersi ferma come una roccia, mentre quelle ondate di emozioni si schiantavano su di lei. Ma, come ogni tempesta, alla fine si era placata, e Ana era contenta che Luca potesse contare su un'idea di suo padre che, incontrandolo, avrebbe dovuto mettere in discussione. Le sembrava importante che si aggrappasse almeno a quella.

Nella fila davanti, Lexi teneva in braccio Wren, mormorandole parole dolci, ma la bambina cominciò ad agitarsi.

Luca si sporse in avanti e posò una mano sullo schienale della sua sedia. «La porto a fare una passeggiata».

Lexi si voltò, sorridente. «Davvero? Sei sicuro?»

«Meglio che assistere alla cerimonia».

Essere madre ti metteva davanti a una serie di dubbi e domande, pensò Ana. Doveva capire se stava dando a Luca abbastanza amore, o se lo stava viziando. Se doveva lavorare di più, o stare più tempo a casa con lui. Se sarebbe stato meglio presentarlo a Ed quando ne aveva avuto l'occasione, o se aveva fatto bene a evitarlo. Le preoccupazioni e i ripensamenti erano infiniti, ma quando guardò Luca prendere in braccio Wren con delicatezza, la luce morbida che gli accarezzava la nuca mentre parlava alla piccola, lei che lo ricompensava con un sorriso sdentato, agitando le gambe grassocce, pensò: *È andata bene*.

Riportando lo sguardo davanti, vide che anche Lexi li stava osservando.

La sua amicizia con lei era fragile, incerta, poiché le sue fondamenta erano sorte su una bugia. Sarebbe stato più semplice non vedersi più, ma c'erano Luca e Wren. Fratellastri. Il dolce rapporto che avevano visto crescere negli ultimi mesi era qualcosa che volevano coltivare entrambe.

Lexi si accorse che la stava guardando. Si fissarono, per qualche istante. Due madri. Due amiche. Due donne.

Sorrise.

95
Eleanor

Eleanor non amava i matrimoni. Seduta dritta come un fuso sulla sedia di legno, con le mani serrate, pensava: *Ci sono troppe cose che possono andare storte.*

Bastava pensare a com'era andata a lei e Sam.

O a Ed e Lexi.

Eppure, quel matrimonio era diverso.

La mattina era andata bene, fino a quel momento. Aveva prenotato la solita messa in piega, ma quando era arrivata, Reece l'aveva accompagnata allo specchio, si era messo alle sue spalle e, scostandole i capelli dal viso, le aveva detto: «Mi piacerebbe provare qualcosa di nuovo. Che ne dici di tagliarli un po' più corti? Così. Vedi come ti incorniciano il viso? Facciamo risaltare un po' gli zigomi?».

Eleanor si era guardata allo specchio. Dritto negli occhi. «Sì. Va bene».

Due ore dopo, era tornata al suo appartamento, abbassandosi quando era passata dal salotto. «Non guardare!», aveva bisbigliato alle ceneri di Sam prima di chiudersi in camera. Aveva tolto dall'armadio il vestito che Ana l'aveva aiutata a scegliere, un abito blu notte che secondo l'amica le faceva risaltare gli occhi, e l'aveva disteso sulla biancheria pulita.

Si era esaminata allo specchio della sua stanza (non puoi dire che ti piace davvero un nuovo taglio di capelli se prima non ti guardi al *tuo* specchio). *Sì*, aveva pensato. *Sono pronta.*

Era corsa in salotto e aveva tirato indietro le spalle, facendo una lenta giravolta davanti all'urna. «Allora, cosa ne pensi?».

Aveva sentito il sorriso di Sam riscaldarla dall'interno. Il suo fischio basso. *Sei uno schianto!*

Aveva sorriso.

Avrebbe dato qualsiasi cosa per avere Sam seduto accanto a lei a quel matrimonio. Per sentire il calore della sua mano. Per farsi portare a casa, a mezzanotte, e chiacchierare sulla giornata trascorsa sgranocchiando patatine in cucina.

Ma sapeva che concentrarsi su quello che non aveva era la strada maestra per la sofferenza. Era una delle cose che le avevano insegnato le sue sedute settimanali con la terapista. Perciò, invece, pensava alle cose di cui era grata. Si guardò intorno e vide Luca camminare al limitare del campo con Wren in braccio. I suoi nipoti. Che crescevano felici.

Aveva quello.

Si toccò la nuca. *E un bel taglio di capelli, ovviamente.*

Tornate dalla Grecia, lei e Lexi non si erano parlate per mesi. Eleanor ci aveva provato. Le aveva telefonato, lasciato messaggi, scritto lunghe email, ma i suoi sforzi erano stati accolti dal silenzio. Lo capiva: Lexi era devastata dal lutto e dalla rabbia, non poteva placare la tristezza e il senso di colpa che tormentavano lei.

Quando era nata Wren, Eleanor aveva mandato una cartolina, insieme a un piccolo carillon che era appartenuto a Ed. Se si alzava il coperchio, usciva un uccellino che girava sul trespolo cantando una melodia allegra. Lexi, dopo sette mesi di silenzio, l'aveva chiamata, chiedendole: «Ti piacerebbe conoscere tua nipote?».

Eleanor, stringendo il telefono con le mani tremanti, aveva risposto, in tono solenne: «Sì. Mi piacerebbe moltissimo».

Non ci sapeva fare con i bambini piccoli, ma sapeva cucinare e aveva scoperto che quello era il miglior regalo che si potesse fare a una neomamma: vaschette di deliziosi manicaretti, con un messaggio:

Scaldare per venti minuti e buon appetito! Da accompagnare con un bicchiere di vino.

Ecco cosa faceva per Lexi. Andava da Londra a Bournemouth due volte al mese, per vedere sua nipote e portare da mangiare. Era il suo modo per esprimere tutto ciò che non poteva dire a parole.

Lexi era in lutto. Ma anche lei. Non era necessario parlarne. Quindi si concentravano su altre cose, per esempio su Wren che aveva imparato a fare una torre di blocchi colorati, o che dondolava sempre la testa quando sentiva la musica.

Si era assicurata che Lexi e sua figlia ricevessero l'eredità di Ed, dividendo equamente il suo patrimonio fra Wren e Luca. Era il minimo che potesse fare: quei due bambini non avrebbero mai conosciuto il padre a causa sua.

Si pentiva di aver assalito Ed?

Certamente.

Era suo fratello e, malgrado tutto, gli aveva voluto bene.

Se quel muro fosse stato più alto, lui sarebbe stato ancora fra loro. Se lei non avesse avuto quello scoppio di rabbia, Ed non sarebbe morto. Se le altre avessero scelto di afferrare lui, anziché lei, non sarebbe caduto. Allo stesso modo, se Bella avesse preso un'altra fiala, non avrebbe perso Sam. La vita era fragile, fugace e spesso imprevedibile. Potevi solo circondarti di brave persone e fare del tuo meglio.

Partì la marcia nuziale. Gli ospiti si alzarono in piedi. Eleanor si voltò a guardare la sposa.

96
Robyn

Robyn aspettava all'inizio del corridoio di erba falciata, con le mani sudate.

Il cuore le batteva forte per l'eccitazione e il nervosismo, aveva le vertigini perché stava succedendo davvero.

Il sole aveva fatto capolino dalle nuvole, un residuo dell'estate che stava finendo. Pensò, come faceva spesso, all'isoletta di Aegos, dove tutto aveva avuto inizio. Sarebbe stato per sempre un luogo ambivalente. Vi avrebbe sempre associato la morte, gli inganni, il sudore freddo mentre mentiva a un interrogatorio della polizia, ma anche la bellezza di un bacio in cima a una scogliera con la donna di cui si era innamorata.

Il bellissimo, piccolo seme che era stato piantato in quella breve vacanza era troppo fragile per sopravvivere al calpestio delle indagini della polizia e alla morte di Ed. Lei e Fen avevano deciso di non vedersi più dopo aver lasciato la Grecia.

Ma si erano scritte. Vere lettere, con carta e penna, imbustate e sigillate. Scrivendo a mano, Robyn aveva ritrovato la voce. Le aveva raccontato di aver finalmente lasciato la casa dei genitori per trasferirsi in un cottage in affitto a New Forest. E che tutti i sabati, portava Jack dai nonni e andava a fare escursioni. Camminate in solitaria, sui costoni rocciosi battuti dal vento dell'isola di Purbeck, con il tagliente freddo di gennaio che le penetrava nelle ossa.

Dopo sei mesi di corrispondenza, si erano incontrate.

Non aveva mai provato niente del genere. Sembravano due magneti che si attraggono per i poli opposti. L'amore si era manifestato in modi che non aveva mai sperimentato.

Avevano tanto da imparare l'una dell'altra.

E lei aveva tanto da disimparare su sé stessa.

Guardò gli ospiti riuniti sotto quello sprazzo di sole, cercando i suoi genitori. Erano seduti in prima fila, un po' rigidi forse, ma quando sua madre si girò a parlare con suo padre, vide che stava sorridendo.

Prima, quella mattina, le aveva appuntato l'orchidea tra i capelli e le aveva dato una stretta alle spalle, dicendo: «Vogliamo solo che tu sia felice».

Robyn aveva finalmente potuto rispondere: «Lo sono».

Sentì un colpetto su un fianco.

«Mamma», bisbigliò Jack, con la faccia seria. «Dobbiamo fare la camminata».

Gli porse la mano e lui mise le sue piccole dita paffute tra le sue. Poi cominciarono a muoversi verso Fen, che aspettava sotto l'arco di fiori.

97
Fen

Fen sentì cominciare la musica.

Si rassettò la camicia bianca di cotone. Fresca, appena stirata, abbottonata fino al collo. Sotto i pantaloni di sartoria portava un paio di Converse di pelle, che aveva messo per bilanciare l'abito elegante con qualcosa di informale.

Con la coda dell'occhio, scorse sua zia seduta in prima fila. Indossava un caffettano blu cobalto, l'assenza di gioielli faceva risaltare le sue linee pulite. La sera prima, a cena, aveva detto a lei e a Robyn di essere finalmente riuscita a vendere la villa in Grecia, dopo mesi di ritardi. Mentre sgomberava le sue cose, aveva trovato una foto di Fen in fondo a un armadietto. «Ho pensato che forse ti sarebbe piaciuto averla», le aveva detto, prendendola dalla borsetta.

Fen aveva guardato la sua foto da ragazzina, soffermandosi sulla luminosità del sorriso, sulla trasparenza dello sguardo. L'aveva nascosta, in Grecia, perché, quando si era guardata, aveva sentito la voce di Nico: *Nessuno ti vorrà mai.* Ma nel momento in cui aveva esaminato di nuovo la foto, la sera prima, con Robyn accanto, aveva sentito chiaramente la propria voce. Le aveva detto che era una donna al tempo stesso forte e vulnerabile, coraggiosa, anche se a volte aveva paura, capace di amare e di ricevere amore. «Grazie», aveva detto alla zia. «Mi piacerebbe tenerla».

Alle sue spalle, Fen sentì il mormorio soddisfatto degli ospiti che si alzavano in piedi. Non riuscì più ad aspettare.

Si girò.

Robyn camminava lungo il corridoio di erba falciata, tenendo Jack per mano, tutti e due sorridenti. Indossava un semplice vestito color crema, con le scarpe senza tacco, i capelli raccolti in uno chignon a cui era appuntata un'orchidea. Era splendida.

Eccola, pensò Fen, con gli occhi umidi di lacrime.

Robyn si fermò al suo fianco. Jack lasciò la mano della mamma e la alzò per darle il cinque. Fen rise quando i loro palmi si toccarono, poi lo guardò andare dai nonni e buttarsi sulla sedia tra di loro, facendo dondolare le gambe.

Erano rimaste solo lei e Robyn. Giunsero le mani, si guardarono negli occhi.

Fen baciò la sposa.

98
Bella

Ma quando finisce questo bacio? pensò Bella.

Onestamente, non sembrava un bacio sensazionale. Essendo l'unica del pubblico che avesse baciato entrambe, lo sapeva! Visto? Faceva battute! Sorrideva! Sentiva quasi una felicità genuina per Robyn e Fen.

Tante cose stavano richiedendo tempo e aggiustamenti. Dopo l'addio al nubilato, aveva dato le dimissioni dalla gioielleria, e le era sembrato un buon passo avanti. Ancora tormentata dalla morte di Sam, sapeva che non sarebbe mai tornata a fare l'infermiera, ma aveva trovato qualcosa di simile lavorando in una casa di riposo per anziani. I residenti la adoravano e lei ricambiava. Eleanor veniva due volte al mese, dopo essere andata a trovare Wren, per tenere il corso di ping pong, e lei si prendeva sempre qualche minuto libero per fare una partita. Vinceva di rado, perché Eleanor aveva un rovescio formidabile, ma continuava a sfidarla.

Strano che lei e Eleanor fossero diventate amiche. La vita. Che razza di enorme mistero! Altri, più intelligenti di lei, potevano tentare di capirla.

Lexi, in piedi al suo fianco, le prese la mano e gliela strinse.

Lei rispose con un'altra stretta.

Adorava quella donna con tutto il suo essere. Da sempre. Non era stato facile per lei diventare madre. Un parto difficile seguito da complicazioni per un cesareo di emergenza, seguite da due attacchi di mastite, avevano reso particolarmente duri quei primi mesi da genitore single. Bella aveva cercato di farle compagnia un paio di notti a settimana, portando cibo da asporto, foglie di cavolo e completini graziosi per Wren, perché quale bambina vorrebbe indossare tutti i giorni camicine in cotone biologico dai colori neutri?

La sorpresa più grande della sua vita era stata innamorarsi follemente di quella bambolina sporca di latte. Era ironico che si fosse impegnata tanto per mantener viva la Lexi festaiola, quando era stata la maternità a dare una nuova linfa alla loro amicizia.

Quando Wren aveva tre giorni, Bella l'aveva portata con reverenza fuori dall'ospedale, le aveva fissato il seggiolino sul sedile dietro della sua macchina fresca di autolavaggio, controllando due volte l'Isofix. Poi aveva aiutato Lexi a sedersi davanti e le aveva messo la cintura, attenta alla ferita del taglio cesareo. Lei le aveva stretto un braccio. «Mi piacerebbe che le facessi da madrina».

Bella si era voltata a guardare Wren, una cosina perfetta, sommersa dalle coperte sul sedile posteriore, con gli occhi chiusi, le labbra in fuori. Pura e innocente.

Aveva scosso la testa. «Scusa, ma non posso. Non sono un buon esempio da seguire».

Lexi l'aveva guardata dritto negli occhi. La sua pelle era pallida ed esangue, ombre violacee le contornavano gli occhi, ma la sua voce era ferma quando aveva detto: «Avrai pure commesso degli errori, Bella, ma ti sei rialzata. Questo ti rende un ottimo esempio per mia figlia».

L'aveva fatta piangere.

«E poi», aveva aggiunto Lexi, «chi altri potrà insegnarle come camminare con il tacco dodici?».

E così, sarebbe diventata madrina.

Robyn andava a trovare spesso Lexi e talvolta le visite coincidevano con le sue. All'inizio, i loro incontri erano uno strazio, ma col tempo, avevano cominciato a adattarsi alla nuova dinamica. Non era stato facile e c'erano state spesso accese discussioni, di solito quando era coinvolto il vino, ma tra loro c'era un'inedita sincerità, e questo era già qualcosa.

C'era stata una sera, qualche mese prima, quando aveva visto Robyn nervosa, incapace di stare seduta. Continuava ad alzarsi per prendere altro vino, ad aprire sacchetti di patatine, a controllare il telefono. «Vuoi dirci che cosa succede?», le aveva chiesto Bella con impazienza.

Robyn si era schiarita la gola e aveva steso le mani lungo i fianchi, come se stesse per fare una presentazione scolastica. «Io e Fen ci siamo fidanzate».

Bella aveva aspettato un attimo, impiegando la tecnica che le aveva raccomandato la sua psicoterapista: fare un paio di respiri prima di parlare. Alla fine aveva sorriso. «Sono davvero felice per te». E, mentre pronunciava quelle parole, si era resa conto di essere sincera. Era felice.

Quando avevano alzato i bicchieri per brindare al matrimonio, Bella aveva proprio dovuto dirlo.

«Volete che organizzi l'addio al nubilato?».

Nota dell'autrice

Negli ultimi anni, ho avuto la fortuna di visitare parecchie isole della Grecia, che hanno plasmato e influenzato questo romanzo. Tuttavia, ho scelto di ambientare *L'isola dei sogni* sull'isola fittizia di Aegos, perché volevo la licenza artistica di esplorare un luogo nato dall'immaginazione.

Ringraziamenti

Prima di tutto, ringrazio Charlotte Brabbin e Kim Young, che sono tutto ciò che potrei chiedere a una editor e a un editore. Sono molto grata per la vostra creatività e profondità, per le idee appassionate sui miei romanzi e i brillanti input editoriali. Sono incredibilmente fortunata a lavorare con una squadra di persone di talento alla HarperCollins, tra cui cito Jaime Frost e Alice Hill della pubblicità; Hannah O'Brien, Maddy Marshall, Katy Blott e Jeannelle Brew del marketing; Sarah Munro e Izzy Coburn per la distribuzione nel Regno Unito; Alice Gomer per la distribuzione internazionale; e Claire Ward per la grafica di copertina. Sono molto grata per tutto ciò che fate per me e per i miei libri.

Grazie alla mia adorata agente, Judith Murray della Greene & Heaton, che ha sentito l'idea per *L'isola dei sogni* quando era solo uno spunto e ha detto: «Sì! Mi ha fatto venire i brividi!». Il tuo istinto è buono come la dedizione con cui ti prendi cura di ciascuno dei tuoi autori. Grazie anche alla geniale Kate Risso per la gestione dei diritti internazionali e a Sally Oliver per il costante supporto.

Grazie alla mia agente per gli Stati Uniti, Grainne Fox della Fletcher & Co., che mi ha trovato la casa editrice nei sogni negli Usa, ovvero la Putnam Books. Dietrich e Sally Kim, le vostre idee per *L'isola dei sogni* mi hanno sbalordita e sono curiosa di vedere dove porterà questo viaggio.

Grazie a Hannah Turner per la divertente videochiamata sul lavoro di interprete della lingua dei segni; grazie a Alex Hixson per le informazioni sul mondo della danza professionale; grazie a Sandra Gramper per la consulenza sulla medicina, tenuta una bella mattina di primavera, mentre prendevamo il sole.

Grazie a tutti i lettori delle prime bozze del romanzo: Faye Buchan, Laura

Crossley, Becki Hunter, Heidi Perks, Emma Stonex e ovviamente, alla mia prima lettrice: mia mamma!

Grazie a tutti i librai, i bibliotecari, i blogger e i lettori che promuovono i miei romanzi, li diffondono nei social media e li regalano a chi sperano che li amerà. Significa molto per me ed è una delle ragioni per cui continuo a scrivere.

Grazie a Mimi Hall. Questo libro è dedicato a te, perché mi hai accompagnata per tutta la sua stesura. I tuoi appunti vocali quotidiani mi rallegrano e arricchiscono il mio lavoro. Amo viaggiare per la pagina insieme a te.

Grazie ai miei genitori, fratelli, cognati e amici per il costante supporto in tutte le forme: leggendo il manoscritto, aiutandomi con i bambini, risistemando gli scaffali nelle librerie (!) o vivendo gli alti e i bassi insieme a me.

E per finire, grazie a James, Tommy e Darcy, perché riempiono la mia vita di bellezza, luce e avventura.

Indice